谨以此书献给父亲母亲

《人山人海》 张涛 油画 172cm×132cm

人山人海——从二三线城市或农村出来的大学生

成为了此番中国城市化舞台上的群众演员。

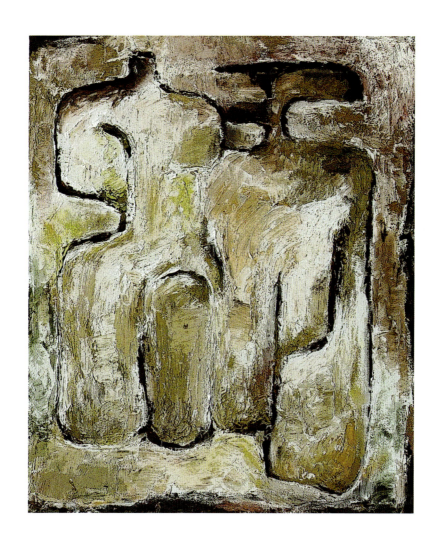

《活着》 张涛 油画 76cmx61cm

"只要我们活着，我们就是在自我欺骗。"

《别处》 张涛 油画 152cm×61cm

生活在别处，此地无感觉。

《焦虑》 张涛 油画 94cmx66cm

站起来的中国人似乎更焦急了……

《羽毛》 张涛 油画 152cm×122cm

几片羽毛落下，不多不少。

《理由》 张涛 油画 172cm×132cm

不要因为走得太远，忘了我们为什么出发。

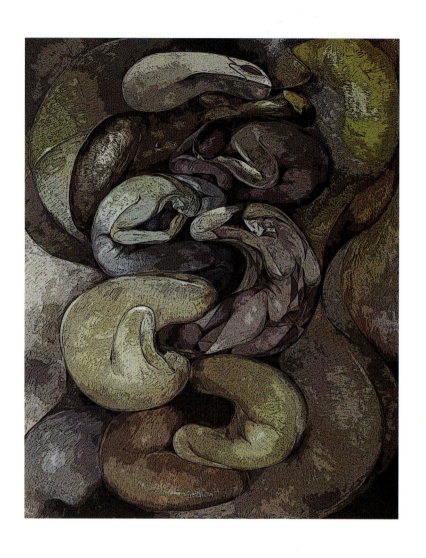

《遗忘》 张涛 油画 172cmx132cm

外包之死——时间是破碎的。记忆总是遗忘。

终于，记忆的证人也消失了。

张涛 / 著

中国软件外包和当下社会转型的个人纪录与思考

The Temptation

of

Crossing the Line

中国青年出版社

（京）新登字083号

图书在版编目（CIP）数据

跨界的诱惑：中国软件外包和当下社会转型的个人
记录与思考 / 张涛著. -- 北京：中国青年出版社，
2013.6
ISBN 978-7-5153-1737-3

Ⅰ. ①跨… Ⅱ. ①张… Ⅲ. ①随笔－作品集－中国－
当代 Ⅳ. ①I267.1

中国版本图书馆CIP数据核字(2013)第137786号

责任编辑：彭明榜
书籍设计：孙初＋林业

中国青年出版社 出版 发行
社址：北京东四12条21号
邮政编码：100708
网址：www.cyp.com.cn
编辑部电话：（010）57350506
门市部电话：（010）57350370
三河市世纪兴源印刷有限公司印刷　　新华书店经销

700mm×1000mm　1/16　18.25印张　200千字
2013年7月北京第1版　2013年7月河北第1次印刷
定价：35.00元

本书如有印装质量问题，请凭购书发票与质检部联系调换
联系电话：（010）57350377

自序

不能只顾自己

美国作家马尔科姆·格拉德韦尔（Malcolm Gladwell）在其畅销书《异类：不一样的成功启示录》（*Outliers: The Story of Success*）中，总结了一个"一万小时"定律：但凡要做好一件事，例如绘画、唱歌、弹钢琴、写文章等等，至少需要操练一万小时。如果一年按2000个工作小时算，一万个小时就需要五年。

无独有偶，最近网上流行一个词——"职场五年陈"，特指那些在同一行业或公司工作了五年的人，视他们为"陈酿"。

由此看来，无论中西，"五年"都是一个里程碑。我从2005年回国至今，大部分时间都在跟IT和软件外包打交道，在这一行也应该操练了一万小时以上，自认是色香味俱全的"陈酿"了。

作为一名职业经理人，我有幸任职于国内一家知名的IT和软件外包公司，并且有一个不高不低的职位。这使得我比公司CEO或总裁有更多机会体察基层员工在全球化分工和当下中国社会中的烦恼和焦虑。而相比中下层的经理们，我则有更广阔的视野，能看到更多关于公司、行业和全球产业链的数据和走势。而且，20年在美国读书、工作、生活的第一手体验和实战锻炼，常常让我跳出国内同行的思维定势，从不同的角度来观察和思考全球化背景下的中国社会转型，以及个人的态度与选择。

2010年冬，终于得空，开始把这些年的所见所闻所思所想变成文字。冬日的北京，气候干燥，皮肤奇痒。医生嘱咐，一要忍，二要上药。这恰恰是我的弱点，既不能忍，又怕用药。于是，越痒越挠，越挠越痒，欲罢不能。我的写作，也是越写越多，越多越写，收不住笔了。这大概就是跨界的诱惑——既谈软件的外包，又谈社会转型，不亦乐乎！

记得王小波在《沉默的大多数》中说过："一个社会里，中年人要负很重的责任：要对社会负责，要对年轻人负责，不能只顾自己。"在把青少年时代献给了中国的教育考试事业、把青年时代献给了美国的市场泡沫经济之后，如今的我已是年过不惑，算得上是中年人了。尽管没有王小波那样浓得化不开的理想和情怀，我对"不能只顾自己"是懂的。

这本书汇集了我对中国软件外包和社会转型的思考片段。书中很多内容直接来自于这五六年我在国内工作和生活的经验和观察，不吐不快。明明知道"说了也白说"，但有王小波"不能只顾自己"在前，倒也坚持"不说白不说"的立场。每位读者把这些片段拼凑起来时，看到的画面都不尽相同。不用奇怪，也许这才是世界原本的状态。重要的是，这些片段拼凑起的图画或许能唤起你的兴趣，重新审视一下你已经习以为常的东西。

鲁迅先生讲，"分类有益于揣摩文章。"读者如果想揣摩这本书里的文章和故事，自可挑选相关的题目或类似的内容读下去。这是所谓的"横着看书"，即穿插、跳跃地看。内容有江湖土匪、海龟土鳖、英语工具、AV敬业、蚁族保安、软件民工、金钱老板、虎妈伪娘、阴盛阳衰、临时房奴、自我赎罪、身份认定、战区剧院、功夫之外、记忆空白、科学权力、猫鼠互换、个体国营、标签脱落、多元选择、思考乐趣、权利责任等等，荤辣素甜，慢慢品尝。

虽然我们很多读者从小就习惯了由老师来提供"标准答案"，也希望每个故事都有一个好莱坞浪漫喜剧的完满结局，但本书谈到的许多问题其实是没有标准答案或唯一结论的。本书鼓励读者有自己的思考和独立的判断。如果书里谈到的经验和思考能给你一些参考和启发，那么我写书时多长出的几根白发就不算什么了。

当然，本书是有底线的——那就是希望中国的改革开放、经济发展、社会转型和城镇化最终造就的是"人山人海"的白领和中产、"人山人海"的适度消费群体、"人山人海"的有尊严的中国公民，而不是"人山人海"的打工者（包括软件民工）、"人山人海"的"蚁族"、"人山人海"的被中国经济"高铁"所抛下的失败者。否则，失败的不仅仅是这些"人山人海"的年轻人，也是中国的IT和软件外包、中国的经济、中国的社会转型和城镇化，甚至中国的改革开放。

第一章到第四章，每章均由两部分组成，"有言在先"是每章的开篇，聚焦全球化背景下中国社会转型中的一两个热点问题，并试图用理性的分析，揭示一些被忽视或曲解的常识和道理。可以想象，在写"有言在先"时，我的表情一定比较严肃，眉头也是紧锁的。

每章的"有感而发"则由若干篇故事和杂文组成，时而幽默、时而感伤、时而愤慨、时而怀疑、时而调侃。而且，每篇故事或杂文的题目严格限定，都是两个字——用北京话讲，就是比较"二"。但每一篇故事和杂文既不装腔作势，又没有宏大叙事，倒像是自己同自己的对话，所以内容绝对不"二"。

如果感觉本书前两章对智力的挑战不够，意犹未尽，那么第三章会鼓励读者往思想的深水区走走，顺便思考一番，在全球化和互联网的大背景下，个体的独立，社会的多元，社会各方的良性互动，以至于中国社会转型的理性之路。需要提醒的是，阅读第三章要有两个前提：其一，需要一些耐心——我写第三章时，为了讲清楚一些事情，笔触略嫌拖沓，内容也不如前两章轻松；其二，需要遵守"一加一等于二"的逻辑规则——这是一切理性探讨的基础。

第四章着重分析中国企业（特别是民营企业）和社会转型所必需的成功因素(success factors)。这一章也可以算作一个礼包，类似于商店里的"买一送一"。原因无他，我曾经在美国"5大"管理咨询公司之一的普华（PW）工作过，总想显摆一些管理方面的知识和经验。当然，其内容也是在这些年观察和思考的基础上，有感而发。例如战略取舍，机会选择，诚信坚守，创新何为等等。盖茨退休了，乔布斯也去世了，没有英雄的时代，我们最缺什么？或许，第四章能提供找寻答案的线索。

第五章"外包之死"是"有寓之言"，一个短篇小说。孔子曰：未知生焉知死。我觉得，此话反过来讲更好：未知死安知生。我毕竟在外包领域工作了足够长的时间，对外包情有独钟，所以才想搞清楚外包的死（可能的死因）。只有这样，我们才能在全球化和中国社会的风云变幻中，活下来。而且，活得自在，活得纯粹，活得有尊严。

捷克作家米兰·昆德拉认为小说的精神是质疑的、多元的。我不敢说达到了昆德拉的要求，但至少，第五章可视为对全球化大背景下中国社会转型和外包服务的另一类反思，是与前面四章平行的一条线。智者见智，仁者见仁，同行见真性。

本书最后，列出每章的推荐书目，可作为扩展和延伸阅读之参考。读书之余，还可欣赏本书的插图——那是我的油画作品，也是跨界的结果。

　　需要提醒的是，书中的一些故事细节是用"纯属虚构"的方式来写的，也希望读者用"就事论事"的智力来读。如果非要钻"对号入座"的牛角尖，对不住了，我既不阻拦也不陪玩。另外，在本书中"软件外包"和"IT服务外包"常常是交替使用的，或者合二为一"IT和软件外包"，或者加上"服务"二字，有了"IT服务和软件外包"。不是我故意让大家困惑，实在是IT和软件的交集太大了。

　　总之，作为本书的作者，我是掏心窝子了。不能只顾自己，而是要把对中国软件外包和当下社会转型的思考与感悟，和盘端出，一包到底。

　　两度冬去春来，皮肤不痒了。倒是全球经济形势依然充满变数，美国经济持续低迷，欧债危机大有继续蔓延之势，中国社会也会继续迅猛变化。那么，在新世纪的第二个10年，我们每一个人又该怎样应对呢？

　　当年在丝绸之路上，人们是一步一个脚印，从起点走到终点的，途中不能有半点的侥幸或惧怕。

　　在当下中国社会转型中，人们也应如此。只是我们要把西方发达国家用了三四百年走完的路，在几十年里走完，其过程当然更为戏剧性，社会的焦虑感也更为强烈。如果你急匆匆往前赶，难免会在途中丢三落四。说不定，你会在这本书里找到一些被遗失的东西，例如个体、多元、价值、生命、独立思考、文化反思（包括对自己的反思）等等。

　　当年行走在丝绸之路上的人，面对的最大挑战也许是旅途中可怕的单一性——那有着单一颜色、单一气味、单一质感的戈壁滩，连绵不断，一望无际，最后让人望而生畏。

　　如今，最大的挑战则是要面对太多的诱惑。这些诱惑必然会影响人们对人生道路的选择，尤其是需要在强大的、固化的现实与弱小的、柔韧的理想之间作选择时。崔健的《红旗下的蛋》有这样的歌词："现实像个石头，精神像个蛋；石头虽然坚硬，可蛋才是生命。"那么，面对脆弱的蛋和坚硬的石头，如果需要去选择，人们应该如何做呢？

毫无疑问，只要有了蛋，有了精神，就会有生命，就会有理想，就会有改变的可能，就会有多元的世界。

当然，中国的历史也在提醒人们，不要以卵击石，不要站在坚硬（强势）的对面。在权力与资本的"二人转"愈演愈烈的当下，很多大学里的"教授"、公共领域的"知识分子"、网络上的"青年导师"也在用实际行动告诉世人，站在强势一边能带来名誉、地位、财富、女人……

而对于生长在全球化背景下的中国社会转型期的年轻人（包括软件民工），他们要的是自己的选择——一个经过自己认真思考后的选择。

有思考，有选择，还有一个不拧巴的态度。如果这就是玩世不恭，我倒希望每一个年轻人、每一个软件民工都能如此：一面笑谈貌似坚硬的现实不可避免的沧桑巨变，一面坚信从来就没有救世主，要想活得幸福，只能靠我们自己。

老鹰乐队（The Eagles）唱过一首歌：

太多次
我们生活在
锁链之中，
而我们甚至从不知道
我们手握着钥匙。

是的，我们每个人其实都手握着自己命运的钥匙——那就是虽然弱小，但却柔韧的理想。一旦我们从锁链中解脱，死去的就不是精神，而是石头般坚硬的现实，以及不可救药的规则和体系（包括我们自己受其之害、也害他人的那些价值体系）。

一句话，只有坚守理想，不放弃个人的选择，才能把握自己的命运，才能承担起自己的责任。唯有如此，每个人才会有尊严地走完自己的路。

没有侥幸，也不用惧怕。

是为序。

2012年9月9日三稿于天津奥城

目 录

第二章　活着

第三章　深水区

第四章　落下几片羽毛

第五章　外包之死

第一章

人山人海

"每日有那一般打散，或是戏舞，或是吹弹，或是歌唱，赚得那人山人海价看。"

——施耐庵：《水浒全传》

"我们为我们所拥有的东西所占有。"

—— 萨特（Jean-Paul Sartre）

有言在先

这世界我来了！

一

从空中俯瞰，城市里到处人山人海，像地上的蚂蚁。果然，大城市里有了"蚁族"。中国软件外包公司在市场竞争中，最常用的招数也是"人海战"。

根据一些学者的研究发现，中国历史上的农民起义往往跟当时的人口问题有关。具体来讲就是，随着需要被养活的人口数量越来越多，种地的农民分到的粮食就会变少。如果遇到灾年，就会出现饥荒。当大部分的农民处于饥饿或半饥饿的状态时，倘若有人振臂一呼，没有活路的农民们十有八九会跟着去吃大户、去造反。

1949年以后的30年里，"新"中国也没能解决掉这个"老"问题。人口众多的农民在很多时间里还是处于饥饿或半饥饿的状态。只是新中国用"户籍制"以及对社会每个细胞的管控，成功化解了历朝都有的"振臂一呼"问题。

幸运的是，上世纪70年代末开始的改革开放，正好赶上了世界经济的全球化浪潮，国内的工作机会忽然多了起来。这使得中国人口这个老大难的问题，也忽然显现出来正面的意义：人口多，人工就便宜。所以，中国公司（包括IT和软件外包公司）有打"人海战"的本钱。

更难得的是，IT和软件外包公司需要大量的大学毕业生。尽管学界和社会上对这些年大学教育的"大跃进"式的发展批评不断，一个客观的事实是，每年数百万的各类大学毕业生，为中国软件外包提供了丰富的人力资源。（当然，软件外包公司是喜忧交加。如果能招到优质的大学毕业生，马上能进项目组，则喜；如果招到的大学生还需要公司出钱培训，则忧。）

那些从二三线城市或农村出来的大学生，加入软件外包公司后，就同大城市的其他打工者一起，成了此番中国城市化舞台上的群众演员。

只是，这舞台很大、灯光很炫，群众演员看上去很渺小。

当然，舞台大有大的好处。舞台足够大，大家都有角色扮演。有角色，就有工作；有工作，就有饭吃。加上灯光的渲染，刚刚来到大城市的群众演员都很兴奋。他们相信，只要自己努力，未来一定会像头顶的灯光，一片光明。他们的计划是，开始几年在城乡接合部（或城中村）租一间小房子，租金便宜。自己努力工作，一点点积累经验，也一点点积累资金，几年坚持下来，可以去换一个稍微好的房子，脱离城乡接合部（或城中村）的生活，一步一步融入城里人的生活。

城里人是什么样的生活呢？这就要感谢无孔不入的媒体了，以至于群众演员还在自己的家乡时就耳熟能详了：KFC、星巴克、必胜客、美国大片、春季时装发布会、车展上的香车美女、带电梯的花园洋房，还有鸟巢、国家大剧院、CCTV大楼（俗称"大裤衩"）、东方明珠、国际金融大厦……当然，城里人还有车子、票子。

可是，随着GDP的上升，以及生活的相对改善，贫富的差距却越来越大，社会各阶层的差异也越来越大。群众演员发现，在CBD的高档餐厅或商店里，有钱（有权）的人为了一顿饭或一件衣服，一掷千金，抵得上自己半年（甚至更多）的工资收入。挽着老板们的手臂进出夜总会的女孩，看上去比家乡自己大哥的女儿还小……

群众演员的心理就不平衡了。很多人会在微博里表达出对社会不公平现象的不满和鄙视。也难怪，互联网上的微博论坛不就是让人出气的嘛。当然，有的城里人觉得这些地方已经变成公厕了。但很多群众演员不这么认为：公厕咋的了？公厕的特性就是这个"公"字。你有本事把公厕整干净，苍蝇数不超过两只！

更多的群众演员虽然默默无语，却悄悄开始学习城里人、特别是有钱人的举止作派，甚至连有钱人的一次呼吸、一声咳嗽、一下皱眉都模仿得惟妙惟肖。理由也很直白：人往高处走。

这就解释了为什么满大街都是假LV包、山寨的iPhone甚至装有宝马外壳的QQ车。群众演员正在利用名牌的符号意义（即便是假名牌），试图向有钱人看齐。

群众演员不知道的是，这些有钱人也曾经穷过，甚至比群众演员还要穷。一旦有钱后，这些人做的第一件事情就是花钱买名牌衣服、名牌手表、名牌豪车……因为他们过去太穷了、太一无所有了，以至于这些有钱人不愿意去回忆过去——他们要努力把过去统统忘掉。穿上、用上、吃上那些"上流社会"的东西不仅是与众不同的符号标志，也是对过去最好的忘记。

于是，我们看到一个有趣的现象：群众演员忙着学有钱人，有钱人忙着学"上流社会"。这里，群众演员和有钱人都在把名牌作为符号来消费——只是前者花钱买假名牌，后者花钱买真名牌。但二者的目标是相同的：用当下社会的"成功"标准来掩盖过去的贫困和自卑；渴望被社会认可，急于进入"有钱阶层"甚至是"上流社会"——哪怕是貌似进入也行。

"上流社会"则很委屈：上帝呀，我们原本的生活是非常低调、平静的。这下可好，全被暴发户和媒体给搅和了。这些人咋就不明白，富人上天堂好比骆驼穿针眼，难！（这是读过《圣经》的"上流社会"。）为何难呢？因为财富多了，执着和牵挂也就多了（佛教有一专门的术语，翻译成英文就是"attachment"），放不下呀。可是，进天堂是要轻装上阵的，就像俗话讲的：赤条条来去无牵挂。

有钱人也很迷茫：暴发户咋的了？你们的爹爹、爷爷（或是爹爹的爷爷）当年不也是暴发户嘛。富过了几代，连祖宗都不认了？难道说，你们花钱不是这个花法？没钱时困难，有钱时困惑，真应验了那句话：曾经被贫困毁坏过，现在又被富裕毁坏着。

群众演员更纠结：我们既没爹可拼、又没富可炫。我们把吃奶的劲儿都使出来了，下个月方便面的钱也提前预支，买了一支A货的口红，可还是不像有钱人！你叫我们怎么办？难道要我们掏心窝子吗？难道要我们去杀去抢去跳楼吗？

这里我们暂且不去讨论那些有钱人，他们毕竟属于社会的强势阶层。我们要关注的是这些群众演员——他们是属于弱势群体，其中很多人对大城市的种种诱惑还缺乏免疫力。在消费主义盛行的大城市，如果打工者自己没有定力，又被媒体洗脑，那就容易产生不切实际的幻想和欲望。"宁愿在宝马车里哭也不愿在自行车上笑"就不仅仅是一句玩笑话。更为严重的是，一旦幻想破灭、欲望得不到满足时，打工者们又如何能守住自己的底线？靠什么来活出真正的自己呢？

二

说实话，无论哪个社会群体的人，面对世间的诱惑和险恶，都很难做到守住底线、活出自己。头脑冷静的时候，大家似乎都是明白人。一旦迈出家门，走在繁华喧闹的大街上，大家的眼神里就流出焦虑，试图从他者的身上找寻到自我。不知不觉，人人都成了消费主义的共谋，都想用"上流社会"或"有钱人"的东西来填补被欲望劫持后的精神空虚和身份焦虑。

正如英国哲学家波顿（Alain De Botton）在《身份的焦虑》（*Status Anxiety*）一书中所指出的那样，在当今的世界，深刻的焦虑感已经抓住每个人的心。为此，波顿提出了五种消解身份焦虑的方式：哲学、艺术、政治、宗教、波希米亚。

对于当下的中国社会，哲学太深奥，艺术有门槛，政治和宗教有禁区雷区。于是，只剩下"波希米亚"。的确，该词在国内非常流行，甚至有了《波希米亚在中国》一书。

其实，按照英国作家伊莉萨白·威尔逊（Elizabeth Wilson）在《波西米亚——迷人的放逐》（*Bohemian: The Glamorous Outcasts*）一书中的说法，波西米亚"是一种思想，是一种神话的化身"。而且，这个神话包含有"罪恶、放纵、大胆的性爱、特立独行、奇装异服、怀旧与贫困"。特别是英文outcast一词带有"在社会阶层之外""不被社会接纳"的涵义。而"贫困"二字，更是凸显出波西米亚作为底层社会一族的处境，犹如普契尼著名歌剧《波西米亚人》中那三位艺术家。

如今国内的许多年轻人，虽然喜欢用"波西米亚"一词，但实际上他们更向往的是"小资"或"有钱人"的生活。他们不能容忍自己（也不敢）"在社会阶层之外"。说到底，中国当下许多的"成功人士"不过是马克思笔下的布尔乔亚，因为他们毕竟不能像真正的波西米亚那样洒脱超俗、无拘无束；他们毕竟希望通过炫耀身上的名牌来获得身份的认同。

由此看来，波顿提出的这五种消解身份焦虑的方式，在今天的中国基本是行不通的。

三

消费主义最大的问题恐怕就在于，将生活中的一切都打上了"价格"的标签，使得人们成为"商品拜物教"的奴隶。过去是"有钱能使鬼推磨"，如今成了"有钱能使磨推鬼"。有人甚至说，你说金钱不能买来幸福，那是因为你不知道去哪儿买。在这样的社会里，人的心理是非常脆弱的。

为此，我们要时时提醒自己：守住底线、守住记忆、守住自我。否则，就会像学者石勇指出的："对于弱者来说，把自己的价值丢掉，参与这场游戏，注定了在心理上只能输掉。"

在中国经济迅猛发展、城市化快速推进的今天，国内IT和软件外包行业聚集了众多的大学毕业生。他们中的大多数人从小城镇或乡下来到IT和软件外包公司扎堆的一线城市（例如北京、上海），并且试图在这些大城市扎下根。从这个意义上讲，这些年轻人很像那些在大城市打工并想在大城市扎下根的农民工，故被称为"软件民工"。但面对城里高价的商品住房，很多人只好住在房租便宜的城乡接合部或城中村。加拿大作家道格·桑德斯（Doug Saunders）喜欢把城乡接合部或城中村这些城市飞地称作"落脚城市"，并为此专门写了《落脚城市》（*Arrival City*）一书。桑德斯在书中指出："落脚城市不是一种暂时性的异常现象：在中国的内陆城市，这些扮演落脚城市角色的村庄虽然不受承认，却已经成了城市的成长计划、经济活动以及生活方式中不可或缺的一部分。"

我们需要不断追问的是：大城市提供了让打工者们（包括软件民工）扎根的土壤吗？在城市化的过程中，现有的制度能保护打工者的利益吗？难道打工者们一辈子只配住在"落脚城市"吗？

上世纪一位叫德莱塞（Theodore Dreiser）的美国左派作家，写过一部小说，名为《嘉莉妹妹》。这本书深受那个年代中国青年人的喜爱——无青年不左派，由此可见一斑。书中讲的是农村姑娘嘉莉来到大城市芝加哥寻找幸福，最后被欲望城市吞噬了灵魂的故事。在新世纪里，德莱塞所描述的"美国梦"正在中国上演。现在，又会有多少年轻的做梦人，最后只落得一个梦碎的结局呢？

所以，想在大城市扎根的打工者们，尤其是刚入IT和软件外包行业的大学毕业生们，也要坦诚地追问自己：在这个物欲横流、消费主义盛行的社会，我们的内心足够强大吗？我们有足够的自信和自尊，不会被浮躁和焦虑牵着鼻子走吗？我们有足够的勇气，能坦然地"在社会阶层之外（outcast）"吗？我们真的快乐吗？

单凭一句歌词"这世界我来了！"，还不足以说明每个人（特别是80后、90后）都准备好了。

有感而发

人工

刚回国时，常被餐馆的菜谱雷倒，因为菜谱上有让脑筋急转却不拐弯的菜名。例如，点一道"母子相会"，端上来一看，是黄豆煮黄豆芽。要一盘"朝天阙"，原来是几只鸡大腿上放着一只翘着的鸡屁股。而"小二黑结婚"干脆就是两个剥光的茶鸡蛋。没搞懂的是，一碗热腾腾的糯米饭，倒扣在盘子上，糯米饭的顶端放上一颗鲜红的樱桃，菜名为何是"一见钟情"？后来，一哥们儿点拨道：你看那倒扣的糯米像不像一个大馒头，又白又嫩，还有那红樱桃，像不像……（此处省去8个字）。哦，原来如此！

当然，真正雷倒我的还不是菜谱，而是餐馆里的服务生。一次，在据说是毛主席光临过的天津烤鸭店里（是的，不光北京有烤鸭），我等了足有半小时，竟然没人来招呼一声。于是，清了几遍嗓子后，气运丹田，猛然吼道：点菜！

一服务生走过，不慌不忙用天津话应道：着嘛急呢，没看都忙着嘛。稍候！

那个"都"字是重音，而且音调还拐了个大弯，我顿时没了脾气。没了脾气的我就开始掰手指头，数数餐馆里有多少服务生。这一数把我吓了一跳，这么多服务生！

问同桌的朋友：这是国营餐馆，所以招了这么多的服务生？

答：倒也不见得。每家餐馆都是如此。

再问；为何如此？

答：人工便宜。

真正体会到国内人工便宜是在上班路上。从小区停车场出来，看见有几个保安在巡逻。到了小区门口，一个保安举手行礼，另一个保安已把小区停车费的发票准备好。出了小区，一路无话（因为一路堵车）。到了软件园门口，两个保安，伸头看看车窗上的出入证，举手行礼，礼毕放行。七拐八转，到得公司的写字楼下，准备开车入地库，斜刺里又跑出来一个保安，非常执着地要行举手礼。

那一刻，脑海里就剩一个词"尊贵"。竟然还闪出一个想法：既然人工便宜，软件园应该多招些保安，从大门口到各个写字楼，五步一岗十步一哨地排开，车一开过，保安们嚓、嚓、嚓，一溜敬礼。坐在车里多显"尊贵"啊！看来在美国的20年是白活了。

但又一想，如果是因为这些保安只有千余元的月薪，人工便宜，所以才雇来许多，人为制造出"尊贵"，那么这种"尊贵"的感觉其实也很便宜。

当然，账不能这样算。至少，跨国公司的老板们就不这样算。要不然，他们就不会把外包的活儿放到中国了。图个啥？还不是图国内的人工便宜。（好像又绕回去了。）

可是，我亲眼看到过，一位从美国来的公司老板执意要给一位保安小费，原因很简单：那个保安帮老美提了一下箱子、开了一下大门、敬了一下礼。那个老美说，这是对保安的感谢。

哦，久违的感谢！只是在一个不习惯"谢谢"和"被谢谢"的社会，人们更多地是想要"尊贵"——那种比人工更便宜的感觉。

有个学俄语的老美，在苏联解体之前去过莫斯科。他后来说起，每次在酒店或餐馆接受服务后，他都习惯地说声"谢谢"。他的苏联朋友就提醒道：你不用说谢谢，这里不兴这个。

老美还说，那时走在莫斯科的大街上，如果你微笑着冲路人点个头，你十有八九会被认为患有精神病。不知道现在的俄罗斯人是否能接受一个陌生人的微笑。我知道的是，刚回国时，周围的同事总说我太客气，原因就是我常常把"谢谢"挂在嘴上。

2010年年末，网上流传一个故事：一个快递员在被怀疑偷客户的邮包后，愤愤然说：我怎么会冒着丢掉月薪一万五的风险，去偷一个几百块的邮包，我有病呀？！

网上一片哗然：月薪一万五？

为什么哗然？是不愿看到人工变得不那么便宜了，还是不愿意看到地位低下的快递员腰杆硬了？抑或是"尊贵"变得不便宜了？其实，不是快递员有病，是这个社会有病了。

也许，人工的确不便宜了，但人依然便宜。人造的尊贵更是便宜，不是吗？

2011年10月13日广州佛山，小女孩悦悦被车碾压后，总计有18个路人从旁边走过，没有人停下，施与援手。直到第19个路人的出现，是一位拾荒阿婆，扶起这个小女孩，并大声呼救。

这18个路人对一个陌生的小女孩生命的淡漠，是不是因为这个社会的人（命）依然便宜呢？是不是源于我们已经不习惯跟地位卑微的人（包括保安，还有儿童）说声"谢谢"呢？

卑微的拾荒阿婆，却能坦然地伸出手。在她眼里，无论贵贱，都是生命。

问题是，那些已经堕落到地沟里的"尊贵"的人们愿意去拉住"卑微"阿婆的这双手吗？

招聘

一

曾经读到学者易中天批评国内大学的一段文字："……大学要扩招，学位要速成，职务要坐直升飞机，大家都要削尖脑袋挤进排行榜。主管部门就像养鸡场的老板，天天数鸡蛋。学生和论文则像流水线上的产品，被批量生产出来。结果，当今中国，不但鲜有参天大树，就连灌木和小草都快没了，多的是水泥和塑料——水泥的脑袋，塑料的眼睛。"

易先生的话似乎很对，又似乎不对。

我每年都会去大学校园，给快要毕业的本科生和研究生作演讲。演讲内容当然首先强调软件外包是政府重点扶持和发展的行业——换句话说，咱们有政府作担保。另外，就是让大家知道，软件外包公司是用人大户。

演讲的重头戏是一段掏心窝子的话：如果你们毕业后能一步到位，直接进入IBM或微软这些外企，祝贺你们！如果不能一步到位，加入软件外包公司也不失为一个很好的选择，因为你们同样有机会到这些外企去工作。

这段话通常都能带来一阵掌声和窃窃私语。这时阶梯教室里的脑袋和眼睛就不像是用水泥和塑料做的。场上的气氛开始升温了。

在关键时刻，我没有被掌声冲昏头脑，而是乘胜追击：其实在外企，一个萝卜一个坑。你们纵然进去了，也只是庞大机器上的小小螺丝钉。那叫找一份"工作"。而在软件外包公司就完全不同了。虽然"外企"和"外包"只有一字之差，但重点在于我们是民营的公司。在一个快速发展的民营外包公司里，你可以找到自己的"事业"！

不知下面的观众们有没有搞清"外企"与"外包"的区别，反正我听到了一阵最热烈的掌声。莫非观众们把加入"民营"公司提高到了"爱国"的高度？这好像不是我的本意。

末了，我就会按照在国外作演讲的习惯，留出时间回答问题。但这一刻通常会变成最尴尬的时刻：全场忽然变得鸦雀无声，大家都把头低了下去，就好像此时的我是一丝不挂地站在讲台上，少儿不宜。我都能听见自己的心跳。

这时满教室都是水泥的脑袋，塑料的眼睛。

但在接下来的招聘考试（笔试）阶段，我又会发现易先生的话其实是不对的。谁见过水泥脑袋会转动，塑料眼睛会斜视？原来是阶梯教室里竟然有人开始相互抄袭！

那个像养鸡场经理的老师小声解释道："现在的抄袭遍地开花。都是考试惹的祸！"

二

必须承认，当年我也抄袭。但我有底线，仅限于历史课的考试。吊诡的是，有一学期的历史课竟然没有考试。那时候，历史课是大课，几个系的学生集中在一个大教室里。通常这类的大课都是用来逃的，但那学期的历史课我一次都没逃。不但没逃课，还完整地记下了每节课的内容。目的只有一个：临近考试时，把这套工工整整的笔记送给一个经常逃课的女生，因为我正在追她。

谁知人算不如天算，到了期末，学校忽然宣布：历史课不考了！原因是历史课的内容经常变动，尤其是80年代初期。哪些内容可以在课堂上讲，端看当时的政治形势。当年学校开的那门历史课没能赶上形势的变化，遂被认定为非正式的版本，搁现在就是一山寨版。于是，到了期末，这门课就不考试了。

天可怜见，我可是规规矩矩地在历史课的教室里坐了一个学期，容易吗？毫无悬念，那纯洁的单相思，连同那本整齐的历史课笔记，都被我扔进了学生食堂后面的泔水桶里。

幸运的是，我没有赶上后来的教育产业化以及对大学每一个细胞都实行控制的行政化。更幸运的是，我遇到几位认真做学问的导师，自此在学业上不敢来半点虚假。20年后，我重返母校，当年的教学楼还在，几位导师却已仙逝。

现在学校的考试已经完全从手段演变成了目的，没跟国际接上轨，倒是跟古代的科举接上了轨。走进学校周围的书店，架子上全是教材教辅书、考研指南、考公务员指南，显然都是为了同一个目的：考试。学生的任务当然就是把书里的标准答案都背下来，考试时再像机器似的把答案吐出来。

久而久之，读书就失去了乐趣。（从古至今，老中似乎都认为读书是一件苦差事——学海无涯苦作舟，哪还会有乐趣呢？）

难怪有网友无奈地留言："每次老师说'请把和考试无关的东西放到讲台上'时，我就很想把自己放到讲台上"。其实，这位网友需要的只是一台考试机器。看看每年高考期间那些与时俱进的高科技作弊工具，我有理由相信考试机器的时代不远了。

如今没有抄袭的考试不能算是好考试，就像没有抄袭的文章不能算是好文章一样。但问题是，我们的客户——就是那些愿意把外包的活儿放到中国来的资本家们，他们的认识水平还没有达到这个高度。他们的认识还停留在教育的目的是要唤起受教育者"创造性的冲动"那个老掉牙的水平上，既不与时俱进，又不给力。

更可恶的是，这些资本家只看到中国教育的官方数字，例如2010年中国有600万的大学毕业生。而且，他们竟然就很天真地相信，这600万的毕业生都应该是被唤起了"创造性的冲动"的——类似于在庙里被老和尚摸过顶、开过光的。

这些资本家不知道的是，现在庙里摸顶开光的和尚，是明码标价，讲报酬的。现在的大学里也有了明码标价的老师。例如，确保考试不挂科，收费200元。（注：这是2010年的价格。随着CPI指数的上升，此价格定会上涨。）

为此，中国外包公司的存在就是要向这些资本家证明，中国确实有这么多"合格"的毕业生。就冲这一点，我们每年必须去大学招聘。（忽然发现，"资本家"这个词儿也有抄袭日文的嫌疑。）

神偷

天气好的时候，我经常跟同事在午饭后去写字楼外面的软件园里走走。有时一道去散步的还有美国来的MBA学生，他们在公司里实习，多是第一次来中国。

当迎面走来一群有说有笑的工程师时，这些MBA学生会望着那些带着稚气的脸，问道：他们是来参观软件园的中学生吗？

没办法，在老美的眼里，亚洲人看上去要比实际年龄小很多。当年我在美国读研时，就因为长相年轻，被酒吧的老板拒之门外，直到我很愤怒地亮出了驾照上的出生年月。被这个险些成为"中美外交事件"刺激后，我的嘴上就留起了胡须。这一招还真灵，从此再也没有人怀疑过我的真实年龄。

于是，我一有机会就毫不保留地把这一绝招推荐给其他的老中弟兄，直到有一次回国，受到又一个刺激。那是在上海转飞机。因为航班久等不来，万般无奈，遂与坐在旁边的一位手拿LV包、穿着华丽的贵妇人闲聊。为了表达祖国人民对海外同胞的深情，贵妇人非常朴实地赞美道："大兄弟，都说一方水土养一方人。你得有55了吧？但怎么看，你也就像40出头的。美国的水土就是不赖！"

晕！这难道就是村上春树说过的："我一直以为人是慢慢变老

的，其实不是，人是一瞬间变老的。"—— 特别是在跟拿着LV包的贵妇人聊天的一瞬间。

幸好，美国作家比尔·布莱森讲过，变老有三大好处："一、坐着就能睡着；二、电视剧的重播无论看了多少次，每次都觉得是新的；三、忘了第三是什么了。"

能记得比尔，还有他老人家的话，信心大增！

软件园里的工程师确实很年轻，至少看上去是。在软件园里散步，常常会有错觉，像是回到了大学校园。实际情况也的确如此。在很多大城市的郊区，放眼望去，大学校园、软件园、科技园或是工业园比比皆是。乍一看，也分不清哪儿是校园、哪儿是软件园了。

没多久，这些地方就会从郊区变成城乡接合部。在园区门口或车站旁边，每天都会有大大小小卖肉夹馍的、卖麻辣烫的、卖烧饼的……摊位一字排开。周围的农民也乐得把临街的房子出租给开餐馆的，把背街的房子租给在园区里工作的。

当然，政府部门当初在规划宏伟的园区蓝图时是绝对没有想到"城乡接合部"这个词的。按照政府的美好愿望，园区就是工作或学习的地方，必须要跟居住的地方分开，而且似乎分开得越远越好。政府还用美国的生活方式来证明这种规划的先进和正确。

只是政府的拆迁工作常常做得不到位，留下一些死角，形成了城乡接合部。

也有拆迁得很及时的地方，赶在园区建成之前就把当地的农民全部迁走。这些地方的园区看上去就很美很整齐了。只是到了晚上，诸如软件园、科技园、工业园这些地方都是漆黑一片，没有一丝人气。

那些在园区工作的人呢？都在回家的路上。

把那句咖啡馆的名言"我不是在咖啡馆里，就是在去咖啡馆的路上"用于那些从园区下班回家的人们就是："我不是在地铁里，就是在去地铁的路上。"

地铁里则是一堆一堆的人，拥挤着，像罐头里的沙丁鱼。难怪张爱玲会说："拥挤是中国戏剧与中国生活里的要素之一。"在上下班高峰，"拥挤"就是人们在北京生活的要素，没有之一。

青春则在每天两次叮咚叮咚的地铁声中滑走了……直到有一天，拥挤在地铁里的人们全都记不起村上春树、比尔·布莱森罗这些家伙说过的话了，轰然老去。应验了香港电影《岁月神偷》的导演罗启锐说的话："在变幻的生命里，岁月是最大的小偷。"

2011年据说是90后踏入社会的元年。刚刚看到一句广告词："90后都出来工作了，忽然觉得自己老了。" 又听到一句感叹："第一代90后现在刚满21岁，但他们已经觉得自己老了！"。

这让我想起台湾导演杨德昌最后的一部片子，7岁的洋洋在婆婆的葬礼上说，"你常说你老了，当我看见还没有名字的小表弟时，我想对你说，我也老了。"

真想大喊一声：抓小偷！

蚁族

"蚁族"这个词源于学者廉思2009年写的一本书《蚁族》。那本书的内容是基于他带领的团队在北京海淀区北边一个叫唐家岭的村子所作的调查。

那个村里聚居了4万多大学毕业生。"他们有基本一样的情况，拿着1000多元的工资，租着每月300元左右的床位，每天吃两顿饭，到工作单位要坐两个小时以上的公交车。"

为何叫他们"蚁族"？

因为这个群体跟蚂蚁很类似：高智、弱小、群居。

第一次听到跟蚂蚁有关的词是在万科的一个售楼处，一位售楼小姐在介绍"蚂蚁工房"。那其实是集卧室、厨房、卫生间于一体的一个单间。因其面积超小，故曰"蚂蚁工房"。这种房子锁定的目标人群是那些刚刚参加工作的单身或已婚但还没有小孩的小夫妻。当然，这个目标人群是不包括唐家岭的"蚁族"的。

这让我想起了在美国的日子。

在美国的大城市就有很多这类的"蚂蚁工房"。但这些房子多靠近地铁站或购物中心，总之地理位置比较方便。

还有我当年在美国休斯顿读书时住的学生宿舍——带卫生间的单身公寓。休斯顿在美国南方，天气很热，房间里常有蚂蚁出没，是名副其实的"蚂蚁工房"。

如果说住"蚂蚁工房"的也能算作是"蚁族"，那么美国的这些"蚁族"跟唐家岭的"蚁族"除了都属于"高智商"人群外，其他两点就不尽相同了。

就说"群居"这一条，除了住在大学附近的"蚁族"密度比较高，勉强可以算作"群居"外，住在其他地方的"蚁族"其实是"散居"的，没有像唐家岭这样动辄就四五万人扎堆儿住的。这当然归功于美国的房租便宜（相对于美国"蚁族"的月薪），地广人稀。

而"弱小"就更不着边际了。美国号称"机会人人平等"。且不去争论这个号称靠不靠谱，至少美国的"蚁族"们看上去丝毫也不弱小。在公园里，在街道上，每天都能看到他们充满青春活力的身影，或是跑步，或是骑车，裸露的皮肤有着健康的古铜色。而且，年轻就是资本，能朝气蓬勃地跟其他族群一起去追逐各种的机会。

当读到《蚁族》时，我更是不断想到美国——那里其实已经是一个高度发达、几乎熟透了的社会。跟一个处在经济上升期的社会相比，美国年轻人在职业方面的机会其实不是很多的。特别是这次金融危机后，按照时下国内左派们的观点，美国已经过气、甚至正在走向腐朽和衰亡。（如果我们软件外包再加把劲儿，再多从美国拿些工作到中国，美国不就死定了嘛。对不起，跑题了。）

而中国这边风景独好，正在上演"大国崛起"。美国中央情报局说中国正在挖走美国的技术和精英。美国的经济学家也说中国的

80后们在人生最美丽的阶段赶上了最美丽的一班车。但依我的所见所闻，这最美丽的车上似乎没有提供足够的座位，因为唐家岭的80后"蚁族"们还在月台上等待着，不远处还站着这些"蚁族"的父母们——他们已经错过好几班车了。

日前看到报道，政府在唐家岭搞拆迁，那里的"蚁族"们正陆续离开。难道政府要把月台都给拆了？是不是因为我们有了高铁，就不需要普通列车了，所以像唐家岭这样的小站也就失去存在的理由了？

作为一名战地记者，在目睹了战火下伊拉克人的生活后，聂晓阳写道："都说历史是人民撰写的，但人民往往被迫撰写他们最不情愿的历史。"当然，咱们中国不是伊拉克。唐家岭的"蚁族"们应该不会在撰写他们最不情愿的历史吧？

谁是"蚁族"谁知道。

忙着"大国崛起"的我们可以不去理会美国人标榜的"平等"，但总不能忘了给这些"蚁族"们多一些机会（有1个机会相对0个机会就是无穷多了），不要让他们有"我一生下来，就死了"的错觉，像是生在了伊拉克。

唐家岭距我所在的软件园只有大约800米之遥。

对很多"蚁族"来讲，这800米的距离就是"进不了城市"与"进得了城市"的距离。

莫非，这就是天堂与地狱的距离？

敬业

现在媒体常说，国人普遍缺乏敬业精神，对自己从事的职业缺乏自豪感，对业务知识没有兴趣。

这让我想起自己从小受的教育：长大后参加革命工作，要"干一行爱一行"。那时的工作都由国家来分配。工作包括进厂当工人或下乡当农民。后来发现，国家其实是希望大家都变成螺丝钉。于是，"干一行爱一行"就是要甘当螺丝钉。螺丝钉是不用思想的，拧紧就好了。越是甘愿当螺丝钉就越不要思想。

再后来，螺丝钉又成了棋盘上的棋子儿，因为那时全国是一盘棋。问题是，棋子儿可能随时去把别的棋子儿吃掉或被吃掉。于是，没有思想的螺丝钉还要作好牺牲的准备。久而久之，大家对一切都无所谓了。反正是要死的棋子，对任何事情都不作长久打算，也不会认真对待。用时下的网语就是：神马都是浮云。

都说中国人没有宗教信仰，但棋子们却表现出佛教的出世和道教的超然，唯独没有表现出的是敬业精神。相信每个读者可以举出很多的例子，例如去政府部门或国企办事时，总是遭遇到正在喝茶看报上网打麻将的棋子儿。

虽然现在已经不提全国是一盘棋了，但很多棋子们的后代还在怀疑自己是否跳出了当棋子儿的命运。特别是在软件外包这一行，很多80后的员工做的是测试——属于比较低端的工作。这使得他们有随时被替换、被吃掉的危机感。那些自认身手不凡的工程师更是想去做软件开发，而不是做测试。

于是，很多软件外包公司给新员工上的第一堂课就是强调做测试不是低人一等，也不会轻易被吃掉。公司还举例说很多优秀的软件开发者和IT明星们当年都是做测试的。例如，比尔·盖茨就亲自给DOS操作系统做过测试。（公司其实没有说明，比尔·盖茨当时是急着找到一款能用于IBM个人电脑的操作系统，所以亲自在电脑上把DOS安装并测试了一把。）

面对80后、90后的年轻人，我建议软件外包公司不要再去举比尔·盖茨的例子，技术含量太高，年轻人理解起来有困难。再说，比尔·盖茨老矣，早就Out啦！

软件外包公司应该在给新员工上的第一堂课上放日本AV片，特别是苍井空主演的AV片。如果有人记不住苍井空这个名字，就告诉他们"苍井空"的意思是蓝色天空。在蓝色天空下看AV片是一件令人血脉贲张的事，很能激发出大家的热情。但这不是重点。

苍井空在接受采访时说过："我知道很多人都看不起我们（AV女优），但我可是一直保持着尊严和专业，严肃地看待自己的工作……"所以，重点不是入了什么样的行业，也不是当螺丝钉或棋子儿。重点是能否"保持着尊严和专业"。有了尊严和专业，就有了自豪感。剩下的关键词就是"严肃"——能严肃地看待自己的工作，于是敬业精神油然而生，大大方方，不做作。

"干一行爱一行"这种说教既空泛，又滥情，还有到处乱"干"、乱"爱"之嫌。这在AV片里要禁止，在软件外包公司更不宜提倡。

如果还有员工对业务知识缺乏兴趣，就跟他们讲讲生活中的故事，包括这个曾经在网上流行的故事：神父要出门，正好有个修女想搭顺风车，于是，两人就上路了。车程过半，神父实在忍不住了，遂把一只手放到修女的大腿上。等了好一会，修女说话了：神父，您还记得《圣经》第521页吗？

于是，神父羞红了脸，把手缩了回去。晚上回家，神父拿出《圣经》，翻到第521页，但见醒目的一行字：向前，再向前，你就能推开幸福之门。

神父仰天长叹：额滴神呀！业务不熟，害死人啊！

明白了吧，这个段子的重点不在神父或修女，不在《圣经》，更不在第521页（《圣经》有521页吗？），而是在于：业务不熟害死人。

80后、90后的员工需要的不是说教。他们需要的是活生生的事例，然后通过自己的思考，想明白其中的道理后，作出自己的判断和决定。

当然，软件外包公司还可以跟80后、90后的员工讲讲周洋——她是第21届冬季奥运会女子短道速滑的金牌得主。她的获奖感言是："我觉得拿了金牌以后，可能会改变很多，首先肯定会让自己更有信心，也可以让我爸我妈生活得更好一点。"

相信"让我爸我妈生活得更好一点"能够成为80后、90后的员工（特别是那些从二三线城市或农村来的员工）努力工作和敬业的动力。

长此以往，媒体也就会识趣地闭上了嘴。（或许，媒体也会感叹：业务不熟害死人！）

英文

毫无疑问，中国正在跟国际接轨。一个很明显的证据就是，无论是在北京上海这些超大城市，还是二三线城市，甚至县级城市，英文随处可见。

一天看电视新闻，讲的是一个村里建起了诊所，村民们小病不用出村了。（当然，没有诊所的村子里，村民们得了小病也不出村。）吸引眼球的是，诊所里的每个指示牌竟然是用中、英双语写的。例如，急诊室门口有"入口"指示牌，英文翻译是"Enter Mouth"。

我还没反应过来，镜头一变，换了下一条新闻，说是派出所也跟国际接轨了，其标志就是派出所门口挂出了中、英文双语牌子。于是，镜头给了一个大特写，牌子上的中文是：有困难找民警。对应的英文是：Difficulty to Find Police.

如今在"跟国际接轨"的大潮中，不论是在大马路上还是网上，时不时有吓人的英语翻译扑面而来，躲都躲不开。有众所周知的"fuck good"（干货）、"one time sex thing"（一次性用品），还有带着调侃意味的"People mountain people sea"（人山人海）、"Give you color see see"(给你颜色看看)等等，不胜枚举。

回国后，听朋友讲起，现在网上有很多在线翻译工具。很多人图个方便，把工具拿来就用，也不过过脑子，看看翻译出来的东西是否靠谱。后来有媒体报道，鉴于抄袭风行，国内很多大学开始使用反抄袭软件。而广大同学为了反"反抄袭"，竟想到用谷歌的翻译工具，把抄袭的文章翻译成英文，然后再翻译回中文。道高一尺魔高一丈！感叹完，又佩服国人的聪明，竟把这种翻译工具用到了极致。这也表明，这类翻译工具其实不靠谱，文章经过汉译英、英译汉后，竟然连反抄袭软件都不认得了。

线上的翻译工具不靠谱也就罢了，至少线下的大学外文系不会差吧？

从钱锺书先生的《围城》，我们可以看到上世纪30年代大学里各个院系的座次："理科学生瞧不起文科学生，外国语文学系学生瞧不起中国文学系学生，中国文学系学生瞧不起哲学系学生，哲学系学生瞧不起社会学系学生，社会学系学生瞧不起教育系学生，教育系学生没有谁可以给他们瞧不起了，只能瞧不起本系的先生。"

按说教育系的女生多，竟然教育系的老师还不被高看，可见那时教育系的老师比不上现在大学里的"倒师"，没有那么多倒在床上给女生答疑解惑的机会。当然，在此不是要说教育系。我是想让各位知道，上世纪30年代外国文学系是独占人文学科的鳌头。究其原因，无非是当年的外国文学系强调语言文字与文学并重，尤其重视中国语言文学。据说，当年很多外国文学系的第一门课不是外语，而是中国文学。而中国文学系就很难做到外国文学系的"兼容并包"——有谁听说中国文学系的第一门课是英文？难怪王小波讲，在中国，翻译家的作品更有档次，特别是那些诗人兼翻译家的作品，例如王道乾先生译的《情人》，查良铮（穆旦）先生译的

《青铜骑士》，都好过同期的中文小说。

当年上海公学的校长胡适力邀沈从文加入国文系，教授白话写作课。而苏州有名的"张家四姐妹"之一的张兆和正好考入上海公学的英文系。如果她不是在入学后第一年就选修国文系沈从文的中文写作课，哪里会有沈老师的几百封情书，以及后来沈老师与张同学的婚姻？由此看来，那时的英文系学生兼修中文有两大好处，不仅打下深厚的中文底子，如果运气好还会收获一份爱情。（这些当然也要归功于上海公学有胡适这样开明的海归校长。）

那时留英留美回来的老师，都喜用一些直接音译过来的英文单词，例如，姻士披里纯（inspiration），罗曼司（romance），赛因斯（science），我能比呀（Olympiad）等等。这可害苦了非外文系的学生。

梁实秋先生写回忆录，讲起抗战时的重庆，生活很艰苦。大家只好努力回忆曾经吃过的好东西。有一海归学者口中振振有词：莱阳海带！众人好奇，莱阳海带是何山珍海味？答曰："'狮子头'的英语谐音。"这恐怕更不是非外文系的学生所能想到的。

日前有报道说，国内大学教授把英文里的"蒋介石"翻译成"常凯申"，把英文的"孟子"译作"孟修斯"，把"free rider"译成"自由骑士"。这事儿就有些"幽默"了。莫非这些教授也想学学30年代的大师们，直接用音译的单词。只是，教授们浅薄的中文底子（甚至文化常识）就暴露无遗了。

当然，也不能怪现在的教授们英文（中文）不好，教授们毕竟上的是80、90年代的外文系。此外文系已非彼外文系。进入了新世纪，国内大学的外文系就更像是语言技能补习班或留学培训班了。上学就是为了考试，考试就是背标准答案。这就不能怪学生分不清"蒋介石"与"常凯申"、"孟子"与"孟修斯"了。要怪就怪大学里早已没有像沈先生那样的教授，更没有像胡适那样的校长了。现在不要说外文系了，就连大学也都成了补习班、留学培训班了。原清华大学校长梅贻琦先生说过："大学者，非有大楼之谓也，有大师之谓也。"现在的大学正好是个反证。

作家阿城曾呼吁："我认为文字，中文字，只将它视为工具，是大错误。"其实，在这个把外文，包括英文字，都当成工具的时代，中文字充其量是个小小小小的工具。阿城的呼吁看上去倒像个"大错误"，与这个时代格格不入了。

这就解释了我的发现：很多来应聘软件外包公司职位的外文系毕业生，虽然英语已经是八级了，但中文写的自我介绍还是小学水平。其实，仔细看看他们的英文简历，也好不到哪儿去。

唉！这样的国际接轨难呀。不像GDP，说上去就上去了。

政府可能也认识到这个困难了，于是灵机一动，拿出钱来，到处去办孔子学院，大量赠送《于丹〈论语〉心得》，鼓励老外学中文。这相当于把困难当个球踢给了老外。难怪有的大学校长和教授呼吁取消英语课，说是工作上用不到。我原以为是这些校长和教授太功利了，现在看来，他们是在配合政府踢球。

于丹在她的书里，把孔圣人写得跟《圣经》里的耶稣似的。先不论对与错，至少老外们学起《论语》来就轻车熟路了许多，顺带还把中文学会了。（只是不知孔子他老人家在九泉之下作何感想。）

问题是在老外们都学会中文之前，这个球其实是由中国的外包公司接着的，因为这些公司还都指望用英文去美国欧洲拿活儿呢。

只是，中国的外包公司能hold得住吗？

火锅

这里不谈火锅，不谈涮羊肉。要谈就谈我在国外大街上的见闻。

不知从什么时候开始，小女生（也包括老女生）时兴穿露肚脐的衣服。特别是在盛夏，一个短小的吊带背心，一条低腰的牛仔裤，肚脐正好处在上下都不管的部位。于是形状各异的肚脐就像男人光着的膀子一样，满不在乎地穿梭在大街小巷里。

望着满大街不同形状的肚脐，我只记住了其中的一种类型。那是在爱尔兰都柏林的街头，一群小女生（初中生）在等公车。她们的身材不高（一直纳闷，为何爱尔兰的女生个子普遍不高），但露出的肚脐都像婴儿吃奶时噘起的小嘴，镶嵌在圆滚滚的肚子上。再配上白皙的皮肤，像极了内蒙草原上的小肥羊。（或许是小肥猪更合适。草原上有猪吗？）

当然，我去都柏林不光为了看小肥羊。我还肩负重担，要把爱尔兰甚至全欧洲的外包项目都拿回中国。至于我因为多看了几眼小肥羊们而险些误了跟客户的重要会议，则不必在这里谈。

这里要谈的是，现在很多国内的软件外包公司直接把销售队伍（甚至工程师们）派到了欧洲、美国、日本等前线。这使得销售经理们能近距离地跟在客户的身边，以便第一时间看清楚客户的钱包里还有多少钱。相比从前只是在国内守株待兔，这种深入虎穴的做法无疑是一大进步。

我有幸参观了国内一家外包公司在美国东北部设的一个据点。说是据点，其实就是一套单身公寓，屋里的东西有一半是大街上捡来的，另一半是从地摊上淘来的。（美国的小镇上，周末常有人摆地摊，学名叫"跳蚤市场"。）

刚刚跟客户开了一天会的销售经理坐在一个捡来的沙发垫上，正抱着一台笔记本电脑给客户写感谢信。这个行业就是不讲理，明明是客户把你找去接受训斥，你还得装成龟孙子给他写封感谢信——感谢他给你这个挨骂的机会。好像别的竞争对手想要挨骂还没有机会似的。

销售经理为什么要抱着电脑呢？不是他愿意这样，而是房子里压根儿就没有桌子。公司不给买桌子的理由很简单：你是来工作的，不是来写字的，要桌子干什么？而大街上一时间竟也没有桌子可捡。

我感叹：强烈要求把这个据点作为"艰苦奋斗"的红色教育基地保留下来，然后邀请领导们来参观。

销售经理：对！领导们参观完基地后，还可以去爬雪山过草地。

雪山草地？

没错。你没看见我们这栋公寓楼是建在一个山坡上的。冬天一下雪，山坡就成了雪山，加上门口这片草地，不就是雪山草地了嘛。冬天最头疼的是，下完雪后，路面就会结冰。我那辆二手车是后轮驱动，车子打滑，根本就开不上这个坡。我只能徒步走上来。如果赶上刮大风，我背着电脑，手里提着从超市买的油盐酱醋，饿着肚子赶着回来做饭，那就像红军长征了。

你想没想过，中国外包的前途和命运就系在你的身上了，全国人民的眼睛都看着你呢？

谢特！全国人民没盯着我，有一次倒是让警察给盯上了，还是一女的。那姐姐跟在我后头，看了好一会儿，然后就过来跟我搭讪。我那会儿正捯气儿呢，没理她。她以为我不会讲英语，就转身把警车开了过来。那是一辆4驱的SUV。我一看，坏了！她别是要抓我呀。我赶紧用英语说："我不是小偷！"她给逗乐了："大雪天的，你也不能光偷些油盐酱醋呀。快说，你家在哪儿？我送你回去。"一上车，我就后悔了。

为什么？

那姐姐简直太漂亮了！整个儿一大美女。她有多美呢？知道国内的当红女演员范冰冰吧。如果范冰冰见了这位警察姐姐，冰冰就融化了。她们俩的差别就像中国男足跟阿根廷队的差距。就这么美的人儿，外加一身警服，一副"不爱红装爱武装"的范儿。冷艳！你知道什么叫冷艳吧？

不知道。我只知道冷饮。

别打岔。一上车，我就后悔告诉她我住在山坡上了。早知道应该说我没有家，你要是看我可怜就带我回你家吧。

癞蛤蟆！别给咱中国爷们儿丢脸了。

还好，虽然那时脑子不好使了，但立场还算坚定。大美女问我是做啥的。我说是做饭的。

你是做饭的？

废话，我能老老实实告诉大美女我在这里是做销售的吗？我拿的签证在美国能干什么不能干什么，我都搞不清楚，更别说眼前这位大美女了。所以，我就说是做饭的——我回家做饭！大美女看我所答非所问，还真以为我英语不好，也就不问了。等到了公寓门口，把东西从警车上拿下来，我握着大美女那冰凉的小手，忽然有一种冲动……

又来了。你冲动个什么劲儿？

你知道什么叫依依不舍吗？自打我来美国，北京的女友跟别人跑了，这里又人生地不熟，很久没有这种感觉了。当时，我看着越下越大的雪，心里一热，就冲她喊："我会做火锅。明白吗，火锅！鸳鸯火锅！"

大美女留下来吃火锅了？

没有。后来我给冻醒了，才发现是一梦——火锅梦！

看来你是想吃火锅了。等你回北京，我请客。

一言为定啊。火锅我喜欢吃小肥羊的。

不好意思，谈了半天，又绕回到涮羊肉。而且有植入广告的嫌疑。只是听说，小肥羊餐饮集团已被一家西方跨国企业收购了。

我唠叨半天，原本是想说说在国外当销售做业务的艰辛，没想到一切都归入了火锅。

难怪有人说，如今的"全球化"就是把全世界变成一个大火锅。

海龟

常常被问起：为什么回国？

最直截了当的理由是：多陪陪老爹老妈。

最深奥的理由是："你从众生身上看到的痛苦，就是你自己的痛苦，他们帮助你看到自己的痛苦，你修行，也是帮助他们增加功德。离开众生世俗，就没有解脱。"（旺秋活佛语，摘自刘鉴强《卡瓦格博》。）

最啼笑皆非的理由是：想活在国内，活在当下。（有几个哥们儿似乎明白了，坏笑着说：美国白领朝五晚六的，清教徒似的，哪有咱国内的生活丰富多彩。）

我所处的这个"当下"，是把从海外归来的称作"海归"的当下，再通俗一点就是"海龟"的当下。

记起临回国时，开着自己的宝马车到银行办事。那辆车的颜色是最经典的宝马灰。忽然，感叹起宝马的快捷、舒适以及美国生活的种种方便，再次让我考虑回国是否明智。唉！这忽然闯出来的"灰马"，扰乱了表面的平静。又想起张爱玲当年说过："我们不幸生活于中国人之间，比不得华侨，可以一辈子安全地隔着适当的距离崇拜着神圣的祖国。"

再一想，留在美国固然可以"隔岸观火"，但时间一长，总有"隔靴搔痒"之感。

想近距离观察、体验这个不可多得的历史时期，包括这个时期人们的心态、心理、身体的变化（越来越多的人患上脂肪肝，败血病）、男女生活……甚至体验一下犯规——例如，为了避开主道上的塞车，开车从自行车道上绕行。

因为暴雨，从芝加哥飞往北京的航班晚了6个小时。那是2005年夏天。我跟国内一家软件外包公司谈妥，决定入伙。那一刻正在飞回北京的路上。

当飞机穿越北极上空的黑夜时，人民币静静地升值。这意味着带回来的美元还没出手，先就缩水了。只能认栽，就当是为了成为海龟而交的会费。

时下国人都学着张爱玲说：出名要趁早。其实，当海龟也要趁早。不为别的，就为你在国外挣的那些美元，都是血汗钱。得赶在美元彻底贬值之前回来，把它们换成人民币或是水泥壳。没办法，人为财死。

当然，海龟中也有不为财的。那为什么呢？大家避而不谈，只说是为了报效祖国，放弃了国外的高薪。一不留神，被媒体一炒作，没准儿就出了名。然后空降到一家民营企业（如果政治过硬、关系够铁，还可空降到国企），说话时多带几个英文单词（俗称"散装英语"），顺带狠狠赚上一笔。末了，举重若轻地说一声：我是打工皇帝。

也有海龟说，回来是为了爱情，因为在国外感情受了伤。话音未落，媒体就报道说，80后、90后的女生已经挺身而出，誓言要为海龟们抚平创伤。这跟当年费翔唱"故乡的云"很不同——那时的创伤不是靠美女而是靠风和云来抚平的。葛优在戏里说，21世纪最缺的是人才。对这些女生来讲，新世纪最缺的是"感情受伤的海龟，特别是伤口还发着炎的那种"。

前一段时间闹得沸沸扬扬的"西太平洋大学"（简称"西太"）的真假文凭，又给正在褪色的海龟形象抹了一笔重彩。起先，我以为这"西太"在中国。西太平洋从地理上看，怎么也应该在中国沿海一带才对。后来一查"西太"的英文名字，原来是"Pacific Western University"，翻译成中文应该是"太平洋美西大学"，简称就是"太美西"，念顺了就是"太没戏"！

强烈建议那些想买文凭的海龟，一定要慎选校名。否则，你既花了钱，却不好意思把校名说出来，岂不冤枉？前几年，唐海龟宁可默许出版社把"加州理工学院"的博士头衔塞进自己写的书里，也不愿意公开承认自己是"太没戏"博士。教训呀。

飞机终于抵达北京机场。路过几家机场书店，发现多是一些教导人们（特别是刚刚出道的年轻人）如何在官场和商界巧言令色、左右逢源的"励志书"。朋友讲，那些都是黑厚学的研究成果。

我忽然有些担心。海龟们有多年在西方国家厮混的经验，懂得如何去提高效益、把利润最大化。如果跟中国特色的黑厚学相结合，指不定会鼓捣出极具杀伤力的杂交品种。（而且这些杂交品种在当下的中国一时还没有"天敌"，故而能所向披靡，无往不胜。）

提醒自己，以后有人叫你"海龟"，先别答应，脑子里快速过一遍，想想最近是不是又有海龟在国内骗吃骗喝骗爱情被曝光，或是假学历假文凭在网上被晾晒，以免被人骂。记得前几年，善良的国人总是被一些据说是河南籍的骗子们骗财骗色。国人被骗怕了，以至于把"河南人"跟"骗子"画上了等号。后来有人还写了书，书名好像就是：《河南人怎么了？》

但愿今后不要在机场的书店里，紧挨着黑厚学，有一本新书，书名赫然：《海龟们怎么了？》

顺便提一下，坊间讲的海龟是特指在国外（尤其是美国）的大学和公司都混了若干年的。少于五年的是小海龟，在五年和十年之间的是大海龟，十年以上的是老海龟。按照这个标准，我应该在老海龟之列。

曾经看过介绍林语堂的一个节目。林先生可算是老老海龟。真正羡慕他的青春、他的才华：编辑英汉词典，用英文写就《吾国吾民》《生活的艺术》。写杂文抨击时政不过瘾，还跑去参加游行，跟学生一起向军警扔石头。那时的军警想必也是迂得可爱，上司说不能带枪就不带枪呀。你不带枪也罢了，难道不会"躲猫猫"？林先生的石头不砸你砸谁？

现在的海龟们（包括老海龟们）还会扔石头吗？嘿嘿，算球！

学者陈冠中在《有一百个理由不该在北京生活，为什么还在这儿》中写道："……来北京有三个理由，为了学习，为了事业，为了理想，用白话说就是为名为利为权。"

忽然发现，用作海龟回国的理由，同样贴切，一针见血。

海带

最近几年在北京上海，经常遇到在国外呆了两三年的小海龟。

这些小海龟通常在著名的国家（例如英国、澳大利亚、新西兰等）或非著名的国家（例如爱沙尼亚、立陶宛、阿塞拜疆等），花两年左右的时间，拿到一个疑似硕士学位后就打道回府。很多国家没有严格意义上的（即能听得明白的）硕士学位，故曰"疑似"。

如今，中国的父母们也确实有钱了——不管这钱是假公济私来的，做生意赚来的，还是从牙缝里省出来的。只要他们的独生宝贝能出人头地，花多少钱他们也心甘情愿。这些父母是国内外教育体系最大的赞助者。

对于现在国内的教育体系，民谣歌手周云蓬有个形象的描述："小学初中高中大学，一条精致的高效率流水线，不怕虎的牛犊子，哞哞叫地赶进去，经过千百张试卷的打磨，千万个考题的凌迟，蓦然回首，小牛已成了不开窍的死气沉沉的牛肉罐头。"

作为已出厂的"牛肉罐头"，父母们才不在乎宝贝们最终是被装进罐头里，还是装在盘子里。反正自己已经都是老牛（肉）了，但小牛们决不能输在起跑线上。据说，现在的起跑线从小学提早到了幼儿园，甚至到了怀孕的第六周。（我很好奇，谁画的起跑线？）于是，从幼儿园一路到上大学，在这条流水线上，每一个孩子都要经历从毛坯、粗品，到半成品的过程。这个过程的尽头，则排列着整齐划一的成品，每一个成品的脸上都盖着"学士""硕士"甚至"博士"的戳——这是当今社会认可的成功标志之一。

另一个标志就是钱。

虽然没人能保证脸上有了戳口袋里就会有钱，但是脸上没有戳就不能算是成品，就意味着失败。对于生活在国内的父母们，这种失败是不能接受的。

他们的孩子只有两条路可走，要么在流水线上坚持到底，每战必胜，最后把戳盖到脸上；要么做"曲线运动"，花钱到国外大学去盖个戳。反正有了戳就是成功一半了。

父母们心中是有榜样的。那些早期回国的海龟们在媒体上谈得最多的就是如何放弃了国外的优厚待遇，毅然回来报效祖国。结果，那些海龟们在国内个个是锦衣玉食，不但口袋里有了钱，完成了向"成功人士"的华丽转身，而且出镜率也奇高，让居委会大妈们跟街坊邻居唠叨了好几天。这是先有戳，后有钱的案例。

当然，另外一些人是先有钱（权），后有戳。但英雄不问出处，口袋里有钱的"成功人士"一旦脸上有了戳，那就不是"大老粗"了，而是"有知识的成功人士"。所以很多人有钱（权）后，还要赶快去买个戳盖在脸上。否则就没有底气出门，不好意思在镜头前称自己是"有知识的成功人士"。

父母们倒是懂得遵守游戏规则。他们宁肯花钱让孩子去国外的大学呆上两年，也不会直接去买个戳。于是，便有了如此的循环：父母们花光口袋里的钱，让孩子脸上盖到戳、口袋里赚到钱。然后，孩子结婚生子。再然后，孩子花光自己口袋里的钱，让孩子的孩子脸上盖到戳、口袋里赚到钱……

这样的循环往复就像陕北放羊娃的故事：放羊为了娶媳妇，娶媳妇为了生娃，生娃为了放羊，放羊为了娶媳妇……

如果身在国外的女儿想买一辆车，这个循环就可能被打破。父母们倒也想得开。这时老爸不但出钱还出主意，建议买一辆新款的甲壳虫，最好是金黄色的，以便钓到一个金龟女婿。其结果就是女儿留在了国外。老爸没好意思讲的是，最好金龟女婿自己就能变成一辆黄灿灿的甲壳虫。

后来，有一坏一好两个消息传来。坏消息是，西方国家一个个都有了金融危机，跟得了禽流感似的，会传染。而好消息是，咱们国家没被传染上。不但没被传染，政府还拿出好几万个亿来刺激经济。见过大手笔，没见过这么大手笔的。

父母们一激动，就在Skype上跟留学在外的子女们说：轮到你们往口袋里赚钱的时候了，回国！

其实，他们的子女正想着要回来当小海龟，因为口袋里早就没钱了。只是让小海龟和他们的父母都没想到的是，政府的大手笔都投给了国企央企，理由很简单：国企央企是关乎国家的经济命脉的。用老百姓听得懂的话讲就是，政府的大手笔是要确保国企央企的垄断地位，与增加就业并无直接关系。需要说明的是，全世界的国企央企，不论姓"资"还是姓"社"都是同一个德性：不知"增加就业"为何物。

认识到这一点后，小海龟和他们的父母们也就不抱怨了，还是找工作要紧。外企的门槛有点高，小海龟的英语恐怕过不了关。有门路的就想办法挤进国企，路子更硬的就直接奔央企。为什么要挤进国企央企呢？国企央企的人是有一种天然的优越感的。也难怪，国企央企总爱给自己的头上戴光环，来个"共和国长子、二儿子、三儿子"当当。小海龟进了国企央企，没准儿就会培养出这种"当儿子"的优越感。

没有门路的就把简历投给民企。民企当然就包括软件外包公司。

进了软件外包公司后，很多小海龟就有"早知今日何必当初"的感觉：这两年就像是绕了一个大圈。如果当初直奔软件外包公司而来，跟着那些大海龟老海龟们，没准儿现在的英语写作水平、商务沟通能力早就上去了。在国外花的冤枉钱倒是小事，反正是老爸老妈埋单。冤枉的是在国外那两年，无依无靠，洗衣做饭没人管，哪有上大学时每个假期必定一大包脏衣服带回家来得爽。都说出国长了见识，其实还不如北漂妹们认识的国外名牌多。再看北京上海的房价，比出国时又涨了一大截。如果老爸老妈当初尚有余钱，买了一套公寓预备着还行。否则，小海龟们还得自己攒钱买房。自己口袋里何时才能存下钱呢？光是脸上有戳是不能被称作"成功人士"的。所以，在软件外包公司的小海龟大都比较郁闷。

后来，人们对待出国留学的问题就变得比较聪明了。有媒体报道，2010年北京大学的毕业生曹同学拿到了两份通知书：一份是一所英国大学的研究生入学通知书，另一份是一家大国企的入职通知书。曹同学的父母与女友的父母一致认为他应该选择大国企。理由很直白：这么好的大国企，别人挤破头都进不去。如果你去国外念书，等念完回来，黄花菜都凉了，上哪儿去找这么好的工作？如果找不到工作，念那么多书又有何用？

"念书有何用？"的确是个问题。这个问题在过去的千百年中是追着那些科举落榜的考生，如今是追着那些没找到工作的小海龟。时间一长，小海龟们只好选择最后的一条路：待业。

于是，海龟待业就简称"海带"——谁让"待"与"带"谐音呢。小海龟待业当然就叫"小海带"。

谁要再讲陕北放羊娃的故事，小海带们就跟谁急！

海草

如果没人提出异议，"海草"这个词就算是我的原创。（网上已经有人准备抗议。）

当初想到"海草"这个词，主要是触景生情。一天我在溪上走，见水中的鱼儿自由自在，刚想说鱼儿真快乐，一转念又住了口。倒不是想起《庄子》里的话：你又不是鱼儿，怎么知道鱼儿快乐呢？

当时的情况是，我见一厨师模样的家伙抄起一根端头上绑有网的长竿，往水中一捞，瞬间就捞起了一条鱼。

那是一条红鳟鱼。必须承认，那条红鳟鱼是我点的，烤炖红鳟鱼是一家叫"鱼师傅"农家餐馆的拿手菜。忘记说了，我在北京怀柔的山里。那天的鱼儿是否快乐还是个问号，开餐馆的农家确实乐了。

少了一条鱼儿的溪水中，隐约有一簇水草，任凭溪水流过，鱼儿穿过，水草不烦不恼，左右逢源，悠然自得。这不需要庄子，一个傻子就能看出水草多么快乐——水草至少不会担心被人点了当菜吃。

在那天的饭局上，我正给两头洋插队的猪洗脑。这两头猪原本在加州硅谷，只顾埋头吃猪草。直到美国金融危机，忽然发现离开硅谷的猪超过了搬来硅谷的猪。两头猪这才抬头遥望北京城，无奈远处有沙尘。于是就赶紧飞回来，找了一个有山有水的去处，来听我忽悠。

我的忽悠一向来去倏然，端看听众的反应，纯属即兴发挥。

"你们既然没长一个李彦宏的脑袋，或是JunTang的脸皮，暂时也找不到可以抄袭的idea，那还不如找一家local的outsourcing公司。"我跟在国外插队时间超长的猪们不用客气，英语混着中文直接就招呼上了。

"Why？这不明摆着嘛。对国外的客户来讲，你们有一张中国人的脸，代表一家local的中国公司来做business，一看就靠谱。而且你们的English还成，对方听得懂，跟客户交流no problem。对公司的老中而言，你们不但有十几年国外的工作经验，国内的事情再拾起来也快，跟你们沟通也不费啥劲儿。"

然后，我用手一指那簇水草："都说如鱼得水，连庄子当年还跟人争辩说，'我是在濠水边，知道鱼是快乐的！'那是bull谢特！你们看看那水草，既得水又得鱼，那才是快乐！你们在外包公司就是水草，土洋兼得，内外通吃。"

猪A问："可是俺家老婆不愿意回来咋办呀？"

我拧着猪A的耳朵："Easy！那就北京一个家，硅谷一个家，中间隔着太平洋，你当空中飞人，两边来回跑，就像那水草两边摆动。如果你真有了两个家，那是你的造化。"

"照涛哥的意思，在软件外包公司的海龟，就要像水草，能左右逢源、内外通吃。"猪B开始摇头晃脑了，"One world, two homes"。

我拧着两头猪的耳朵："海龟加水草，简称海草——这简直就是为软件外包准备的！明白了吗？就像徐志摩的那首《再别康桥》……"

"在外包的柔波里，我甘愿做一条海草！"两头猪齐声喊道。

"且慢！"我赶紧制止："你们在国内要切记三条纪律，否则就不配当海草。"

"涛哥快说！"

"第一条是不要用'春晚'海外同胞向全国人民拜年的台词，更不能模仿春晚主持人的深情。我知道你们每次过年都特认真地看'春晚'。这不怪你们，谁让你们远在美国，思乡心切呢。但回国来装深情，虚头八脑的，就是你们的错了。没看那些春晚主持人，在台上最多也就绷上五六个小时。时间一长，他们自己也会疯掉的。"

"那第二条呢？"

"第二条是不要给女同事开门或拿大衣。否则容易让她们误会，以为你对她们特别关心。第三条纪律：不要张口闭口都是'Thank you!'，这会让人觉得你太客气。特别是你的女同事，心里会很纠结。刚才对我又开门又拿大衣，感觉是对我上赶了。现在你又给我来客气的，装大尾巴狼。"

我喝了口燕京，继续说道："国内这些年的教育把大伙儿都整得感情脆弱。男同胞一会儿跟国外叫板说'No'，一会儿又说被伤了感情。女同事也不例外。轻者，她会去找你的老板，说你和她有办公室恋情、或是性骚扰；重者，纠集一帮小兄弟，把你堵在公司写字楼的地下车库里，要你给个明确的说法：爱还是不爱？这比莎翁的To be or not to be还深不可测。"

"哦，国情不同，所以在国内不能太绅士了。"两头猪似乎明白了。

"也不尽然。如果遇到领导，你们就要有绅士的派头，要给领导开门、倒水……至少要牢记克拉玛依人的话：大家都坐下，不要动，让领导先走！"我忽然想起了当年克拉玛依那场大火，心软了下来，"不过，真要是着了大火，你们也不要犯傻，就别装绅士了……"

看着那两头猪似懂非懂的样子，我恶狠狠地说："海草必须在有水的地方才能活。没了水，又着火了，那还是闪吧。实在扛不住，就撒丫子跑，直接跑回美国，不带走一片云彩。"

谢特！我这才意识到，"海草"应该是徐志摩最早发明的。（网上有不服的站出来。）

土鳖

有一句评论诗人的话："在历史里一个诗人似乎是神圣的，但是一个诗人在隔壁便是个笑话。"照搬这句话的格式，用来评论公司里的海龟，就成了：在媒体上一个海龟似乎是牛逼的，但是一个海龟在公司便是个笑话。而且，这个笑话有点冷。

同意对海龟这种评论的多半是土生土长的中层经理。他们没有出国留洋，故被称为"土鳖"。

虽然"西太平洋大学"事件被曝光后，国人开始知道大小海龟（包括海带、海草）的学位可能会掺有三聚氰胺，但海龟头上的光环依然闪亮。这实在是个很有趣的现象。尽管这些年中国说"不"的声音不时响起，无奈西方"船坚炮利"以及国外"先进文明"的烙印已经深深留在几代国人的心里，以至于对在国外镀了金的海龟们也是投以羡慕的眼光。而且照目前的情况，国人这种羡慕的眼光还会往下传好几代都打不住。

面对公司里的海龟，土鳖除了羡慕嫉妒恨，还有隐隐的痛。自己好不容易从普通的员工，一步一个脚印地做到部门经理的位置。这还是托公司实行的职业双轨制的福，自己得以从测试工程师转换跑道，又从小组长做起，最后当上了经理。如果再努力一把，也许年底就能提升为总监。这时，半路杀出一个程咬金，一个不大不小的卷毛海龟从天而降，占据了那个总监的位置。作为土鳖，心里自是愤愤然。晚上躺在床上，轻声叹口气，对已有身孕的老婆发毒誓：等咱儿子长大了，砸锅卖铁，也要让他出国去吃几天洋面包！

第二天，新上任的卷毛海龟召集部门开会。土鳖惊讶地发现，这厮的讲话风格跟国内领导的八股风格一模一样。如果不是卷毛海龟的"散装英语"——不时冒出的几个英文单词，土鳖真会怀疑这厮是个山寨版的海龟。后来一打听，卷毛海龟在出国前曾任学校里的学生会干部。难怪讲的话虽不着边际，却是滴水不漏。只是卷毛海龟的很多中文词汇还是10年前的——他是那年出国的。

其实，土鳖有所不知，像卷毛海龟这类的，在国外的时间长了，是有自己的担心的。他们怕自己的思想被西方的那一套所污染，影响自己回国后的发展。于是，他们在国外宽松的环境下，从一点一滴做起，日积月累，慢慢地构建起一套适合国内主流价值观的话语体系。回国后，他们自然是游刃有余地穿梭于国内的政府部门、大学校园、国企民企。看看那些在媒体上把自己精准地定位在爱国精英和青年导师位置上的海龟们，土鳖就应该明白我在说什么了。

土鳖倒是发现，卷毛海龟有一种强烈的"有权不用过期作废"的紧迫感。这种紧迫感的表现是，女秘书在座位上坐下来不能超过10分钟。否则，就是最大的资源浪费。为了避免浪费，卷毛海龟对女秘书是"敬而不远之"。每天上班，卷毛海龟基本不搭理女秘书，此为"敬之"。（后来土鳖才知道，卷毛海龟家有悍妇。）但每隔10分钟，卷毛海龟必会发一条短信给女秘书，指挥她来给自己倒茶水、订午餐盒饭、写出差申请、贴报销发票、寄同城快递……此为"不远之"。

与卷毛海龟相处的时间越长，土鳖心里越清楚，这位左右逢源的卷毛海龟是不会犯错的，因为这厮根本就不做事情。上边交代的任务，卷毛海龟一转手，安排给了下面的人，自己就不管了。一直到任务验收的头一天，这厮才把手下召集起来，询问任务的进展情况。然后，凭着那双钢琴家一样的快手，以及在跨国公司学到的专业词藻（都是大词儿），卷毛海龟连夜在电脑上打出一个图文并茂的PPT（幻灯片）。第二天，又用从"Toast Master"学到的演讲技巧，外加央视主持人那样的声情并茂……总之，参加会议的公司领导们被感动了——领导们误以为在参加央视的《艺术人生》节目呢。

看来总监的位置会被这厮一直把持着。土鳖心里盘算着：自己跳槽换一家公司吧，又恐人生地不熟。再说，天下乌鸦都一般黑，别家公司的海龟没准儿更是拦路虎。唉，既生瑜何生亮！先忍着吧。

土鳖调整了心态，开始把公司想象成一台大轿子。公司上下的员工（包括卷毛海龟和土鳖）都是抬轿子的。卷毛海龟一边抬轿子，一边还在大声喊着号子。土鳖大声地和着卷毛海龟的号子，让人觉得他依然像从前一样，在用力地抬着轿子。其实，土鳖的手已经悄悄地松开了……

一日，土鳖在网上闲逛，发现牛津英语大词典收录的一个新词：Frenemy，友敌。意思是尽管不喜欢，但表面上仍显得很友好的一种关系。

土鳖会心一笑。（有点像电视剧《潜伏》里，余则成那一丝不太容易被察觉的微笑。）

伤逝

一

起个大早去北大医院，给同事J送别。他患急性败血病去世。这年月好像得这类病的人越来越多。是因为食物，水源，空气，还是别的，没人说得清，也不知去找谁讨个说法。

几个要好的同事也惺惺相惜，互道珍重，好好活着。随着年龄增长，大家也开始在思考生与死的问题。生的过程有痛苦，但似乎更多的是快乐。死几乎百分百是痛苦：死者在面临死亡时的痛苦和恐惧，死亡带给生者的痛苦和恐惧。

西方有宗教，有教堂。人们把一切交给上帝，面对死亡就坦然了许多。在教堂里的告别仪式也比较庄重。记得有位朋友谈起他的父亲，到了癌症晚期，在临终前受洗，信了上帝，所以走得很从容。为此，这位朋友感叹道：人最后那段时间，其实是一生的高峰。

难怪有人说，有宗教信仰的人是幸福的，因为"宗教许诺了某种形式的再生、不朽或是转世。"当然，有的西方学者不这么看。在《临终者的孤独》（*The Loneliness of the Dying*）一书中，社会学家诺贝特·埃利亚斯（Norbert Elias）指出，在现代文明的社会，人们的一些动物性本能受到压抑。当众痛哭流涕与当众挖鼻孔一样，都成了禁忌。于是，人们在临终者面前，或是面对死亡时，忽然发现无话可说了，场面一下就冷了。（原来啼哭可以掩盖语言的不足。）

而灵魂还没有着落的国人，面对死亡时基本上就只会本能地号啕大哭了。谁还会记得庄子当年的击盆而歌？

旅美学者李欧梵在文章《死亡》中谈到，他们那一代知识分子中，原美国天普大学（Temple University）宗教哲学系的傅伟勋教授是唯一能够在"身、心、理"三方面正视死亡的。甚至在与死亡搏斗的最后几年，傅教授还是精神抖擞地大谈"生死学"，并在台湾推动建立专门研究生死的人文学科。

我曾在美国费城工作过，有幸认识傅教授的许多弟子（天普大学就在费城）。常听他们讲述傅教授生前的豪爽轶事，知他喜喝酒，却每每不胜酒力，愈喝愈醉，愈醉愈喝——这倒是像他与命运的搏斗，屡战屡败，屡败屡战，毫无惧色。对于死亡，傅教授不会击盆而歌，他喜欢的是瓦格纳。傅教授追悼会上放的音乐就是瓦格纳的。如果傅教授与尼采在天堂相遇，倒是好奇他们俩是要继续跟上帝谈"上帝之死"呢，还是讨论瓦格纳的音乐精神之宏大与严谨（或是"做戏"与"激情"）？

实际上，大多数的中国人是不相信上帝的。至少，他们固执地认为人跟上帝说不上话。就连董桥先生也说，上帝不会接听人打来的电话！即使接听，他也会说："你拨错号码！"然后把电话挂断。

于是，跟上帝通不上话的中国人就忌讳谈死亡。孔子讲得比较含蓄：未知生，焉知死？老百姓就直接了许多：好死不如赖活着！

从文学作品到电影，中国人都专注于"活着"（也延伸到"吃着"）。就连我们这个时代的IT英雄苹果的乔布斯，大概是深受东方文化的影响，故而也调侃道："没有人想死。即使那些想上天堂的人，也想活着上天堂。"

二

从北大医院出来，刚拐上平安大街，一辆小机动三轮就插过来。车上装的是几扇猪肉，其实就是猪身。不知能否叫猪的遗体或尸体。而猪肯定是被人杀的，其他还活着的猪会作何想？人为了吃猪肉，用了很多方法和佐料，把猪肉烧得香喷喷的。是为了压住猪尸体的味道？

向东朝二环开去，路过曾经光顾过的一家烤鸭店，忽然感觉烤鸭店与医院的太平间近在咫尺，就想到鸭子，鸭子的尸体，还有那烤得焦黄的鸭子。

搞不清是先有国人的"赖活着"才有了红烧肉和烤鸭，还是先有了红烧肉和烤鸭才有了"赖活着"的国人？反正，国人从此只谈生不谈死了。

当然，国人只是不谈自己的死。

再往东，就是保利剧院。我曾在剧院里看过话剧、歌剧和芭蕾。那里就有生有死，是表演出来的，是拿来被大家观看和欣赏的。而在剧院的西边，在平安大街，在北大医院，在我们每天的生活中，生与死是实实在在发生的，大部分人是不会停下来欣赏的（偶尔也会有围观）。这也许就是艺术与生活的区别。

如果动物会表演，那些还活着的猪和鸭子会表演什么呢？是国人的"赖活着"吗？

三

等着上午9点在现代盛世大厦参加客户的一个会议。看看表，才7点左右。停车，走在三元桥附近的街上。北京的秋天，有点凉。街上的景物还是80年代的模样，只是远处有很高的玻璃大楼。

又想到J的告别仪式。如果没有一大群同事，他家人就很少了。自古中国人都想多生孩子（特别是男孩子），可能也是为了在送葬时有人气。

多生孩子就导致了人口众多，也就没有了"隐私"。以至于张爱玲说："中国人是在一大群人之间呱呱堕地的，也在一大群人之间死去……"，于是乎，"婚姻与死亡更是公众的事了"。

即便如此，我也想不出大家都喜欢"人气"的理由。人既然是赤条条来赤条条去，为什么就不能（或不情愿）悄悄来悄悄去？尤其是悄悄去，为什么总要弄出点动静？为了死者？可人已经去了，已经看不到听不见这些动静了。想来还是为了生者。这些活着的人聚在一起，弄点声响出来，给自己壮壮胆，减轻些恐惧。可是葬礼上放的都是新闻联播里那种领导人去世的哀乐，让人欲哭无泪。

坐在一家早餐店里，已经吃完了面包，还在喝着咖啡。店里的背景音乐忽强忽弱，却很顽强地往地里钻，想扎下根……哦，这不是千昌夫唱的《北国之春》嘛！千昌夫来自日本东北的岩手县（2011年3月的日本大地震，该县是受灾最严重的三个县之一）。那时，日本经济正在飞速成长，很多进城的农民工来自日本的东北地区。千昌夫第一次演唱《北国之春》时，穿了一件岩手县农民常穿的皱皱巴巴的风衣——有点像国内建筑工地上，农民工常穿的皱皱巴巴的西服。歌曲一经播出，就受到日本农民工的热捧……

　　在笔记本电脑上记下此时的感想：这才是应该放给J听的歌！他是软件民工，来自大西北。这些年玩儿命地工作，就是想带着妻儿在北京扎下来。

　　想想生长在新中国的民工们（包括软件民工们），大都没了信仰的根，精神上早就成了断线的风筝。而90年代以来的城市化，又从肉体上把他们连根拔起。这忽强忽弱的音乐正是他们的挣扎和不情愿。

　　J，生命无常，一路走好！但愿在天国的城堡里，有永远属于你的落脚之地（而不是仅仅70年的使用权）。

第二章

活着

"只要我们活着，我们就是在自我欺骗。"

　　——雅洛斯拉夫·阿塞克（Jaloslav Hasek），《好兵帅克》

"但是必须好好活着……"

　　——弗朗索瓦·里卡尔（Francois Ricard），《撒旦的视角》

"经由你的梦，领会你之所无。"

　　　　　　　——W.H.奥登（W.H.Auden）

有言在先

在路上

一

工业革命给人类社会带来的一个观念变化是，有了时间概念——确切地讲是有了机械般精确的分秒。从此，人们不再遵守"日出而作、日落而息"这一沿袭了千百年的作息规律，而是按照机械钟表给出的精确时间来安排工作和生活。伴随着机械钟表永不停息的嘀嗒声，时间似乎就这么沿着一条看不见的直线，永远延伸下去。

作为资本主义的产物，一个有独立法人地位的公司，从其成立之日起，就在追随着时间，争分夺秒地往前赶路，永远在路上。换句话说，在市场经济的环境下，公司一旦上路，就停不下来——开弓没有回头箭，除非是破产倒闭，或是被兼并。

随着经济的高速运转，人们再也停不下来了。多少人的肉身被绑在疾驰的经济战车上，灵魂却被狠狠地甩了出去……

一位艺术家说："我们赚了更多钱，却仿佛没活过。"

作为提倡"身心合一"的炎黄子孙，如何能跳出"先是被贫穷毁坏过一次，现在又正被富裕毁坏着"的怪圈呢？如何能够真正地活一遍？又如何感悟人生的意义呢？

二

马克斯·韦伯（Max Weber）讲过，资本主义有两个秘密，一个是会计制度，即成本核算、投入产出；另一个是科层管理制度。这套价值中立的制度以效率为衡量标准，以公司的业务管理目标为己任。

科层管理制度的一个预设前提是，人都是自私的、懒惰的。为了刺激人们，让他们变得勤奋起来，科层管理制度就要做到"奖勤罚懒"和"优胜劣汰"，拉开收入分配的档次，形成金字塔形——使得最上层的人拿大头，最下层的人拿小头。换句话说，这种制度就是要利用人性中的贪婪和欲望，在使得人人都拼命往金字塔上端爬的同时，让公司的投入产出最大化，也即效益最大化。

中国改革开放的成果之一，就是打破了实行了几十年的"大锅饭"制度。大部分的民企和国企央企都不同程度地引进了资本主义的会计制度和科层制度。于是我们看到，在那些强力推行绩效考核制度的公司里，工作最努力、提拔最快的员工往往是从二三线城市或农村来的，而且是急于改变自己命运的年轻人。

不可否认的是，生产效率的提高极大地促进了中国经济的发展以及物质的丰富。"奖勤罚懒"和"优胜劣汰"也很大程度上纠正了人们在过去几十年形成的"懒惰"习惯。但在中国经济高歌猛进30年后的今天，我们似乎更有理由去警惕另一种心态——焦虑。

从心理学角度看，焦虑源于缺乏安全感，对自己所处的状态不安。在一个急功近利、价值观支离破碎的社会中，焦虑是一种常态心理和普遍情绪。在一个公司里，这种焦虑心态的表现是，对于比

自己活得更好的（金字塔更上层）人的嫉恨，对于比自己活得差的
(金字塔更低层)人的蔑视。当可怜的自卑和可笑的自尊集于一身时，
就会造成人格的扭曲，也使得整个社会充斥着怨气、戾气、疏离和
迷惘。

在这样的生存环境中，人们将会忘掉勤奋工作的理由，也会丧
失人生的意义。人们只能是alive，不是lived life。就像那句波希米
亚流行语：生活在别处，此地无感觉。

三

体量巨大的中国经济，一旦高速发展起来，必将给人们带来滚
滚的财富。对于扑面而来的致富机会，在物质匮乏的生活中习惯了
"平均主义"的中国人起初很不适应。只有一小部分脑筋灵活或与
权力有关系的人抓住了机会。等大多数中国人醒悟过来时，这一小
部分人已经成为了巨富。于是，在"榜样"的示范下，全民下海、
全民皆商成为时尚，整个社会文化也弥漫着"弱肉强食、优胜劣
汰"的社会达尔文主义。这使得当下的中国社会很像当年欧美社会
的"镀金时代"。

19世纪中期到20世纪30年代，由于工业革命的推动，海外市场
的扩张，带动了以轮船和铁路为主导的运输业、钢铁和煤炭业，以
及金融业的发展，欧美国家经济第一次进入了全球化时期。这使得
那些肯吃苦、会钻营的少数人很快成了巨富。

这些暴发户们毫不掩饰自己对财富的占有欲，也喜欢用自己巨
大的财富挑战原有的社会等级——特别是那些高高在上的贵族阶
层。由于没有深厚的文化底蕴，又缺乏贵族的历史传承和积淀，这
些巨富只能比拼财富。最能吸引眼球的当数一掷千金的挥霍。

我去过罗德岛的新港（Newport，Rhode Island），那里是当年美国巨富们在东海岸的避暑胜地。在那些能媲美皇宫的豪宅里，客厅卧室的墙面多以纯金镶镀，金碧辉煌。最有趣的是，豪宅的装修材料、各个房间的装饰品，一概从欧洲进口。不是美国没有这些东西，而是当时的欧洲比美国更时尚。美国巨富们自然是以买欧洲的东西为荣。当然，欧洲的东西也更昂贵，这恰好给了美国富豪们斗富比阔气的机会。（如今中国的巨富们也是以买欧洲和美国的东西为荣。历史似乎在重演。）

当年那个"镀金时代"也是一个政治腐败、权钱交易泛滥的时代。这些都反映在马克·吐温的小说《镀金时代》（The Gilded Age）里。那个时代的人们相信，"社会的本质就是弱肉强食，有本领能吃就要吃，至于吃相是否难看则不重要。"

好在，欧美社会有不绝于耳的社会批评之声，有从政治上不断对权钱交易、贪污腐败空间的挤压，以及对公平竞争秩序的维护，加之巨富们对自己身份的重新认识和定位——尤其是很多巨富明白了"骆驼穿针眼"的道理，开始做起了慈善，并以此来救赎自己的"原罪"。于是，一个前后长达70年的"镀金时代"结束了。（如今国内商品房的土地使用权限也是70年，是否暗合了"镀金时代"的70年？这是题外话了。）

要想终结当下中国的"镀金时代"，唯有社会批评、政治进步、富豪自觉一途。只是，中国改革开放30年以来，权力与资本形成了大大小小的利益集团。如今的改革犹如进入了暗流汹涌的深水区。中国的现状不是市场经济本身的错，而恰恰反映了市场经济在中国的不彻底。如果非要说"中国特色"，对公平竞争秩序的侵害就是目前的"中国特色"。

终结中国"镀金时代"的路也许会更长。

四

上世纪50年代，美国的通用汽车雇佣了几十万员工，如日中天。当时通用汽车的董事长对美国总统讲过"两个凡是"：凡是对通用汽车有好处的，一定对美国有好处；凡是对美国有好处的，也一定对通用汽车有好处。

通用汽车的老板当然是希望美国政府能出台对通用汽车（也就是对美国）有利的政策。不久的将来，雇佣了成百上千万大学毕业生的中国外包公司的老板们在跟政府部门沟通时，也应该有当年通用汽车老板那样的底气。接地气，才会有底气。

中国软件外包公司大都是民营草根，是接地气的。随着这些外包公司的成长壮大，它们也在经历那些成熟公司曾经经历的阶段和发展中的阵痛。如果说，公司对基层员工和中层经理的要求是责任，对高层经理的要求是使命，那么对创业者的要求就是理想、理想，还是理想——这里面包括了对内心中那份价值观的坚持，对人生意义的执着。

艺术家叶永青办过一个画展，名字叫"画个鸟"。有两个意思：其一是说"画"的是"鸟"，不是画鸟。其二就是黑色幽默了，"鸟"不是个"东西"，但还要去画。

自古以来，鸟儿就是猎人的目标。以至于每个小学生都知道"枪打出头鸟"。后来，有位年轻人愤愤然，大声疾呼："希望那些喜欢用'枪打出头鸟'这样的道理教训年轻人，并且因此觉得自己很成熟的中国人有一天能够明白这样一个事实，那就是：有的鸟来到世间，是为了做它该做的事，而不是专门躲枪子儿的。"（这位年轻人看上去倒像是一只"愤怒的小鸟"。）

我们也来"看个鸟"。只有一个意思:"看"那个"鸟"。那是一个东西,一只飞翔的鸟——我们内心深处那挥之不去的理想。

既然已经上路,那就带上理想。

既然已经停不下来,就常去看看日出日落,暂时忘掉时间,顺便独自发发呆,也好让分离的"身"与"心"、"肉"与"灵"有短暂的相会。

至少,不要迷失在当下这个粗糙和喧闹的"镀金时代"。

不要迷失在路上。

——

有感而发

——

学费

按照时下流行的说法，软件外包是属于服务行业的，也就是人们常说的第三产业。另外还有IT服务外包，而且有人认为IT服务外包涵盖了软件外包。的确，"软件"与"IT"的领域多有重叠。我的理解是，软件外包更偏重于软件开发和测试（特别是研发类的软件）的外包服务，而IT服务外包侧重于IT系统（包括基于IT技术的软件系统和应用开发）的外包服务。但在本书中，除非有特别的说明，"软件外包"和"IT服务外包"常常是交替着用的，或者合二为一"IT和软件外包"，或者"IT和软件服务外包"。虽然"IT和软件服务外包"往往简写成"软件外包"，但没有了"服务"两字并不意味软件（或IT）外包就不属于服务业了。这只表明我是个懒人，而且中文打字又不熟练。

当年人们可是把软件外包当成一种新兴工业的。据江湖上流传的故事，上世纪80年代初，国际友人（美籍华人）来访，有幸被中科院的领导（亦或是教育部的领导）接见。国际友人提及印度正在大量承包软件项目，大赚美元，是无烟工业，希望中国也能开展起来，为国家创汇赚美元。

不知是不是"无烟工业"打动了领导，反正领导大手一挥，很爽快地说了一个字：搞！

国际友人是在香港长大、台湾念的大学。那里的人们对"搞"（还有"干"）的字面理解还停留在"三俗"的水平，常常往黄的方面想。好在领导一声令下，北京大学马上办起了软件技术培训班。国际友人才知道自己差一点误会了领导的意思。

北大选出了两百名数学成绩好的大学生，集中起来，先学英文，然后跟着洋教师们学习计算机编程。当年的计算机语言还不是C++和Java。是什么呢？是什么已经不重要了。重要的是，国际友人除了知道这种无烟工业需要数学好的学生之外，其他均是一无所知，无可奉告。

培训数月后，软件外包还不见个影儿，领导却开始动摇了，因为领导发现，此无烟工业跟彼无烟工业是两回事儿，全然没有"热呼呼湿润润"的感觉。当时那两百名大学生毕竟年轻（很多还是童子身），没法理解领导说的那种"热呼呼湿润润"的感觉。多年以后，艺术家温普林描述了这种感觉："……回到东北沈阳，我哪敢认啊，这哪里是我的故乡，从一个重工业城市变成一个重型无烟工业城市，全是洗澡堂，愉快啊！"这种"热呼呼湿润润"的感觉大概相当于英文中的"warm and fuzzy"。现在的人们早已见惯不怪了。

一旦领导开始动摇，培训班就办不下去了。于是，这两百名大学生作鸟兽散。后来，培训班的一些学员果然成了搞软件外包的"鸟"。当然，更多的学员则进了西方的跨国公司，当起了程序员，成了业务骨干。这大概是中国政府部门最早一次跟"软件外包"的亲密接触。

日前看到一部讲北洋水师的纪录片。有趣的是，当年北洋水师培训士兵的路数跟北大培训软件外包学员的路数是一样的。北洋水师的士兵也是先学英文，然后跟着英国来的洋教官上军事课，再然后，北洋水师就全军覆没了。北洋水师的士兵当然就没有培训班的学员幸运了，不是战死，就是受伤，要么就是当了俘虏，最好的结果要算跑回老家继续当农民的了。如今世界变平了，在没有硝烟的市场竞争中，投奔"敌方"公司也不失为明智的选择。当然，政府的一项光荣任务就是为跨国公司培养人才。等北大、清华纷纷变成了"留学预科部"，大家才确信，全球化已经"化"到家门口了。

中国政府真正把软件外包当成一个产业来对待，还要等到21世纪的来临。这不能怪政府。上个世纪，就连国内的软件外包公司也搞不清楚什么是SLA、什么是SOW，更不懂IP保护。那时的软件外包公司能把软件外包当成项目来做，会用一套项目管理的方法来运作就属于"引领潮流"了。

不过，对软件外包肤浅的认识并没有妨碍国内这些软件外包公司的起步。因为它们的身段放得很低，就像低飞的鸟儿，总能在收割完的麦田里找到遗漏的麦穗。

软硬

现在一提到印度的软件外包，人们首先想到的就是在印度班加罗尔（Bangalore）和海得拉巴（Hyderabad）的软件园——那里明亮的写字楼，还有写字楼里印度工程师们忙碌的身影。

印度软件外包业能有今天，得益于上世纪90年代后期互联网的高速发展。几乎一夜之间，无数根越洋光纤就把印度与美国联接了起来。这些信息高速路直通印度众多的软件园和软件外包公司，而且收费低廉。

另一件印度软件外包公司需要感谢的事情是，上帝让数字化的信息以比特（bit）的形态存在，而且能以光的速度传输。否则，印度人必须先花至少100年的时间，把机场和高速公路这些基本建设搞定，然后才能把需要处理的文档（以原子为基本形态）从美国运到印度，再从机场运到软件园，途中还要小心地绕过无数头神闲气定的牛。最后是卸车，把一摞一摞的文件搬进写字楼的工作区。

相对于印度选择了软件外包，中国则是选择了另一条路：直接来硬的。所以，中国的机场和高速公路等基础设施给老外们留下了深刻的印象（包括每年春天北京机场高速上飘扬的像棉花似的花絮）。其他的基础建设（例如写字楼、公寓楼）也是长江后浪推前浪地发展。这种思维在电脑领域的表现就是：注重发展电脑的制造业——硬件为王。

甚至当年中国驻南斯拉夫使馆被炸，国内反美情绪高涨时，国人仍然坚守着"硬件为王"的底线。在北京大学，学生们贴出的标语就是：抵制美国货，计算机除外！可见国人对硬件的痴迷已经到了无以复加的地步。

而同一时期微软的软件（例如Windows 98）就没有这么好运了。当时一个流行的观点是：对付微软最好的办法就是复制，复制，还是复制。当然，这种复制是不交钱的，俗称"盗版"。

回眸望去，上世纪80、90年代的国内形势基本上就是欺软（件）怕硬（件），稍微好一点的时期也是"轻软重硬"。那时，人们普遍认定：没有硬件就没有软件。电脑软件被理所当然地认为是免费的，是附属电脑硬件而来的，其本身是没有价值的。

连软件都没有价值，又何谈软件业呢？

当然，国内也不是没有人想到去开发软件。只是中国的软件市场本来就先天不足，又要面对异常强大的对手。这些对手中有占领PC操作系统市场绝大多数份额的微软，电脑辅助制图软件的霸主Autodesk，提供企业级应用软件的SAP……这个单子可以一直写下去。再加上软件盗版猖獗，防不胜防。这使得在中国发展软件业，特别是开发通用软件，非常艰难，甚至难于上青天。

好在北京一年里没有几天能看得到青天，大家对这个"难"字没有了感性认识，也就无知者无畏了，所以总是有一帮不知天高地厚的家伙坚持搞软件开发。后来，其中的一部分人开始为中小公司编写起财务软件，再后来就发展到提供企业级的解决方案（例如，用友、金蝶等）。还有一部分人开始做起了嵌入式软件的开发——这类软件是紧紧围绕相应的硬件设备或仪器的，其通用性不高，也少有盗版。到了21世纪，其中的一些公司成功转型，开始提供产品工程的解决方案。

当然，我关注的重点还是那拨走上了软件外包之路的人。那是在90年代，很多国内的软件外包公司开始摇摇晃晃地上路了。之所以是摇摇晃晃的，是因为这些软件外包公司并不知道明天是否会美好。很多人出来开外包公司只是因为一些偶然的机会。

现在业内一家知名的软件外包公司当年就遇到了一个很偶然的机会，有点像是天上忽然掉下来馅饼（还是肉馅的，没加瘦肉精）。

那是1995年的一天，国外最牛逼的高科技公司IBM找到当时国内最牛逼的电脑制造公司（你猜错了，不是联想。那时联想还是个"小土豆"）。IBM想请他们帮助完成一款操作系统的本地化测试（localization testing）。换句话说，IBM想让老中帮忙，测试这款被"翻译"成中国人能看得懂的操作系统——包括测试主要的操作步骤，以便符合中国人的使用习惯。

当时这家国内最牛逼公司的老总满脑袋想的都是最硬的事：要成为全世界电脑制造业的牛逼老大。老总对区区一款操作系统软件根本看不上眼，更何况该软件的本地化测试了。于是，国内最牛逼公司理所当然地拒绝了国外最牛逼公司的请求。理由很简单：软的想跟硬的套近乎，太不靠谱！（也套不上。）

无奈之下，IBM只能退而求其次，派一位经理找到当时在这家国内最牛逼公司任职的一位资深工程师，问他是否愿意接手这个软项目？好在这位资深工程师没有去纠缠软与硬的问题。于是，一个软项目促成了一个偶然的机会，而一个偶然的机会变成了一个硬的事实：一家软件外包公司诞生。

今天看来，这种"软硬互动"相当符合中国的阴阳之道，也应验了"30年硬，30年软"的发展规律，相当靠谱。正是一大批硬件制造商不愿意"服软"，导致一大群软件从业者闯进了软件外包这片江湖，找到一条硬的出路。也正是国内软件市场的疲软，给了软件外包公司活下去的硬理由。

12年后，当那家软件外包公司在纽约交易所上市时，当年国内那家最牛逼的电脑公司早已硬不起来，不服软不行了。这回是真套不上了。

信仰

"倒爷"是中国改革开放后的新名词，专指做些简单买卖的个体户。

在草创时期的软件外包创业者们也是倒爷——倒腾工程师。用这个行业的话讲就是"卖人头"。人头卖得越多，公司的营业额就越大。

但公司的人头多了，营业额大了，风险也大了起来。其中一大风险就是如果客户的付费比预定日期晚到了几天，员工的工资就可能发不出来。在北京、上海这样的一线城市，员工们大都是"月光族"，手头积蓄不多。如果遇上公司发不出工资，家里就会断炊。对公司而言，最坏的情况就是一旦公司资金链断了，领不到工资的员工就会散去。而没有员工继续去为客户工作，公司就收不到客户的付费，如此这般，恶性发展下去，到最后就是公司倒闭。

据说当年有一家软件外包公司因为有几笔应收款没能及时到账，公司面临发不出工资的危险。于是公司赶忙去找银行借钱。银行狗眼看人低，没有固定资产的软件外包公司在国有银行的眼里跟骗子差不多。成了热锅上蚂蚁的几个公司高管只好把各自的房子和车拿出来，抵押给银行，以证明自己不是骗子。

如果说比尔·盖茨的危机感是微软公司距离倒闭只有18个月，那么国内软件外包公司老板的危机感则是公司下个月就可能因为发不出工资而倒闭。所以，那些能活到新世纪、活到今天的软件外包公司（尤其是那些没有政府背景的公司）对成本控制的能力比其他行业的公司要高出好几个数量级。

2005年我从美国回来，加入了一家民营的软件外包公司。记得那个夜晚，美联航的班机晚点，23点55分才抵达首都机场。公司的一位资深副总举着写有该公司名字的牌子，等候在机场出口处。

"这么晚了，还劳驾您跑一趟。"我很感动。

"公司安排你跟我住在一起。公寓不大，你进门肯定会把我吵醒。再说，让公司的司机来接，还得付加班费……"直率的资深副总讲一口标准的上海普通话。

"哦，原来如此。"我心里打着鼓，"这个公司的高管该不会都是上海人吧。"（必须承认，那时"上海人"是个贬义词。）

到了停车场，我的眼睛就一直在寻找大奔或宝马。资深副总七拐八转地把我带到一辆夏利旁，努努嘴："呐，把行李放到后背箱吧。"

把两只大行李箱拼命塞进了后背箱，两个大汉钻进矮小的车里。小车颤抖着，却打不着火了……我当时真有一种上了"贼船"的感觉——当然是上了索马里海盗开的那种"小贼船"的感觉。

我曾经有上了意大利黑手党"大贼船"的感觉。那是当年在美国，去普华永道的前身普华（PW）面试。刚出机场，迎面开来一辆加长版的卡迪拉克，是普华派来的车。坐在里面就像坐在一艘大贼船上——那种在电影《教父》中才有的mood(感觉)。当然，手里最好拿着一支雪茄。(这就是我的本事，每每遇到痛苦的事，总能回忆起过去的幸福时光。)

再回到这只"小贼船"。我发现，回国最不适应的还不是夏利打不着火，也不是北京的沙尘暴——尽管梁实秋先生形容北京的沙尘暴为：来时真是胡尘涨宇，八表同昏。

我最不适应的是公司对成本的控制达到了一种极致，变成了每一名公司高管的信仰。（用现在的网络语就是：成本控。）要知道，我从第一份工作起，就是在美国的大公司。这些公司尽管有预算，但大家花起钱来，还是尽情尽兴。尤其是在IT和互联网鼎盛时期，客户追着你给钱。上世纪90年代，我在普华当咨询顾问。那时公司不少赚钱，咨询顾问赚钱不少。于是，日日派对，夜夜笙箫，其"腐败"程度可能赶上国内司局级贪官的水准了。

好在经过一段时间的磨合，我终于有了同样的信仰。有了信仰后，第一时间就想去给政府提个建议：把官员们派到民营的软件外包公司挂职锻炼，让他们真正明白"成本控制"为何物。

机会来了。在一个中国软件外包的高峰论坛上，我遇到一位政府高官，便迫不及待地说："想跟您谈谈信仰……"

"对不起，我是无神论者！"对方很干脆。

土匪

一

最早看到的青纱帐是在川剧《沙家浜》里，由京剧改编而来。舞台上的青纱帐是茂密的芦苇荡。新四军的郭指导员带领一众伤员就从那青纱帐里，鱼贯而出，有说有唱，川音缭绕，怎么看都不像是在被日伪军追剿的途中。而在电影《南征北战》里，看到国民党的士兵被解放军追着跑，那一马平川的大平原上，就不是一个"惨不忍睹"能形容的了。同样是追剿的戏，从青纱帐里走出来，就显得从容，外加些许的浪漫。

从此，我对神奇的青纱帐充满了好感和向往。

后来，有了电影《红高粱》。据说当年张艺谋亲自上门，跟作家莫言商量，想改编他的小说，在电影里加一场青纱帐的戏。莫言十分豪爽，鼓励张导：别说在青纱帐里搞野合，就是整原子弹都可以。（想必那时的莫言，天马行空。难怪那时他写的小说比现在的好看。）

可惜张导没敢去整原子弹，只让姜文抱着巩俐走进了高粱地的青纱帐，然后用疑似浪漫主义的手法，避实就虚地让那片青纱帐风起云涌，直到姜文提着裤子走出来。冲着这片青纱帐，我只剩下往肚里咽口水的份儿了。

如果此时张导能再坚持一会儿，就够得上一首古老情诗的意境了。只是张导急着去展现"老少配"的国粹，把姜文放走了。但我还是要把那首情诗背出来，让大家意境一番：

我的爱人寻找着我，

我也抚摸着她，

我好像一阵凉风！

一个少年，走出青春的芦苇丛。

二

回国后，遇到很多坚持在国内创业的同学和朋友。每当大家聚在一起，总有人说起当年的无奈和艰辛。也有人戏称自己是从青纱帐出来的。

我总是很好奇："哪个青纱帐，芦苇荡，还是高粱地？"

"有区别吗？"对方不解。

"太有了。从芦苇荡出来，说明你原来是新四军的，也算是有番号的正规部队。只是后来下了海，但跟组织呀、体制内呀都还保持着联系。人看上去跟国企干部没两样。"

"那从高粱地出来的呢？"对方要刨根问底。

"从高粱地出来的，基本上都是土匪。原本在家就一农民，没钱没地，横竖都是死。与其等着饿死，不如腰里别两把菜刀，头上裹一块灰布，遇到路人，打得过就抢，打不过就跑。不但劫财，还劫色，总想着搞到一个半个女人当押寨夫人。"

坊间有一段故事，讲的是张朝阳在当"土匪"时，东奔西跑之余，还不忘要找一位押寨夫人，连办的网站也叫"搜狐"——搜狐者，搜寻漂亮的"女狐狸"也。

当然，梁实秋先生讲的"……入得青纱帐里，捉下一片高粱叶玉米叶，可以技巧的一划而不至于划破皮肤。"则是告诉读者如何在野外解决如厕问题，土匪们个个都懂的。

三

国内做外包的很多属于从"高粱地"出来的，带着一股子匪气（中性词）。创业之初也的确是哪儿有机会就去哪儿干上一票，捞到钱就撤，有严重的"流寇"习气。

情况开始发生变化，还得从土匪第一次去见大客户谈起。那时，土匪的西装和领带都是从地摊上淘来的。听着客户嘴里的英文单词"project""process""budget""best practice""milestone""methodology"……土匪的脑袋开始发胀，这才体会到平时裹块头布的好处。

不过土匪倒也有股子恼劲儿。回到寨子里，马上把一众弟兄召来："你们几个从明早开始背英语单词，每天给我背50个！"

"以前穷惯了，虽是给当地的地主老财打工，但不讲规矩，没见过大世面。出道后咱们更是大块吃肉、大碗喝酒。"土匪继续说，"如今咱们要去给外国的地主老财干活了，那就不一样了。外国的地主老财出手大方，但很正规，讲规矩。所以咱们也要正规，也要讲规矩了，除非想干一辈子的土匪。"

一弟兄有点担心："老大，咱不会用刀叉，不会吃西餐，这行吗？"

"没吃过猪肉，还没有看过猪跑吗？从明天起，咱们吃饭一律改用刀叉。还有，每人去买一条领带，都给我打上。公司出钱。一句话，咱们必须跟国际接轨！"土匪的话没有商量。

现在，当你看着国内的外包工程师或销售经理正用流利的英语跟国外的客户沟通时，他们的老板没准儿就是当年的"土匪"。

强烈建议，这些事业有成的"土匪们"应该在各自的办公室里挂一幅青纱帐的画。芦苇、高粱不限，但必须有题字：毋忘在莒。

这片青春的青纱帐不应该在中国民营企业的历史中被忘掉。

便装

柏杨曾经说过："天下兴亡，衣服有责。"现在，兴亡之事不用老百姓操心了，老百姓也乐得放心大胆地穿衣。只是，我发现一个小小的问题：很多国人分不清商务便装和正装。更确切地说，他们搞不清穿商务便装和正装的场合。当然，个中的原因很复杂。

我曾在不少的美国大公司里混过，这些公司都有自己的着装规定（dress code）。很老牌的大公司，对员工的衣着有严格的要求：男员工一律西服套装加深色领带，女员工则西服裙加肉色的长筒丝袜（网眼丝袜则是大忌，因为那是当年妓女们的"专用品"），每个人的黑皮鞋擦得锃亮。就是说，在工作场合，员工必须穿正装。

后来，IT和互联网公司发展起来了。这些"新经济"时代的公司为了彰显与那些传统公司的不同，对员工的着装不作严格的规定，以至于很多软件工程师穿着大裤衩和背心、趿拉着拖鞋就来上班了。

更多公司的着装要求则是介于正装与裤衩背心之间——这些公司的员工通常穿着商务便装（business casual）。这类商务便装当然不是北京建筑工地上民工身上穿的西服便装。在美国，商务便装与正装最大的区别在于前者通常不用打领带。如果再仔细区分，商务便装裤子的布料多是纯棉的，锃亮的黑皮鞋也不是便装的必选。

但老美穿的商务便装从上衣外套、衬衣、裤子到鞋还是很讲究的，都有正经的牌子——这些牌子在国内小资们的眼里就是"名牌"了。如果不知道这些牌子的名字，你可以去北京王府井的新世纪转一圈，包你跟国际接上轨。这些便装的颜色大都趋于保守和中性，以白、米黄、灰、黑为主打色系。

重要的是，老美穿的商务便装的衬衣和裤子都是洗涤干净、烫印整齐的。特别是衬衣，每天是要换的。这时你该明白，为什么这帮家伙让他们的老婆呆在家里的真实原因了吧？如果以为避孕套的发明就能改变妇女的身份，让这些妇女原本在家庭中扮演的角色翻个身，你最好再想想。这里不是中国，是美利坚合众国。当然，这些家庭妇女要做的只是把老公换下来的衬衣送到干洗店或是按一下洗衣机的开关而已。

更讲究的老美，每天穿的正装或便装都不重样。他们相信，每天更换衣服是"Every day is a new day"心态的最好表现。好在，美国的衣服各种价位都有，数量上完全能满足从有钱人到普通老百姓的更衣需求。再说，数量庞大的家庭主妇（近来也有了家庭主夫）也会保证她们的丈夫每天出门时，一定穿上洗过的衣服。她们的信念是，勤换衣服的男人不会勤换女人（谁的男人谁知道）。

回过头来看中国，大部分夫妻都要工作——以前城里人管这种家庭叫双职工家庭。有一哥们儿讲起，当年他的女朋友研究生毕业后，不想去找工作。女友的母亲闻讯，脱口而出："你上了那么多年的学，不去工作岂不可惜？太浪费啦！"

这显然就不是避孕套能起的作用了。这大概跟老中的实用主义，或是妇女解放有关系。我更倾向于前者，因为按照弗吉尼亚·伍尔夫（Virginia Woolf）的观点，妇女的独立需要三个条件：

一间属于自己的房间，一笔能够自由支配的钱，以及属于自己的时间。新中国成立后的前30年，同时满足这三个条件的中国妇女几乎没有。

当然，我们社会惯常的看法是，妇女能顶半边天。当妇女顶起了半边天时，中国男人对商务便装与正装就不太能区分了。特别是中国经济发展起来以后，很多国人有钱了。有了钱的中国男人只认"名牌"，他们才不去管商务便装与正装的区别，也不计较一件衬衣几天换洗一次。实际上，他们更换女人的频率往往要高过更换衬衣的频率。

于是我们看到，在正式的签约仪式上，甲乙双方的董事长带着各自的人马走进会场，一水的商务便装。甚至有人穿的是花花绿绿的T恤衫，看上去很休闲，像是刚从夏威夷度假回来。如果你看得仔细，没准儿还会看到董事长的衬衣是皱巴巴的，衬衣扣子少了两颗。这当然不能怪领导，也不能怪领导的老婆。要怪就怪领导的秘书。

但领导的秘书也很冤枉。他们为领导出国所准备的正装就很得体。所以，在美国的度假胜地，你一眼就能看出对面走来的一群人是从国内来的领导干部，因为他们都穿着西装，打着领带，皮鞋锃亮。如果你还会怀疑，怕跟日本或韩国的旅游团搞混了，扑面而来的夹杂着国骂的高声谈笑顷刻间就会让你耳根发热。

有一天看CCTV的新闻，中央在周末组织学习，请大学的教授来讲解信息技术与全球化的关系。领导们都没穿西服，也不打领带。身着便服的领导们看上去比平时要随和很多。只是他们身上的便服都是同样的款式，同样的颜色。这一身统一定做的便服怎么看怎么都像老式的工作服，让整个会议室变成了生产流水线。莫非真是同一个班子，同一套便装？这样的便装不能叫商务便装，要叫只能叫政治便装。

后来在日本、韩国发现了类似的现象。例如，2011年日本"3·11"大地震时，日本政府的高官也是穿着统一的政治便装出镜的。莫非亚洲人的思维都是一样的?

国内的软件外包公司正在走向正规化。何时何地该穿商务便装还是正装，是一个不大不小的问题。我给出的建议是，如果去见客户（特别是国外的客户），你最好一身正装地出场，配一条颜色深沉不张扬的领带，以便给客户留下稳重可靠的印象。

这仅仅是稳重可靠的印象而已。至于你或是你的公司是否真的稳重可靠，只有你最清楚。但有一条底线：不论是便装还是正装，都要干净、平整。至于你能把一件250元的西装外套穿出2500元的派头，那是你的本事。

当然，你一个裤腿高一个裤腿低就去见客户，谈到兴奋处还把鞋脱掉，下意识地抠着脚指头，那么会谈结束后客户不愿意握你的手，那就是客户的问题了，与你穿商务便装还是正装无关。倒是应了莎士比亚的一句话："……我们的衣裳与体态也会泄露我们过去的经历。"别以为你进了城就不是土匪了。

你还想辩解，说林语堂先生认为，中国式的拱手要比西式的握手来得卫生。

可是你忘了，林先生的那句话最初是写给西方人看的，那是林先生的自信。如今哪个"大师"比得了林先生那一辈人的学惯中西？（国内还有大师吗？）只恨西风日盛，又岂是"跨越式发展"能应付的?

真要想跟国际接轨，光拱手是不行的。每一个细节都不能忽略。

寂寞

一

记得美国费城附近有一家川菜馆，门面不大，但菜很地道。这对于长期只有广东餐馆可选的老中来讲多了一个去处。而对于从四川湖南来的老中，那就是他乡遇故知，久旱逢甘露，是福音了。所以，那家川菜馆常常是门庭若市，高峰时必须排队等位。

日子一长，头戴厨师帽身穿白围腰的大厨就经常从厨房里走出，微笑着来到一群食客中——同样的微笑也会出现在饲养员的脸上，那是一种看到自己熬煮的饲料被一群肥猪尽情享用时的满足。

此时，作为妻子的老板娘会喝道："没看见还有那么多客人在等位吗？还不快回厨房去！"

望着大厨不情愿的背影，老板娘继续说道："以前在国内当个小领导，出来当个大厨不习惯了。不甘寂寞！"

钱锺书先生当年对采访他的记者说，没有必要吃了个好鸡蛋就要去见见下这只蛋的鸡。显然，当过小领导的大厨是不同意钱先生的观点的。或许，大厨压根儿就不知道钱先生说过的话。

其实，做软件外包很像厨师炒菜。菜要一道一道来炒，外包项目是一个一个来做。当然，你可以有很多外包项目同时做，就像大餐馆里可以有很多大厨同时在炒菜一样。这不是问题。

问题是，一个大厨可能炒了一千道菜都很好，但如果第一千零一道菜炒砸了，点这道菜的客人就不满意了。而且，餐馆靠前面一千道菜积累起来的口碑也许就被砸了。

如果客人以前吃过这道菜，他就想是不是餐馆换大厨了，或是大厨有活思想了？他可能去给老板娘提个醒，该给大厨涨点儿工钱了。老板娘也会就坡下驴，叹口气说，现在人工贵了，生意越来越不好做。一转脸，老板娘就把这道菜的价格提高了10%。下次客人再来时，看着菜谱上的价格就会犹豫起来，于是点了几道小菜就匆匆走人。也许客人以后就不来了。

如果客人第一次点这道菜，情况就变得简单了——他可能再也不想进这家餐馆了。

讲到这里，我倒羡慕起那些像午餐肉罐头厂一样的软件制造公司了。午餐肉罐头厂只要把午餐肉的味道、营养成分、肉与淀粉的比例等一次搞定，剩下的事情就是把在大罐子里做出来的午餐肉分装成一小盒一小盒的罐头，机器就能完成。

实际上，有些软件公司还不如罐头厂。例如，微软这样的软件制造公司。每一款视窗操作系统发布后，紧接着还有若干个补丁要打。你能想象午餐肉罐头厂出了一批罐头后，忽然发现盐放少了，赶紧给每个客户快递一小袋盐？

但无论如何，给跨国公司（包括微软）打工的软件外包公司，每一次交付出去的活儿是不能出现补丁的。为此，外包公司除了自求多福，只有加强质量管理，认真做好每一单活儿一途。

二

看到一篇报道，苦心经营27年的联想公司，其市值还比不过国内一些出道没几天的互联网公司。该报道的记者最后写道：在一个赚钱越来越快也越来越疯狂的时代，几人还愿意卧薪尝胆？又有几人还能默默耕耘？

我看罢感叹：英雄落寞，当年叱咤风云的柳传志，如今越来越像一个符号，其内涵却没有几个人愿意花时间去理解。这个时代真是婊子无情，哪管你是联想还是梦想，也不念你千辛万苦让电脑进入寻常百姓家才有了上网聊天的可能。如今三句话不谈"互联网"，一个段落没提"云计算"，你就Out了！

如果说互联网公司更多的是以短期关系（包括迅速吸引广大用户的眼球）为取向，那么像联想以及软件外包这类公司则必须以持续的发展和经验的积累为基础。这就使得前者更张扬，更需要去表现，而且也更焦虑——因为不确定互联网上将会发生什么事情。而后者则变得更沉着，更能耐得住寂寞，也更不容易吸引眼球——因为是持续的发展，有清晰的发展路径，故知道什么样的事情将会发生，结果变成了太阳底下无新鲜事了。

因此，联想以及软件外包公司看上去都比较低调。毕竟，电脑制造和软件外包都是需要持续地投入、默默坚持的。

理查德·桑内特（Richard Sennett）在《新资本主义的文化》中谈到，全球金融、技术、媒体和商业的领域过去30年间发生了很大变化，这导致了所谓的"新资本主义"的经济和文化，其最重要的特点就是碎片化、短期化。如果说传统资本主义的文化是追求长期收益，那么新资本主义的文化则鼓励那些短期的一锤子买卖。

在全球化背景下的中国经济的高速发展也使得中国人"丧失了慢的能力"——凡事都求快，就像媒体所指出的那样，"创业，最好是一夜暴富。结婚，最好有现房现车。排队，最好能插队。若不能，就会琢磨：为什么别人排的队总比我的快呢？"

最明显的就是，当飞机刚一落地，还在滑行的过程中，老中们就迫不及待，纷纷拿出手机打电话，俨然是世界上最忙的一群人。

当然，中国还有自身的特色：从来就没有成为一个法治社会，大多数国人又缺乏对生命和神灵的敬畏。人们总想走捷径，不择手段，没有法律、道德或宗教的底线。近年来屡屡发生的瘦肉精猪肉、三聚氰胺的牛奶、地沟油事件就让人们反省，我们的快速发展到底为了什么？2011年7月23日，铁路甬温线发生两辆动车追尾，几十个鲜活的生命瞬间消失，更让人思考：中国这辆火车是否跑得太快了，需要慢下来，等一等被落下的灵魂？

三

难怪有人说，现在是一个人人都想当作者，没人愿意当读者的时代。尤其是在互联网上，人人都想表现一把。没人在乎你想表现什么，关键在于要表现。这叫不甘寂寞。但表现完了就不寂寞了吗？恐怕是更寂寞。于是就继续表现下去，最好是永不散席。

不甘寂寞的人最好不要去软件外包公司，因为这些外包公司就是软件业里的大厨——大厨只是把一道一道菜炒好，而客人才是抛头露面办宴席的。

如此说来，现在的软件外包公司岂不就招不到合格的员工了？那倒不是。从二三线城市来的人就踏实很多，也耐得住寂寞，因为他们别无选择。

　　曾经看过一篇谈寂寞的短文，记得有这么一句话："现代的寂寞并非句号，它永远都是一个问号。"美国画家霍柏（Edward Hopper）的画就有这种意境：那些夜晚无人的街道或街角酒吧里透出的灯光，在观众心里留下了大大的问号。但是，对那些从二三线城市来的人，寂寞却是逗号，才刚刚开始——他们要寂寞到在大城市里扎下了根，才可能画一个句号，甚至一个惊叹号。至于那个问号，嘿嘿，恕我直言，有点矫情。

　　有一条网络语曾经很流行：哥吃的不是面，是寂寞。如果把这个句式套用在外包行业，那就是：哥接的不是外包，是寂寞。换成柳传志，就成了：爷谈的不是联想，是寂寞。

　　只是柳爷也在慢慢老去，也会怀旧。

　　正如理查德·桑内特说的：哪个敏感的灵魂不怀旧呢?

白劳

白劳姓杨。如果在美国，直呼其名表示亲切。

前几年有个小品，重新讲了一遍杨白劳与黄世仁的故事。这原本是一段家喻户晓的故事，但在小品里，借了地主黄世仁钱的杨白劳再也不用在大年三十晚上出去躲债了，因为小品的作者把故事放到了当今的社会背景下。

当今这个社会就是借钱可以不还，欠债才是大爷。有一个冷笑话是，如果你欠银行100元，你是孙子。如果你欠银行100万元，你是大爷。如果你欠银行100个亿，你就成祖宗了。当然，现在世界最大的冷笑话是美国政府大举向世界各国化缘，借债度日。那些债主国只有被套牢、被绑架的感觉，恐怕连孙子也不如。

国内的软件外包公司通常都没有很多固定资产，欠银行100万的机会可以忽略不计，外包公司当大爷的概率是零，更不要提当祖宗了。（看到此，做外包这一行的一定羡慕死那些国企和房地产商们，也深刻领会了民谣"女怕嫁错郎，男怕入错行"。）

对于国内的软件外包公司来讲，最重要的是不当孙子——既不要欠银行100元，又不要让客户（甲方）欠自己100万元。（甲方欠100个亿的事儿倒还没有发生过。不是不会发生，只是甲方暂时还没把价值100个亿的活儿外包给中国的公司。）

问题是，不欠银行100元容易做到，而不让甲方欠自己100万元就难了。在国内，即便你严格按照合同的要求，准时完成了任务，甲方也未必会把全部的项目费都结清。没结清的钱就是应收款。应收款一多了，你就会难受，因为这不但影响到了公司的现金流，而且让你迅速滑向孙子的位置。

这时，你这个准孙子就要使出全身的解数，请客吃饭、喝酒、捏脚、泡小姐……总之，求爷爷告奶奶，四处奔波，想要把应收款收到手。你会在心里暗自叫苦：靠！谁这么缺德，把欠款叫"应收款"。如果叫"必收款"，这钱不就早到手了嘛。"应该"哪比得上"必须"给力。当然，如果叫"死收款"，那就更决绝了。收不到款，我死给你看！

或者，干脆给甲方发去短信，上书："如再不付款，就give you color see see！"没准儿，甲方一看那句英语，以为你来头不小，有国际背景。甲方害怕挑起外交纠纷，引来相关部门的注意，就赶紧把钱款打了过来。

如果甲方是大型跨国公司，是真的洋鬼子，情况会好很多，至少你不用去请客吃饭，喝酒泡小姐。跨国公司对写在纸上的东西是认账的，而且付款日期通常都按照合同来。你不禁感叹老外真够哥们儿，守信用！而老外办事情一板一眼的死性，早被你忘了。

当你拿到跨国公司付款后，又发现了问题。如果跨国公司给你的付款是以美元结算的，让你当孙子的就不是甲方了，而是人民币的升值。钱还是那笔钱，人民币却持续在升值，真正到手的人民币数额就缩水了。你一转身，发现几千个员工还在门口等你发工资呢。给员工的钱一分都不能少，能少的就是公司利润这一块了。

这时你的"孙子"心态就显现了。你会在心里发狠道：真TMD

应该在软件园里划出一片特区，员工在这里只能花美元！

有谁见过用美元买红头绳的杨白劳吗？（干脆修改剧情，让杨白劳用美元去买瓶可乐。现在全世界都在喝可乐，杨白劳也该与时俱进了。）

日前看老毕的"星光大道"节目，有一对洋歌手，唱的是《白毛女》里的"北风吹"。台下嘉宾笑侃那位扮演杨白劳的男歌手：哪有您这么肥头大耳的杨白劳哟！

男歌手听不懂汉语，一时没反应。

我旁边一小兄弟接茬道：靠！人家是当大爷的，能不肥头大耳吗？

我不同意：你又不认识他，怎知道他借钱不还？这厮体胖，准是吃了太多的土豆条，喝了太多的可乐。

小兄弟：平时看你挺聪明的，这会儿怎么糊涂了？这厮是美国人。美国卖给咱中国那么多的国债，那就是美国人欠咱中国人的钱！现在可好，赶上金融危机了，咱中国的钱还指不定什么时候才能收回来呢。这年月，只有杨白劳才是大爷！

不可否认，这是一个人人都想当杨大爷的时代。

焦虑

一

有一年冬天，出公差去纽约和费城。先从北京直飞纽约，一天下来办完了事情。为了给公司省钱，便搭乘从纽约曼哈顿的中国城（曼哈顿下城）到费城的中国城的大巴士，单程票价只要10美元。

上得车来，看到一个黑人女孩边上有一个空座，确定没人占用后便坐下。用余光打量一下女孩，现在这个季节还穿着薄薄的长统丝袜，靠近大腿根的地方还跳了线。感觉这个女孩有点儿怪。她开始接电话，跟对方打情骂俏，还说白来纽约一趟，脚都站痛了……我听明白了，她不是妓女就是应招女郎。

车上的乘客大都是老黑或老墨（墨西哥移民），多数人都很胖，衣着也是肥裤裆大裤腿，拖泥带水的，属于下层的劳动人民。还有几个白人，不是劳动人民就是学生。我的衣着和神情显然与车里的气氛不符。不知是车里热还是紧张，我竟然出汗了。其实我自作多情了，乘客们根本没搭理我。不一会儿，车开动了，车厢里的灯暗了下来，旁边的女孩也关了手机靠在椅背上睡去。

必须承认，我在美国的白领堆里混得太久了。接下的两个小时要跟这群劳动人民在一起，是有史以来最长的一次。这群人处在社会"食物链"的最下端，吃的东西都是廉价高热量的（所以他们大都发胖）。虽然他们穿的都是名牌，但与主流白领的风格很不同，属于dress-down，很随意。与国内的劳动人民比，他们的优势是身上穿的名牌是由前者亲手做的。

中国人羡慕名牌。到了后来，连穿名牌的也一块儿给羡慕了，而且还会以穿名牌的为榜样。因此，这些穿名牌的美国劳动人民应该会被国人羡慕。如果他们一身名牌，在长安街、淮海路上一走，回头率一定很高。

但很多国人不知道的是，这些美国劳动人民自己却找不到榜样去羡慕去学习。特别是美国劳动人民中的黑人，祖辈从非洲被贩运到北美，再从南方的农场到北方的工厂，每天干活吃饭，没有太多的想法。虽然他们中间走出了许多优秀的运动员，但那种超常的水平和天分，不是每个人都能达到或拥有的。

很多黑人孩子是在单亲家庭里长大，从小就生活在一个父亲角色缺失的环境中。他们根本没有动力去跳出他们的生活圈子。而那些有父亲的家庭，往往又充满着暴力。2010年奥斯卡提名的电影"*Precious*"讲述了一位黑人少女的故事——这位名叫"Precious"的女孩生长在一个失败的家庭。这个家庭中的男性对她施以了各种暴力，以及乱伦。（需要说明的是，即便是这部"批判现实"的电影，也展现了美国社会，从政府到社团，对下层弱势群体伸出的援助之手。）

有人说美国现在的问题是：没有富士康。但接下来的问题是，即使有富士康，黑人弟兄们恐怕也不屑去为富士康打工。他们好像已经忘了劳动人民的本色。在我看来，美国的问题是：活着太容易。有美国政府的社会救济制度兜底儿，这些美国劳动人民倒也不焦虑，不着急。反正美国社会不是追求思想统一、强调标准答案的社会。连美国的三军仪仗队对队员的肤色、胖瘦、高矮都不统一要求，更何况每个人的价值观。整个儿爱谁谁。

认清了这一点，这些美国劳动人民就日复一日地这么活着，没有什么紧迫感。你要是在纽约、费城这些大城市里走上一圈，就会看到很多站在街边墙角的黑人弟兄，终日无所事事。他们倒是个个身怀绝技，街舞、Rap都是国际一流，绝对可以上央视的春晚，也印证了陈丹青讲的："有闲阶级，闲出种种视觉效果……"这里当然也包括种种听觉效果。这也说明了，艺术是养出来的。无论是富养还是穷养，关键要养出一批闲人，这样才会有人闲得无事，去搞搞艺术。当然，还得有能接纳和包容这些艺术的社会。

据说，灿烂的古希腊文明也是闲养出来的。那时的希腊学者们闲着没事干，整天就是晒太阳。而且，边晒太阳边聊天，竟然聊出了古希腊的文明和智慧。

二

再来看生活在美国的老中，他们则焦虑和紧迫很多。已经在大公司工作的就不用提了。即使在中国城里打拼的老中也很努力，都想早日实现发家致富的梦想。他们常用的打拼方法是加班加点，薄利多销，外加偷税漏税。我搭乘的大巴士就是老中运营的，没有发票，只收现金。这有点像国内个体户和私营企业刚开始的情景，能省则省。

老中们大都有个心照不宣的目标：做生意、当老板——这是祖上传下来的成功标准。

提到"当老板"，我想起一个"睡美人"的故事。那是上世纪80年代，从国内出来的大学生研究生们像洪水猛兽般冲进了老美的大学和研究所。到美国来留学的老中大都靠自己打拼。很多中国同学是全自费的，这些人最是辛苦。所幸的是，很多自费的同学都有深度挖掘出来的原本八竿子都打不到的美国亲戚，东拼西凑也能把学费交了。当然，毕业后很多人必须把借来的钱还了。除了学费，他们还得自己养活自己，所以通常都要打几份工。最惨的是那些没有亲戚在美国的，只好完全靠自己，打工打得昏天黑地。往往是，白天一脸菜色地来学校上课，坐下来没几分钟就能进入梦乡。

我选的一门计算机课上就有一名从福建来的自费生。一个远房亲戚帮她交了大部分学费，而她则每天中午和晚上分别在两家中餐馆当服务员，靠挣的小费支付剩下的学费以及自己的生活费。因为她在课堂上大部分的时间是在睡梦中度过的，我们背后就叫她"睡美人"。不过睡美人很讨人喜欢，所以她总能跟同学借到课堂笔记，考试之前拼命背下来。虽然是临阵磨枪，靠着聪明和运气总也能过关。睡美人表达谢意的方式有两种，对老美同学多是拥抱一下，属于精神层面的；对老中同学则是从打工的餐馆带来一盒饭菜，就很物质了。

最终，班上的老中同学（包括睡美人）苦尽甜来，毕业后都进入了美国的大公司，也一步迈进了美国白领阶层的门槛，很快成了有房有车族。

只是这些人的本色未褪，本性难移，富贵后不思淫却思起了苦。不但思苦，还想继续去吃苦。这不，刚进入21世纪，睡美人又回国去吃苦了。睡美人对此的解释倒是很直白：老爸总说我没当上老板，不算成功！

听同学说，回国后的睡美人跟老公掰了。睡美人去了上海浦东，一边办公司，一边带儿子。她的公司是帮助处理从美国转包出来的各种财务数据。最忙的时候，半夜还在写程序，或是跟美国的客户开电话会议。

同学又说，睡美人的公司做大后，她瞅准个机会把公司卖了，赚了一笔钱后，又去做房地产，而且是高端房地产，专为"成功人士"量身定做的。能为"成功人士"打造房子的人不算"成功人士"，天理难容！睡美人的老爸这次应该知足了。同学最后说，睡美人现在每个月要给儿子好几万的零花钱，因为她觉得以前忙于办公司，亏欠儿子太多，只好用钱来补偿。

三

第一次华人大规模移民到美国还得追溯到19世纪。那时的美国总统林肯深感美国西部战略地位对南北战争的重要，决定修一条横跨东西的铁路大动脉。后来铁路修通了，林肯却已经遇刺身亡。英雄虽去，但华工们留了下来。

我曾开车横穿美国，有机会沿着当年华工的足迹走了一大段，感慨之情无以言表。接下来就想给国内有关部门建议，如果派官员来美国缅怀华人的奋斗精神，大城市就不要去了，沿着这条铁路线开上一段就足够了。参观结束后，官员们会说："这不算什么，国内的民工比当年的华工更能吃苦。"我忍不住了："你们不说话没人会把你们当哑巴。怎么好把我的感慨给说了出来！"

国内的民工更能吃苦，你不要去怨包工头黑心（实际上，怨也没用。你吃不了这苦，有的是愿意吃这苦的民工）。究其根源，还是民工们想摆脱穷日子，又指望不上政府的救济，只好靠自己吃苦。推而广之，对大部分老中来讲，只要能富起来，就没有不能吃的苦。天可怜见，老中真是穷怕了。但凡有一点机会，不论是哪个阶层的，人人都是：生命不息，致富不止。

一百多年来，中国的朝廷和政府也是怕了——怕挨打。总以为洋人靠的是船坚炮利,于是要"只争朝夕",恨不能把洋人用了三四百年走完的路一夜间就走完。可是,越急越找不到北。当诗人胡风喊出"时间开始了",站起来的中国人心里似乎更焦急了,从大跃进,放卫星,到现在的跨越式发展,大家恨不得一步到位,一劳永逸。

改革开放后,"让一部分人富起来"更是成了时代的集结号。能否成为这部分富人中的一员则成了检验一个人是否"成功"的唯一标准。在一些国人的眼里,这一标准更具体化为:要当富人就要自己作老板。

当了老板的睡美人是否算成功人士,我对此不感兴趣。倒是看见韩寒在博客里大谈国内年轻的打工者现在的处境:"心理辅导是没有用的,当我看见我们的女人搂着有钱人,有钱人搂着官员,官员搂着老板,老板搂着明星,你怎么给我心理辅导?一打听,同学们混的都更惨,有混的好的男同学,那是靠家里,有混的好的女同学,那是嫁的好,别人都羡慕你在富士康有社会保障,按时发工资,安排住宿,加班还给钱,你说你像个机器,别人说自己像包屎,方圆几百公里内,连个现实的励志故事都没有,这就是很多中国年轻人的生活。"

虽然韩寒同学有时"的"与"得"不分,但我看懂了,知道现在国内的劳动人民,特别是80后、90后的年轻人,也没了榜样。这里面牵扯到社会公平,还有社会的价值取向,有些复杂,一时也扯不清。

但有一点是清楚的,改革开放30年后,经济上了好几个台阶,可是老百姓却越来越有焦虑感、紧迫感。这应该引起注意了。毕竟国内现在还没有靠谱的社会保障体系,也没有多元化的价值观。更何况,数量庞大的从二三线城市或农村来到"北上广深"打工的年轻一代,面临的是"进不来"和"回不去"(进不了城市,回不了故乡)的尴尬和无奈。

长此以往,不光富士康有跳楼的,IT和软件外包公司也会有的。

并购

老美有一句谚语：打不过就入伙（If you can not beat them, join them.）。

咱中国人也讲：识时务者为俊杰。

就像两军交战，眼看实力不济，与其硬撑着，还不如下马投降，不为自己也要为手下的弟兄们寻条活路。有了这种想法，公司之间的并购就顺利了许多。当然，也有死扛着不投降的主儿。这时就要看进攻方的实力和决心了。有的公司就打过了长江，解放了全中国。有的则止步于三八线，暂时收兵。

其实，老中对并购应该不陌生。700年前的水泊梁山就上演了很多次"公司并购"。起初都是梁山公司把一些实力小的山头给兼并了。最后，整个水泊梁山公司在宋总的主导下被大宋公司买了去，成了国营的。水泊梁山公司兼并实力小的山头是为了扩大自己的规模和影响力。而大宋公司把水泊梁山公司买去，则是为了最终灭掉水泊梁山的这帮人马。

外包服务公司的并购多是为了扩大规模。而一些产品公司所做的并购常常是为了把对手的产品从市场上全部下架。例如甲骨文（Oracle）公司做的很多并购就是为了把对手的产品从市场上拿掉，最终让自己的产品独享市场，这就有点像当年大宋公司的思路了。

公司并购是个很复杂的过程。从刚开始两家公司的眉来眼去，到尽职调查，讨价还价，再到生米做成熟饭，个中的艰辛和曲折只有过来人最清楚。而一项公司并购案的完成只是万里长征的第一步。毕竟收购方的老板是想通过并购来扩大公司规模或进入新的市场。如何在并购后实现"1加1大于2"才是最大的挑战。

当年的宋江靠自己"及时雨"的人格魅力，以及给弟兄们排座次，终于让并购完成后的梁山公司达到了事业顶峰。国内软件外包的江湖上已经没有宋江这种等级的领袖，剩下的只能在排座次上下功夫了。这种排座次就是利益的讨价还价和再分配。这是很多国人为之奋斗终身也没有搞明白的事。如果新公司的领导开始大谈搭建新平台、做大蛋糕，这表明并购后的蛋糕不够分了，利益有点儿摆不平。

如果你的公司被并购了，而恰在此时你有了"知足常乐"或"大树底下好乘凉"的心态，那么你就会守着你的那些股份，静候新公司上市的佳音。如果新公司已经上市了，你就会盼着公司股价涨到你的预期，然后出仓套现，落袋为安。

如果你还在适应没有CEO头衔的生活，又发现新公司的CEO说"手心手背都是肉"时下意识还是紧攥着自己手心的肉，那么你就会变得消极起来。既然打不过这帮鸟人，还不如把原来的弟兄们拉出去重操旧业。但并购合约上却是明明白白写着两年之内不能出去单干，尤其是不能抢新公司的事儿干。你就越发后悔了。

收购方这边也后悔了，觉得当初看走眼了，竟然买下你这种快要咽气的公司，既没有带进来新业务，还占了一个茅坑，影响了其他弟兄的情绪和利益。

如果你的公司被并购时，你那杂乱如麻的脑子里冒出一句"留得青山在，不怕没柴烧"，那你就会给自己留一手，把几个死党留在外面，看住一块业务，以图日后发展。

如果你被并入了新公司，却能像宋江那样时来运转，当上了总头领，把"聚义厅"改成了"忠义堂"，从而改变了新公司的性质和方向，那你就比勾践还勾践了，也应了那句改良的美国谚语：打不过就入伙，然后慢慢改变。

只是我不能保证美国谚语每一次都能应验。倒是听到专业人士对并购的评论："80%的并购不成功，因为整合问题。在这一点上，国际上做了多年并购的企业成功率也不是很高。究其原因，最初的并购计划往往忽略了价值观和文化理念的整合。"

那些并购成功的公司就偷着乐吧。

毁坏

一

你所在的外包公司越做越大，你在公司的位置也越来越高。作为一个不大不小的股东，随着公司股票的不断上涨，你也越来越认同那句话：钱是人类的公娼。用北京话讲就是：钱是TMD的婊子。

这不，一大早你手下的就进来报告，公司总部所在的写字楼租金从下个月起要调高了，涨幅200%。你想起了几年前这个软件园刚开张时，一拨又一拨的园区领导和写字楼业主给公司老板打电话，哭着喊着，求他把公司搬到软件园来。有的人甚至跑到他的家门口等着，要他给个面子，至少要把公司的总部设在软件园的写字楼里。说实话，你不喜欢这座写字楼的设计，走在里面感觉像是在80年代国营单位的办公楼里，不敞亮，有一种压抑感。但物业的租金却是很吸引人。你知道、业主给如此低的租金的原因：这里远离市区，没有几个人愿意跑这么远来上班。

如今，无数的公交车、公司的班车，外加一条轻轨和一条高速，早就把这个软件园跟城里连成了一片。现在软件园里的写字楼已经供不应求，租金自然也是水涨船高。"就当是市场经济的结果吧。"你自己安慰自己，"好歹也享受了几年的低房租。"

直到有一天，软件园大门口的保安开始检查每一辆车的出入证。软件园要收停车费了。园区方面给出的理由是：软件园不差钱，只是每天来园区的车越来越多。你明白，这不能怨软件园不讲情义。要怨就怨这些开车的（包括你自己），刚脱了贫就买车，而且上来就买奔驰宝马路虎，穷显摆！

这次你没有再去回忆几年前软件园的荒凉，而是建议公司去参观成都、西安、天津、无锡这些二线城市的软件园。那里的园区政府也不差钱，他们差的是没有工业污染的公司以及能带动当地就业的抓手。于是，他们愿意给你们这类软件外包公司提供又大又明亮的写字楼，而且头几年减免租金。你当然也想得明白，几年后如果二线城市的租金扑面而来，那就搬到三线城市去。等三线城市租金也涨了，就再搬。这世上总有不差钱但差抓手的地方。

这是一个不差钱的时代，这是一个需要钱的时代。

公司的几十位得力干将是用"金手铐"给留住的。他们每天看着公司的股价涨涨跌跌，然后就掰着指头，盘算着自己的期权何时能兑现。那都是钱呀！

公司还要留住下面成百上千的骨干员工。只要他们还跟着公司干，股东们（包括你）心里就踏实许多。你每年都代表公司去咨询专业的市场调查公司，看看外包行业薪资和奖金的市场变化，以保证发给这些骨干员工的薪水和奖金是高于市场平均值的。

这些年，在跨国公司管事的那些老中们也越来越"本土化"了。如果不赶紧去维护与他们的私人关系，今后拿到外包项目的机会就会越来越少。这当然也少不了用钱去摆平。

还有那些局长、司长们。以前公司小的时候，你没有本钱去跟人家套近乎，人家也根本没把你放在眼里。现在不同了，你所在的公司上市了，你和你的老板都是人物了，人家的脸上可是有了一丝的笑容——自己分管的地盘上出了一家上市公司，这是可以写入年终的政绩单的。你也开始琢磨跟这些人搞关系了。如今，倒霉的欧美经济还没有走出低谷，以后你还指望国内市场，靠内需来增加公司的营业额呢。没准儿在某个坎上，就会遇到这帮指手画脚的孙子。不求他们能帮上忙，只愿他们不要横插一杠子。

你还记得有一次请一位局长吃饭，倒不是有事相求，只是想混个脸儿熟，以备日后有个万一，也好有人帮着照应一下。那厮说茅台喝腻了，开始喜欢上法国红酒。你在心里说：以为喝红酒就洋气了，瞧你丫喝红酒跟喝茅台一个德性，都是牛饮，还是那个字，土！

让你没想到的是这土包子竟然一顿饭喝了六瓶拉菲。（你也搞不清，国内哪里来的这么多"拉菲"？喝多了"拉菲"，开始拉稀，还多亏是你的身体好。）开胃菜、主菜、酒水，外加开瓶费、服务费，算下来一共破费你好几万大头像。

你那个郁闷哟！在心里骂道：这孙子，把民企当成国企了，以为钱是大风刮来的！

记得崔健有句歌词："钱在空中飘荡，我们没有理想。"可那也没有说风会刮来钱。倒是有人说风会算钱。那是在街边地摊上，一本名字怪怪的杂志里面有一位小朋友写的诗：

　　谁也没有看见过风，

　　不用说我和你了，

　　但是纸币在飘的时候，

　　我们知道风在算钱。

刚开始，你觉得这小朋友的诗很特别，但又说不清什么地方特别。后来，你琢磨出一些道理：如果说钱是婊子，人是嫖客，那算钱的风就是老鸨了——用现在的话讲就是猎头。凑巧的是，外包公司的老板很多是从猎头起家的。那么，"穷得只剩下钱了"就是说嫖客没了，只剩下婊子，而且全砸在猎头手里了。不是有个顺口溜嘛，"泡妞泡成了老公，炒股炒成了股东"，还可以加一句：猎头猎成了鸨翁。

说实话，你对真正的婊子（小姐）没有太大的反感。记得早些年，你是公司的"两广总督"，分管南方业务，有机会去那座当年的南方小镇。偶尔也陪客户去泡小姐。要承认的是，每一次你都很震撼。不是被小姐，而是被那里的管理模式——从暖场的热舞、服务生的态度、客人High的次数，到对客人反馈意见的收集，都是由一套细致的考核评分标准所决定的。

恐怕世界上没有第二个地方能把这种服务运营得如此井井有条。这是一种大规模工厂流水线作业的标准化模式，加上强大的数据库支持，从而能根据每一位客人的品味、偏好、消费额度等记录，细分出不同的服务项目和档次。你每次都被那里细致入微的照顾所打动。跟你同去的国外客户也是幸福得直哼哼。

这不就是服务外包嘛！你感叹道。其实，很多软件外包公司还做不到如此精细的程度呢。外包有用手的，用脑的，但用上了如此强大的客户管理系统外加一整套流水生产线标准的，让客人有如此震撼体验的，唯有此地的服务。活生生一个"服务即体验"的案例。

只是，这种"服务即体验"越多，身体会越来越差，友情也越来越少。你知道，这种服务背后，是对每个环节的跟踪和精细的计算所产生的冷漠数据。难道当下这个社会，有钱人只能是这"穷"命，除了不差钱，其他什么都差？

青年马克思在《论犹太人问题》一文中写道："犹太人的世俗

基础是什么呢？实际需要、自私自利。犹太人的世俗偶像是什么呢？做生意。他们的世俗上帝是什么呢？金钱。"

难怪人们都说中国人与犹太人很像。唯一区别是，老中不信上帝。于是，老中把犹太人的"上帝"唤作"婊子"。

二

就在你想得入神时，前面的车突然减速，你慌忙一个急刹车。车是停住了，但车头还是轻轻吻了前车的屁股。前面的车也停了下来。你很恼火："没事儿你TMD减速干什么？这是大马路，又不是你家后院！"

停稳车，打开双闪，拉上手闸，一甩车门，直奔前车。正要发作，看是一女的，心先软了一半。也不搭话，掏出来几张大头像："赖我，都赖我！这些钱先拿去。"

"大哥……"前车那女生还没缓过劲儿来。

"靠！谁是你大哥？丫还是一剩女。"你回到车里，看清了前车的屁股上贴的两行字："圣女在前，追上就嫁。"

记得有个叫陈丹青的画家，回国后不画画了，却写了不少怀旧的文章。他曾回忆："从前时光，马路上'广大工农兵群众'果然闲散着不少美丽的人，蓝布棉袄黑布鞋，不施粉黛，真是好看的……"可是，你每次去苏州、扬州，想在马路上看看陈丹青眼中的闲散美女，都被告知美女们去了北上广。而你到了北上广，却被告知，美女们不是嫁给老外出国了，就是跟了老板或官员，住进了高级公寓和别墅。总之，如今这类闲散美女几乎在马路上绝迹了。

然后，就是"剩女"的横空出世。媒体也乐得紧紧跟进。周末的晚上，打开电视，扑面而来的全是相亲节目，80后（甚至90后）是主演。演出的结果就是，女生到了23岁还没有男朋友，就会（被）认为是剩女。于是，满大街都是剩女。

其实，你手下就有很多80后的单身女员工。有些堪称美女的，跟你走得很近，喜欢跟你泡在一起。你的老婆带着孩子留在了美国，远水不解近渴，也是天高皇帝远。反正你乐得隔三岔五就带上一位美女，或去酒吧喝酒，或去练歌房K歌。实在无聊，半夜里就在三环上开快车兜风。后来发现，半夜的三环，仍然车多，就改在游戏机上飙车了。在酒吧是你给美女讲威士忌红酒雪茄骑马高尔夫游艇，在练歌房是美女让你的流行口味从罗大佑蔡琴李宗盛大踏步地进入王菲周杰伦李宇春萨顶顶时代。（可是，把萨顶顶的歌与朱哲琴的歌比较，你还是喜欢后者，因为后者活得明白。）

酒喝得舒服了，双方都有些迷离。你托起她的下巴，盯着美瞳片后面的眼睛。

她看出了你的心思，淡淡一笑："虽然你看上去很年轻，但毕竟大我整整两轮，跟我父母的岁数差不多了。记得那句台词吗？所有的两性关系都是建立在谎言和互相的错觉上。"

"可是网上却说，如今找对象，性别都不是问题，还在乎年龄吗？"你点上一支烟，吸了一口，然后递过去。

她猛吸了一口，吐出一个烟圈："我可以不在乎性别和年龄，但是，我在乎有没有钱花。我需要一个专属于我的有钱男人，只为我一人！可惜你做不到。"

"你知道有钱的男人对美女有什么要求吗？"你想起网上流传已久的段子："上得了厅堂，下得了厨房，杀得了木马，翻得了围墙，开得起豪车，装得起新房，斗得过二奶，打得过流氓。"打不过流氓，至少也要像邓文迪，为了保护老公，能一巴掌打翻在听证会上搅局的家伙。你没说出这句话，因为她不是从广外毕业的。

"所以我喜欢跟你泡在一起，就是想从你身上学会去懂男人，特别是成功的男人。你听过'亚情人'吗？我喜欢那种感觉——介于暧昧与温柔之间的。"

"哦，这个粗糙的社会，倒是对男女之间的关系，细分得越来越精致了。"你看着她吐出的烟圈，正在慢慢扩大，在空中画出一个黑洞，有点深不可测……

那些没能找到"成功人士"、没能从"亚情人"升级到"情人"的美女们，最后都成了剩女？难道她们仅仅是为了钱？好像也不是。有一点很清楚，你还会像那些80后、90后男生一样，只关注20岁这个年龄段的女生。那些30岁、40岁的女生，只好自求多福了。而且，你很自信，因为你比那些80后、90后的小男生更成熟，也更有钱。

"反正钱是王八蛋！"你心里骂着，把车头一拨，超过了那剩女的车。

三

如今，你变得越来越简单了。遇到事情后，不论对错，懒得去讲个道理。讲也讲不清楚，还是用钱去摆平来得简单。你记不清是哪位经济学家说的：钞票在手，可以抚慰我们的焦虑。

但是，你依然焦虑。每次遇到要用钱去摆平时，你就骂钱。这不能怪你。如今这世道，领导、客户、股东、老板、员工、路人、剩女，甚至老婆、小蜜、亚情人，你谁也不敢骂。要骂只能骂钱了，谁让它是来抚慰我们的焦虑的。更重要的是，钱不会回嘴。

后来，你骂得腻了。知道这辈子是不差钱，骂也骂不完，于是就不骂了。只是你身上依然带着很多钱，因为你还有焦虑，而且需要摆平的地方还是很多。

王尔德（Oscar Wilde）说过，人类有两大悲剧：一是理想没实现，二是理想实现了。

可是，冯仑在商界功成名就之后，却写了一本书《理想丰满》。看来老冯是介于理想没实现与理想实现之间的。说得也对，丰满的理想，一点一滴去实现，日积月累，用不着那样不要命似的"只争朝夕"。

漫画家朱德庸说得更直接："亚洲人先是被贫穷毁坏过一次，现在又正被富裕毁坏着。"放在当下的中国社会，正在毁坏国人的两大祸根就是：一是还差钱，二是不差钱了。

唉，无论物质还是精神，正反都是"穷"！你暗自感叹：这刮来钱的风，会算钱的风，谢特！还是恼人的风。把丰满刮跑了，尽剩骨感了。小风一吹，刺骨！

欲望

一

"司长"是我的一位朋友，在同一个行业。认识他的人习惯叫他"司长"，久而久之，大家倒忘了他真正的名字。

专做政府销售的"司长"高大、英俊。看来，无论国内还是国外的公司，选择销售代表的标准还是一样的。有一段时间，"司长"有空就喜欢叫上我，去附近的咖啡店"雕刻时光"坐坐，天南地北，神侃一通。

记得我回国不久，一次跟"司长"谈起做客户关系的种种艰辛。"司长"用一副不屑的表情开导："如今，哪个行业不是这样？"

"我知道天下乌鸦一般黑。可是，那些客户至少也是个大学毕业。很多还是海龟……"

"那就说明了知识越多越反动。""司长"看我还想听，便来了兴趣，"我前段时间在跑一个政府的项目，打交道的全是司长、处长之类的。"

"是货真价实的"司长"？"

"当然不是我这种山寨版的了。""司长"笑笑，继续说道，"如今大学教育跨越发展了，这帮司局级、处级干部，至少是本科毕业。不少还有硕、博文凭呢。

"说句公道话，这些司局级、处级干部一天的工作量还真不少。不论是给领导汇报，还是听下面的人汇报，他们的脑子不能停，要会急转弯，想答案，脸上还得绷着劲儿。所以到了晚上，必须从白天的一本正经中解脱出来。否则，明天怎么继续干活？咱就得拉他们出去放松，喝酒、洗浴、K歌、泡小姐，恢复一下本来的面目。"

"他们的本来面目是什么？"我有点好奇。

"他们的本来面目就是：对什么是体面和有尊严的生活根本不懂。他们大都生于五六十年代，成熟于80年代，他们的青年时期处在国门正在打开的初级阶段。虽然惊艳于西方的开放，但当时的禁区太多，也没有时间消化，他们属于真正的'迷惘的一代'。好不容易在官场上走顺了，却已经是人到中年。于是，就变得迫不及待，要把逝去的青春找补回来。但问题是，这帮家伙的思想还停留在对性和食物那点可怜又贪婪的原始欲望上，动物性特强。他们能做的就是把世间所有的快乐体验都集中在了女人的身上和自己的嘴上。

"有人说，北京的汽车市场有一半是靠国家机关和国企撑起的。放到色情行业，也八九不离十。政府说要取缔。你靠什么来取缔这些人的原始欲望呢？再说，这些人为了在官场混，平时必须隐藏真实的自己，压抑真实的情感。但凡有机会，他们的原始欲望和动物特性就要爆发，而且要比一般人强好几个数量级呢。面对政府的高压，那么大的市场只能被扭曲了。"

我心想："这厮心里门儿清。"

二

开始对"司长"另眼相看，是他谈起为什么现在屡屡发生"二奶"举报贪官的事情。

"有一点很重要，这些二奶大都很年轻，对性生活要求多呗。"我不假思索道。

"你认为是贪官跟二奶做爱做得不够？倒也未必。""司长"一脸坏笑。"我认为是他们没睡够觉。"

"呸，故弄玄虚！做爱与睡觉不是一回事嘛。"

"向人民币保证，这俩还真不是一回事儿。""司长"显出一副正经相。"做爱是来去匆匆，一锤子买卖。用昆德拉老先生的话讲就是：尽快排除阻碍，以达到狂喜的爆发。

"而睡觉，特别是相拥而睡则大不一样，这是一种需要慢慢体会的pleasure。当二奶习惯了和贪官相拥而睡，在对方的怀抱里依偎着，抚摸着，闻着对方的体香，感受到对方的体温……不知不觉地，二奶就上了瘾，不搂着贪官，二奶晚上就不能入睡。当白天百无聊赖时，只有想到夜里的相拥而睡，才觉得生活还有那么一点儿盼头。

"可某一天，贪官只跟二奶做爱，不跟二奶相拥而睡了。一两个晚上，二奶还能忍。十天半月下来，二奶就受不住了。

"从前，寡妇夜里睡不着时，就扔一把铜钱到地上，然后在黑暗中把铜钱一个一个再拾起来。等把铜钱都拾起了，寡妇也累了，就能入睡了。可那是在旧社会，改革开放后的二奶不屑去扔铜钱。要是长时间不能跟贪官相拥而睡，二奶就要造反了！"

"司长"见我半信半疑的，继续说道："网上有这么一个故事：一对小夫妻，才结婚一年多。一次，老公去东莞见客户。晚上陪客户泡小姐。那天晚上，他喝多了，不举，做爱做不来。小姐给他泡了一杯浓茶，然后就是一整夜地搂着他，相拥而睡。第二天早上，他对小姐说：我好像喜欢上你了。

"后来，这对小夫妻离了婚。分手时，他感慨道：原以为我很爱你，直到我碰到她，和她相拥而睡时，真感觉咱们这些年是白活了……"

"哦，相拥而睡！"我在心里重复念了好几遍。

像是要作一个总结，"司长"提高了语调："其实，咱们做销售的，跟小姐差不多，也得学会跟客户'相拥而睡'。当客户到了夜夜想你的程度，凡事都离不开你了，你拿个单子还不是跟玩儿似的。"

在对"司长"的敬佩中，我又有了几分怜悯："记得叔本华说过：生命是一团欲望，欲望不能满足便痛苦，满足便无聊，人生就在痛苦和无聊之间摇摆。

"对你来说，如果客户的欲望不能满足，客户会痛苦，你拿单子就无望。如果客户的欲望满足了，开始变得无聊，你就得另辟新径，来吸引客户……如此反复不断，这条路何时才能走到头呢？"

"你是读书太多，脑子转不过来了。我给你讲过，那些客户的动物特性极强。他们就像非洲大草原的食肉动物，一直处在饥饿状态，属于还没有开化的那种原生态。只要能出去吃饭泡妞，这帮家伙就会幸福得直哼哼，哪里还会感到无聊？

"当然，每次带他们出去玩，节目内容是不重样的。好在国内的声色场所多如牛毛，荤素皆有，所以每次都有惊喜。

"恕我直言，即便是在痛苦和无聊之间摇摆，老中也要活着，只要活着。活着为了什么？还不是为了更多的山珍海味、更多的小蜜二奶。对很多中国男人而言，这大概就是生命的全部意义。你让那些司局长、处长们去描述唐明皇的时代，他们以为歌舞升平、妻妾成群就是盛世的气象了。

"如今，他们不但可以K歌、热舞、泡小姐、养二奶，还可以开豪车、住别墅，现在又有了iPhone、iPad，新鲜玩意儿越来越多，推出的速度也越来越快，真有些眼花缭乱了。如果这些人说：欣逢盛世！那还真是他们的心里话。"

我无语以答，心中一片苍凉。

英语中有个对应"苍凉"的词：desolate。旅美学者李欧梵说"desolate"是类似于"……一种饱和点刚刚过后的感觉，是一般'文化大革命'后的大陆青少年无法体会到的，因为生于文化被摧残后的环境，何来饱和点。贾平凹小说《废都》所描写的，就是这种从不知道什么是灿烂饱满的一种庸俗的饥渴和欲望，当然不能有《红楼梦》大观园中的赏心悦目的'情'操。"

看来，"文化大革命"后的大陆青少年们（现在是中老年了），在体会到"饱和点刚刚过后的感觉"之前，还要继续走在充满"庸俗的饥渴和欲望"的路上。

三

后来，"司长"离开了IT和软件外包业。他离了婚，因为老婆被老板包了（据说老板打算一包到底）。有人说他去了丽江，还有人说他沿着茶马古道，去了德钦，然后进了西藏……

我常常设想在茶马古道旁的某个小客栈与"司长"不期而遇的情景。例如，一个风和日丽的下午，我正喝着酥油茶，一位古铜色皮肤的大汉，好似当年景阳冈的武行者，旋风般踏步进来，冲着厨房大喊：掌柜的，来一大碗酥油茶，多加些酥油和盐！

随后的情节发展就得看这梦是在前半夜做还是后半夜做了。总之，温馨的场景是，"司长"与我双手紧握，相见甚欢。而我最不愿意设想的场景是，面对热切的我，"司长"一脸漠然，大口喝光了碗里的酥油茶，一抹嘴：这位客官在说什么鸟外包哟？在洒家看来，神马都是浮云。掌柜的，茶钱先记着，下次一并还！

一阵风，又往云深处刮去……

在写这一章节时，想起"司长"那天讲的最后几句话：

"经济的高速发展，物质的极大丰富，让人们从上半身到下半身都充满了物欲。而法制不全，又缺乏宗教和道德的约束，这个社会只能是物欲横流了。为物欲而战的肉身越来越多地穿行在商场和官场，即便是为了上半身的充实，也要先满足下半身的欲望。痛苦和无聊是肯定的。于是，很多有钱的有权的就拼命去泡妞、包二奶、挥霍人生……但越是这样，痛苦感和无聊感就越强。

"人们应该明白，一味去追求数量，刻意去制造高潮，那只是一时的痛快。人这一辈子的快乐体验不仅限于活塞运动、口腔运动。'相拥而睡'的故事告诉我们：只有'身心合一'，细细地品味，慢慢地体验，才能得到长久的快乐和满足。

"当然，这还是很低层次的。我想的是如何从这个众生污浊的世界中解脱出来……终有一天，我会去找寻一样东西——最初的灵魂。"

别了，"司长"！

或许，应该叫你"司徒雷登"，因为你也是一个孤独的、固执的、跟当下格格不入的家伙。

这个社会，大家都是病人。原以为，爱情能治愈一切。如果连爱情都没有了，那也只能靠最初的灵魂来救赎了。

第三章

深水区

"惟深也，能通天下之志。"

——《周易·系辞》

"人们一旦想随心所欲地发问，就无法预料他们会发现什么。"

——约瑟夫·海勒（Joseph Heller），《第二十二条军规》

"世事本无所谓好坏，但一经思考就有了好坏。"

——莎士比亚（Shakespeare），《哈姆雷特》

——

有

言

在

先

——

全球化下的蛋

一

上世纪90年代，中国摇滚乐的旗帜人物崔健有一首非常火的歌——《红旗下的蛋》。

广义上讲，我们都可以算是红旗下的蛋，这是由我们所处的中国历史阶段决定的。但具体到每个人，情况又不尽相同。有些人是红旗下生、红旗下长；有些人则是红旗下生、全球化下长；更有的人是在全球化下生、在全球化下长。

"二战"结束后，整个世界进入了社会主义阵营与资本主义阵营对峙的"冷战"时期。今天意义上的（资本主义的）全球化自然无从谈起。作为社会主义阵营的一员，中国只有对全球的英特纳雄耐尔化（即一片红色的全球共产主义化梦想）。而随着西方国家经济的不断发展（虽然也有过石油危机导致的通货膨胀），以及"二战"后发展中国家的第一代强人的陆续去世，特别是社会主义阵营老大哥苏联的解体，世界范围的全球化才成为可能。

具体到中国，那就是当国民经济又一次到了崩溃的边缘时，历史翻到新的一页。于是，人心思变，不愿继续过"全民皆贫"的日子成了大势所趋。当时中国的领导人顺应潮流，抛弃了阶级斗争的理论和实践，结束了"文革"，开始把精力放到经济建设上。其标志就是1978年开始的改革开放。

无论是出于对中国的好奇、同情，还是垂涎中国潜在的巨大市场和巨大的人力资源，资本开始从港澳、台湾、东南亚以及日本等地进入中国，最后发展到美国和欧洲也参与到在中国的盛宴。至此，中国开始全面与西方世界接轨，并满腔热血地拥抱全球化的到来，其标志性事件就是加入WTO。

我们现在可以回过头去，反思全球化所带来的世界贫富差距的扩大、环境的破坏、资源的枯竭、文化的冲击等等。但不可否认的是，中国是此轮全球化的最大受益者之一。许许多多的中国人也成了受益者。

在全球化大幕正在拉开时，我与成千上万的"新三届"同学一道，完成了在国内的大学教育。然后，随着80年代的出国潮去了美国，并亲身经历了全球化给美国经济带来的发展——特别是上世纪90年代美国IT业和互联网的起步和腾飞。当然，国内的80后、90后们，一出生，就赶上了全球化——特别是在全球化背景下的互联网时代。

所以，从这个角度讲，我们大家也都是全球化下的蛋——我们的举手投足、穿衣打扮甚至饮食习惯等，无不打上了全球化的烙印。更重要的是，我们的"蛋心"也在经受由全球化带来的不同文化、不同价值观的冲击和洗礼。

二

全球化导致文化多元还是单一呢？全球化的经济与文化是什么

样的关系？这类问题一直是当代文化学者争议的话题。

美国学者杰姆逊(Fredric Jameson)曾经问道：是经济变成了文化，还是文化变成了经济？他在《后现代主义：晚期资本主义的文化逻辑》(Postmodernism, or, the Cultural Logic of Late Capitalism)一书中用马克思主义（当然是法兰克福学派式的"西马"）的思想批判西方现代以及后现代的市场经济和消费主义。杰姆逊认为，我们应该强调经济和市场对文化的意识形态的影响，因为文化带有明显的历史性。而在全球化的今天，所谓文化活动显然是资本主义经济活动方式的一部分。

人们对全球化的经济与文化最大的质疑大概要算是"消费主义"（consumerism）了。在消费主义的文化中，一切都成为商品，并被赋予特有的与其商品本身不一定对等的符号，即所谓的国际"名牌"（brand names, logos）。国内有些赶时髦的"中产"们，把自己说成是"波波族"。殊不知布鲁克斯（David Brooks）所说的那些"波波"们，即波希米亚（Bohemian）+小资（bourgeoisie），充其量不过还是"拜物教"中的"小资"（马克思意义上的，带点讽刺）罢了，因为他们只是将"波希米亚"精神当作（名牌）商品消费了而已。在"波波"身上，所谓的个人自由与尊严都是可以拿来消费的，因此，在他们身上，"资本已成为身体，反之亦然。"（参见《天堂里的波波族》，Bobos in Paradise--The New American Upper Class and How They Got There.）

有趣的是，西方世界大多数对全球化（无论是在经济上还是在文化上）持有批判态度的学者都是偏向左倾，至少是带有社会主义思想的民主自由立场（democratic liberals）。他们认为，全球化的论述只是使"新自由主义"（neo-liberalism）的理念的全球规划正当化，在世界主要的经济区域打造一个全球自由市场，因此经济全球化其实就是一种意识形态。

所谓"新自由主义"是在经济上主张市场经济与私有化，提倡经济成长与科技创新；在政治上强调小而有效的政府，主张向下分权、去中心集权化，减少政府的干涉。市场经济（free market）又称为自由市场经济或自由企业经济，是一种经济体系。在这种体系下，产品和服务的生产及销售完全由自由市场的自由价格机制所引导，而不是像计划经济，完全由国家来主导。因此，"新自由主义"也被称作"市场自由主义"（market liberals）。

在美国，新自由主义者又往往被视为右派人士，是以"华盛顿共识"（Washington consensus）为代表的资本主义的代言人。资本主义（capitalism）有时被看作是市场经济的同义词。同时，"资本主义"常常是左派喜欢使用的词，带有贬义。(我们这些从大陆出来，尤其是啃过《资本论》的人，对这个词自然不陌生。)

说起左派对全球化的批判，我又想起了一本书，是耶鲁大学的美籍华人教授蔡美儿（Amy Chua）写的，书名为《起火的世界：输出自由市场民主酿成种族仇恨和全球动荡》（*World on Fire: How Exporting Free Market Democracy Breeds Ethnic Hatred and Global Instability*）。从书名便知，作者是反全球化的。此书写于2007年，但是在学界，似乎没有什么影响。学界外的影响就更是微乎其微了。可是蔡教授的另一本大作，虽然没有太大学术价值，却让她在美国暴得大名，并有了"虎妈"（Tiger Mom）这一响亮的名字（见《虎妈战歌》*Battle Hymn of Tiger Mom*）。只是不知，"虎妈"现象是否可以被看作东方文化在全球化过程中成功打入西方（美国）市场的案例。

三

几乎所有研究全球化的学者都赞同这样一个观点，全球化既是经济现象，也是文化、社会政治现象。

近几年，又有不少学者指出，全球化过程是双向的：既是全球化（globalization），又是球域化或地域化（glocalization），前者趋于相同，后者则要求多元与不同。

很多批评全球化的人认为，全球化是强势国家在经济上的掠夺，在文化上的入侵。例如，反全球化运动的组织"转折点计划"（Turning Point Project）曾经发表文章《全球单一文化》（*Global Monoculture*），批判跨国企业主导的全球化："经济全球化在推动一种特定的'同质化'发展，使得大型公司可以自由地在世界范围内的任何一个市场、任何一个地方进行投资和运作。对于这些组织机构和大型企业而言，他们所要追求的主要价值不是多元化和多样性，而是效率。因为多样性要求企业要拥有适应个别差异的销售吸引力，所以成为经济全球化和各个大型企业的敌人。"这里，有一个关键词，就是"同质化"，也就是"单一化"，即以市场为基础的文化全球化使全球文化走向商品化的方向。

不少人认为，文化全球化塑造一种全球性的消费者。跨国企业为了自身的扩张和盈利增长，透过文化输出，培育出与企业生产相吻合的需要和对消费的热衷。文化全球化成为传播西方价值观念和行为模式的渠道。美国的品牌如CNN、Coca Cola、McDonald's、Levi's、Nike、Disney等等，代表一系列的文化内涵。它们所宣扬的不仅仅是产品本身，更是一些美国的观念和文化价值。例如，可口可乐宣扬"爱与和平"，Nike强调"Just do it"的美国竞争精神，Disney则展现"美国梦"的当下意义。

只是，西方学者低估了很多中国人"求同存异"的能力：这些国人喝着放了生姜和红糖的Coca Cola，脚踏由"解放牌"鞋子改良过来的Nike，咬一口带有金华火腿的三明治，高喊着"做人不要太CNN！"

也有让西方学者看不懂的现象：在这全球化如火如荼的时代，竟然还有许多中国人任凭"外面的世界真精彩"，就是对外面的世界不感兴趣，也缺乏足够的好奇心。他们"有自己的立场、态度，但却没有求知的乐趣，更没有承认自己无知的勇气"。这些人通常是不能跟外面的世界真正对话的。或者说，这些人的思想有点像当年义和团口中念叨的"刀枪不入"。

当然，越来越多的中国人在此轮全球化的过程中，逐渐明白了这样的道理："自己喜欢的观念未必是正确的；正确的观念需要论证或者证据。"他们发现，"喜欢用现成的结论，而不是经过自己的认真思考，其结果就是摆出一个pose，表个态，仅此而已。"而且，自1949年以来，正是大多数中国人这种不经思考的表态和摆pose，助推了"反右""大跃进"以及"文革"等政治运动在全国范围的迅速开展。当然，最后受害的也是大多数中国人。

明白了这个道理的中国人，在面对风靡世界的全球化时，就不会重蹈覆辙，也不会不经过自己认真的思考，就去表态和摆pose，除非他们想成为全球化的受害者。

就像崔健在《红旗下的蛋》中，描绘的90年代青年的普遍状态：他们与时代不拧巴、不冲突，但是也带着一些玩世不恭。同样的，有理性的中国人与全球化也是不拧巴、不冲突。当然，对于全球化，有玩世不恭的态度未尝不可，但最好是经过自己思考后的结果。

总之，我们有理由相信，中国文化不会变成全球化下的"美国"蛋，而是多元的、杂交的彩蛋。或许，其中的几个彩蛋还添加有"苏丹红"，但这些都不重要。

重要的是，中国文化的"蛋心"应该有两条底线：那些全人类都遵从的价值要提倡；对新鲜的东西要多些包容。

至少，在全球化的大潮中，中国文化要鼓励国人真正能够自己来选择自己的生活，从而活得真实、从容、理性、有尊严、有责任、不装孙子、不当奴才。（如果还有宽恕、悲悯，那就是更高的境界了。）

四

中国IT和软件外包业当然也是全球化下的蛋。

全球化使得世界变平了。平坦的世界使得机会的平等变得可能。在过去的十多年里，中国外包公司也有了跟印度公司同样的进入全球IT和软件外包领域的机会。

但平等的机会不会自动导致平等的结果，因为观念和游戏规则跟过去不一样了。更何况，在全球化的经济领域，程序的平等与结果（或分配）的平等从一开始就是两码事。

同时，我们所处的社会、所处的行业甚至我们自己也在变。在全球化时代，我们不但需要超强的专业知识，更需要"超大号的对知识和思想的好奇心"（king-sized intellectual curiosity）。只有这样，我们才能在一个扁平的、流变的世界里，找到自己的生存位置。

经济学家吴敬琏早在2005年就指出："中国变革已经进入'深水区'……"外电评论更是认为，中国经过30多年的改革开放后，各阶层的利益关系已经发生了深刻变化，中国社会已经进入了一片陌生的水域（uncharted water）。

中国IT和软件外包公司，在创业后的第二个10年，也进入了一片陌生的水域。在这片水域里，不仅有IT和软件外包的可持续发展问题（例如，外包服务的深化，服务即体验、服务即销售的实现），还有需要重新认识和思考的东西（例如，历史与记忆、个体与群体、权利与责任、价值的多元、思考的乐趣等等）。不认识和想清楚这些问题，中国的外包公司与欧美的公司、印度的公司就没有对话的基础，更没法在平坦的世界上站稳脚跟。

多年前，斯宾塞·约翰逊（Spenser Johnson）所写的《谁动了我的奶酪？》（*Who Moved My Cheese?*）一书相当流行。美国公司的主管们几乎人手一册。这本书生动地阐述了"变是唯一的不变"这一生存真谛，并以此告诫读者要懂得公司在信息时代的变化中不断改变自身之重要。后来，这本书在中国也流行起来，还引来诸如《谁动了我的豆腐？》等书的跟进。再后来，人们发现《易经》也谈变化，而且谈得似乎更艺术、更深奥，约翰逊的书就不那么吃香了。

但不管怎样，约翰逊在书中提出的问题是不应该忘记的：未来是个充满变化的迷宫，如何才能在变化的迷宫里找到属于你的"那份食物"呢？

如今，面对中国IT和软件外包行业进入的陌生水域，我们真正的挑战，还是来自于我们自己——我们内心对未知世界的困惑和恐惧、对已知世界的惰性和麻木，因为我们太依赖过往的路径、太习惯于别人提供的标准答案了。

还记得崔健唱的："我们的个性都是圆的，像红旗下的蛋。"试想一下，地球已经由圆到平了，而人的个性却由平到圆？难道，我们都失去了个性？这也许不是崔健的原意，因为他继续唱道："头突然出来，是多年的期待。"

是的，在全球化的陌生水域里，我们也要冲破自身的束缚，把头伸出来。当然，把头伸出来，不仅仅是为了"把头露出水面"（keep our heads above the water），我们还要学会创新、学会在变化中改变自己。不仅要活着，而且要活得更好。

正如崔健的歌词："现实像个石头，精神像个蛋；石头虽然坚硬，可蛋才是生命。"有了精神，才有了生命。有了生命，就会有理想，就会有改变的可能。

或许，全球化下的蛋，生来就是要改变这个社会的。

如果有机会，我再写一书，书名就叫《谁敢动我的蛋！》，因为那个蛋是我们的精神生命。

——

有

感

而

发

——

身份

一

木心先生在《带根的流浪人》一文中，开篇便是米兰·昆德拉讲的一个故事：

有个捷克人，申请移民签证，官员问："你打算到哪里去？"

"哪儿都行。"

官员给了他一个地球仪："自己挑吧！"

他看了看，慢慢转了转，对官员道：

"你还有没有别的地球仪？"

其实，我从小真没把地球当成个球，见到地球仪时已经快考大学了。真正让我开了眼球，还要等到中国的大规模城市化。其结果就是，这些年国内很多城市，不论大小新旧，都喜欢在市中心或主要的十字路口，摆上不锈钢的雕塑。（显示咱们有钢材了，而且是不生锈的。）这些雕塑大都雷同，不外是一根或几根高耸入云的柱子，上面顶着一个圆滚滚的球，大概是代表地球。

我的艺术家朋友们则称之为"顶个球"。老话说得好，"刀尖上的位置不稳"。同样的道理，在柱子尖上的球也不稳。至少，城里人看的时间长了，容易产生尿急。

从小学起，我倒是有一张破旧的世界地图，平面的，忘了是从哪里淘来的。到了我手里已经很旧了，有一种沧桑感。跟当年利玛窦画给大清朝廷的那张世界地图神似，中国的位置在地图的中央，欧洲在图的左边，美国在右边，地图的上下方分别是北极和南极，大家都在一个平面里，就这么简单。

只是我把地图上属于中国的那部分染成了红色。我们从小就被教育要"胸怀祖国，放眼世界"。胸怀祖国还好办，心中时刻想着就行。放眼世界就有点挑战了。这就要求世界必须是平的，否则如何才能一眼看到世界的尽头，把整个世界尽收眼底呢？

谁知道进入新世纪后，在美国的托马斯·弗里德曼（Thomas Friedman）竟然写了一本书，煞有介事地告诉人们，他有一个伟大发现：世界是平的！

我那时已经回国，就没有跑去找托马斯理论了。我自认为跟他很熟，所以直呼他的大名（托马斯未必认可这一点）。他常常在公共电视台（PBS）现身。美国的这种公共电视台主要靠个人和非政府机构的捐赠，不同于那些商业的电视台。托马斯在PBS总爱发表有关中东和反恐的高论。他的政治观点属于中间偏左。人倒是很幽默，总是笑眯眯的，讲到高兴处，嘴上的那撮花白胡子也会随着声音的抑扬顿挫而起舞。

印象中，托马斯是一位中东问题高手。但随着世界的变平，他俨然变成了一位世界问题专家，还成了美式左派味道颇浓的《纽约时报》的专栏作家。这位世界问题专家首先告诉大家的是，世界变平的过程是发生在人们睡着的时候。我记得1976年的地震确实发生在人们睡着的时候，不过那次世界没变平，唐山倒是先给整平了，一夜回到解放前。看来以后睡觉时最好睁一只眼，免得醒来后时空错乱。

让我看着高兴的是，托马斯在书中详细列举了碾平世界的10大动力，其中就有外包，以及离岸生产和运营。在过去的十几年中，外包公司（特别是IT和软件外包公司）在中国已经从草创时期的丑小鸭成长为亭亭玉立的少女。人人都想跟美女在一起，况且还是少女。我也不例外，而且手上还拿着托马斯的书。一路走来，大家的歌声震天响：路见不平一声吼，铲平世界靠双手！

按照托马斯的分析，"2000年左右我们进入了一个新的纪元——全球化3.0。全球化3.0使得这个世界进一步缩小到了微型，同时平坦化了我们的竞争场地。"这些变化在IT和软件外包界也是能感受到的。特别是2004年以后，国内的IT和软件外包公司能明显觉察到，来自美国和欧洲的单子多了起来。在此以前，外国公司的一个工程师来访，外包公司的老板都要亲自出马接待。而2004年以后，外国公司的一个VP来了，外包公司的老板也未必能出来陪同。不是架子大了，而是来访者太多，老板忙不过来了。当然，遭遇印度等竞争对手的频率也增加了。

托马斯在书里想给大家提个醒："如果说全球化1.0版本的主要动力是国家，全球化2.0的主要动力是公司，那么全球化3.0的独特动力就是个人在全球范围内的合作与竞争，而这赋予了它与众不同的新特征。"

难怪电视里整天在说现在是盛世。全球化的版本都升级到3.0了，不想盛世都难。如果没有理解错，在全球化3.0时代，特别是在基于互联网构建的不受空间和时间限制的全球化平台上，各种文化和价值观扑面而来，相互的碰撞在所难免。就像学者陈冠中在《城市九章》中谈到巴黎时说的："19世纪，巴黎建了大马路，打通了各个相对封闭的区域，让不同背影的人看到了对方，唤醒了意识的他者……"

毫无疑问，在全球化3.0的今天，这种"被唤醒"的意识更强烈，碰撞更直接。那么，作为个体的我们该如何应对呢？《华尔街日报》的资深作家扎伽里（Pascal Zachary）提供了一个很好的建议：既要有"根"，又要有"翼"。这里，"根"是指对自己身份和自己文化传统的认同，而"翼"则是要拥抱世界并吸收多元的外来文化。

这就引出一个有趣的话题：对自我身份的认定。

二

记得几年前，看过艺术家苍鑫的摄影作品《我的游客身份》，它反映了艺术家对当下中国人身份的剧烈变化以及贫富差距所形成的社会阶层的敏感。在《我的游客身份》的系列作品中，苍鑫分别穿上白领、DJ、民工、拾荒者、三陪小姐等的职业装，并选择符合这些身份的场所和环境作为背景。通过不断地换穿这些服装，苍鑫试图重新体认（或唤起）处于社会各个阶层的不同职业者的身份感。

只是在全球化的大背景下，伴随着中国经济高速发展所带来的工业化和城市化，身份的认定不像苍鑫拍摄作品那么简单。一个人的身份也越来越具有多重性。

一个人在上海出生，在香港长大，在英国读了MBA，加入了澳大利亚国籍，在美国的"4大"作咨询师，他对自己的身份如何认定？

同样的，一个人在西藏出生，在成都长大，在广州读了服装设计，在天津拿到"蓝印户口"，在北京798艺术区编辑服装杂志，她对自己的身份又如何认定？

很多国内软件外包公司的员工，因项目需要，常年被派到IBM、微软、诺基亚、GE等客户那里工作。时间一长，这些员工就犯迷糊了：我们到底算是软件外包公司的人，还是这些跨国公司的人？

其实，每个人都有多重身份的。在《身份与暴力》（*Identity and*

Violence）一书中，诺贝尔经济学奖得主阿马蒂亚·森（Amartya Sen）告诉我们，不能有任何一个身份是优越于其他身份的。换句话说，一个人不会（也不可能）只用一种身份。而所谓身份的意义则来自于每个人的选择，并且选择是要根据具体的情况来作的。

身份的选择（认定）不是像看苍鑫的摄影作品那样简单、一劳永逸的，而是随着情况的不同，不断选择的。人们会根据具体的情况和处境，给自己选择最恰当的身份。

也正因为如此，我们就不必固守一种身份，更不要从单一身份所代表的文化、宗教或种族等立场或角度来决定我们对世间所有事物的看法。所以，当有人以"中华民族"的名义谈论"中国特色""中国模式"时，我们就要小心了，以免掉进别人有意（或无意）挖的陷阱里。

三

当然，在现实社会中，人（包括历史人物）的身份往往是"被选择""被认定"的。最啼笑皆非的例子恐怕就是孔子身份的"被认定"：一会儿被称为"孔老二""丧家犬"，一会儿被称为"万世师表""圣人"。如若孔子在世，他老人家恐怕也搞不清楚，这些骂他的和捧他的人是否真正读懂了他的《论语》。

或许，这些人只是读了别人写的"论语心得"或是"批林批孔"的文章。但他们似乎都很享受"决定别人的身份"所带来的快感。实际上，这些人正是通过决定孔子的"身份"来表明自己的立场，并完成对"自己的身份认定"。

最悲催的要数音乐家门德尔松。虽然他的家族从他父亲那一辈就宣布放弃了犹太教，改信了基督教，门德尔松本人比他的父亲更认同基督教文化和德国文化，但德国纳粹时期，门德尔松还是被认定是犹太人，其作品也被排斥在德国主流文化之外。这是门德尔松遭遇的第一次身份"被"认定。

二战结束后，门德尔松的身份第二次被认定。这一次，行使"身份决定权"的则是他曾经的同族——犹太人。这一次，他们同样认定，门德尔松就是犹太人。他们不顾门德尔松早已放弃犹太教的事实，坚持认为他就是犹太人，他的作品反映了犹太文化与犹太意识。

这就构成了门德尔松身份的不可承担之重：身份的自我选择得不到应有的尊重。不论是纳粹时期的德国人还是后来的犹太人，都把他们各自认定的身份"理所当然"地强加给了门德尔松。

由此看来，身份的选择或认定不仅复杂，而且往往身不由己。一个人的身份常常是"被认定"的，是由那些拥有"身份决定权"的人所决定甚至是强加的。

那么，面对被认定的"身份"，我们如何来应对呢？国内的新华网曾经登过一位旅美华裔物理教授的诗，《你们究竟要我们怎样生存？》：

> 当我们是东亚病夫时，我们被说成是黄祸；
> 当我们被预言将成为超级大国时，又被称为主要威胁；
> 当我们闭关自守时，你们走私鸦片强开门户；
> 当我们拥抱自由贸易时，却被责骂抢走了你们的饭碗；
> ……

这就矫情了。这位旅美教授之所以有这样的哀怨，恐怕是对自己的身份没有自信，又太在意"被"认定的身份，太在意别人怎样看自己，结果感情就受伤了。（伤不起呀！）

其实，美国的黑人、犹太人甚至爱尔兰人，都曾经遭遇种族歧视，也被强加了各种身份。但他们面对歧视和各种不公平时，通常表现出的是从容和自信。赖斯是美国历史上第一位黑人女性国务卿。她在自己的传记 *Twice As Good* 中，回忆起父亲曾经的教导，告诉她如何对付种族（身份）歧视："Don't deny it, but don't be defined by it.Be twice as good, and you can make it." 翻译成中文就是：不要不承认（种族和身份的歧视），但也不要被它所限定（或曰：不要"被认定"），加倍努力，你一定会成功。

就像阿马蒂亚·森批评印度的民族主义者，总是拿西方殖民者来比较，总爱强调印度传统文明的源远流长，太把西方殖民者当回事了。（用中国老百姓的话讲，就是太把对方当根葱了。）

除了从容和自信，美国的黑人、犹太人等还有一种很强的幽默感——是一种自嘲式的对生活和人性的幽默。只有内心非常强大和自信的种族（民族），才敢于拿自己的缺点以及与他者的错位来开涮。而正是这种自嘲和幽默，让所有的人都体认到生活的不完美，以及人性的缺憾，从而嘲笑并解构了那些"身份决定权"拥有者的无知和傲慢。这种自嘲式的幽默绝不是阿Q式的自卑自贱和阴暗，更不是祥林嫂式的喋喋不休，总在嚷嚷感情受了伤害。

教授，知道什么是差距了吧？如果你觉得这个差距大了点儿，一时跟不上，你至少可以去上网，读一下那首号称是"仓央嘉措"写的诗：

你见，或者不见我

我就在那里

不悲不喜

……

希望你还能记起，中文有一个词叫"淡定"。（顺便讲一句，我的艺术家朋友们总把"淡定"写成"蛋定"。）

四

其实，孔子在《论语》中就讲过的："君子求诸己，小人求诸人；君子坦荡荡，小人长戚戚。"放在今天全球化3.0的大背景下，就是提醒我们，要从自己做起，坚守自我身份的选择和认定。同时，我们还要拒绝"决定别人的身份"之诱惑——正所谓"己所不欲，勿施于人"。

唯有如此，我们才能自信地拥抱世界，从容地在多元文化的碰撞、混搭、融合中，长出自己的"翼"，从而自由地在蓝天中飞翔。

当我们俯看大地时，高山大海就不再是险阻，地球才真是变得平坦多了。到那时，城里那些"顶个球"的雕塑或许就可以改为"顶个碾平的球"。碾平的球当然比圆滚滚的球来得稳定。日子一长，城里的人就会变得"蛋定"，不用尿急了。

还有更高境的。就像学者刘瑜说的那样："人的每一种身份都是一种自我绑架，唯有失去是通向自由之途。"——那就是到了"自由王国"。科学家爱因斯坦也说过，想成为世界公民，而不是被"德国人"或"美国人"的身份所制约。木心先生谈昆德拉："……带根流浪，在法国已近十年，与其说他认法国为祖国，不如说他对任何地理上的历史上的'国'都不具迂腐的情结。"

当然，不排除某些地球人会把昆德拉讲的那个"换个地球仪"的故事当成是通往"自由王国"的捷径。

战区

我曾在美国一家大咨询公司工作过。刚加入公司时，发现老板们（即咨询公司里的合伙人，英文是partner）喜欢用"theater"这个单词。后来搞懂了，此"theater"不是彼"theater"。这里的"theater"特指战区，不是剧院。（"9·11"恐怖分子袭击纽约世贸大楼的一架飞机上，就有公司的两位partners。他们是赶早班飞机从波士顿飞往美国的西岸战区。可惜这二位，出师未捷身先死。）

二战后，老美的商学院从战时美军的后勤保障、物资调运等方面学到很多管理理念和方法。很多军事术语也随之进入了商学院，又被商学院的毕业生带入了公司。进入21世纪，不但美军把东北亚（涵盖中国、朝鲜等国家）视为全球热点和潜在的战区，美国的跨国公司从商业角度也把中国视为战区。2011年美国政府又高调宣布，要重返太平洋，更是把中国当作了该地区（战区）的最强劲的对手。

2006年，IBM公司将其设在美国的全球采购总部，迁往中国深圳。这是IBM首次将其重要部门的总部迁往美国以外的地区。正如IBM的CEO彭明盛（Sam Palmisano）所指出的，此举措标志着IBM

成为一家真正的全球整合型企业。换句话说，作为IBM全球战略的一部分，将全球采购业务的总部迁往深圳，不仅巩固了IBM自身的供应基地，同时还协助IBM的客户强化了供应链，从而巩固了IBM的核心业务。这就像把后勤保障直接放到靠近前线的战区，以便近距离提供武器弹药一样。

如今有越来越多的跨国公司跟IBM学习，把在中国的业务以及中国的市场纳入了各自的全球战略。几年下来，这些跨国公司在中国"战区"积累了宝贵的经验。它们正在积极地扩大在中国的业务——包括在中国的销售规模，以及在中国的制造规模。令跨国公司鼓舞的是，2009年中国美国商会的研究报告指出，在2008年，有超过50%的跨国公司，其在中国的业务利润率高于全球平均水平；而10年前，这一比例仅为13%。显然，中国已经成为跨国公司角逐和获利的战区。

与此同时，伴随着越来越多的跨国公司把中国纳入其全球战略，这些公司在中国的运营系统也必须纳入其全球系统。于是，中国也成了IT服务和软件外包公司的主战场。在这个战场上，第一集团以欧美和印度的外包公司为主（包括Accenture，IBM，InfoSys等等）。

值得一提的是，印度外包公司的主力真正进入中国是跟随着欧美的跨国公司而来的。借力使力，印度外包公司的业务也随之从欧美扩展到这些跨国公司在中国的部分。印度外包公司首先看中的是中国充沛的人力资源。在中国的印度外包公司，管理层大都是从印度总部派来的，而工程师则是从中国本地招聘的。有分析指出，进入中国的印度外包公司最初是想利用中日文化相近的特点，以中国为跳板，寻机进入日本市场。而最近几年，印度公司似乎更专注于中国这个大市场，稳扎稳打，蓄势待发。

中国的外包公司无论是自身规模还是客户质量跟第一集团的公司相比还差好几个量级。虽然中国的外包公司也在加大对国内市场的投入，但来自第一集团的竞争压力有增无减。那些周期长金额大的好项目往往被第一集团的公司拿走，中国的公司最多拿些边边角角的活儿。

这种情况有些像当年的抗日战争。在主战场上，国军将士不可谓不用命、不拼尽全力，但小鬼子的训练更到位，火力也更猛。于是我们就看到国军在主战区节节败退，城池连连失守，只有在局部战场有些零星小胜。

直到在西南战区（包括缅甸、云南），中国远征军接受了全套的美式训练，装备了精良的美式武器，最终才打了翻身仗。后来，远征军的老兵回忆说，弹药食品供应充足是一方面（那时平均1名士兵可以得到7吨物资的后勤保障），另外一方面是美国教官让中国士兵相信，他们的背后永远会有总部的强大支持。无论死伤，总部永不放弃他们，就是尸体也要找回！很熟悉吧，士兵突击，中国远征军版的"不放弃、不抛弃"。这是跟当年其他中国军队很不同的理念和价值观。

抗战开始时，国民政府作过战场实力分析。他们发现，平均而言，1名日本士兵能对抗8名国军士兵。有趣的是，如今全球职场上，1名美国软件工程师的年薪抵得上8名同等能力的中国工程师年薪之和。（1名印度软件工程师的年薪则抵得上2到3名同等能力的中国工程师年薪之和。）

虽然，中国工程师的年薪低是与中国整体经济的发展阶段有关，而且从外包角度看，这是利好，算是中国的一个优势。但我隐约感觉，现在这个1比8有点像当年那个1比8。换句话说，一个国家的工程师价值（包括素质）的高低，很大程度取决于该国的教育体系（包括价值体系）是不是"训练到位、武器精良"。于是，我试图来看看中国工程师的"武器库"里，有哪些精良武器，并把这些武器分作三个版本。

武器1.0是时刻准备打仗的，这里面包括有"胸怀祖国，放眼世界"，是为当年"解放全人类""解放台湾"准备的。还有"与天斗、与地斗、与人斗"。结果却是大家越斗越穷，非但不能救台湾同胞和世界人民于水火，自己国家的经济倒是被斗到了崩溃的边缘。

武器1.0说是为打仗，那多是为自己人打自己人准备的。打外边的人则不灵了。这可能就是我们的文化劣根性——还记得那句"内战内行，外战外行"吗？再说，现在已经不分社会主义阵营、资本主义阵营了，海峡两岸在搞合作双赢，全国人民也都在奔小康。武器1.0的确太不合时宜了，Out了，是个虚把式。

武器2.0是关乎价值取向的，包括有"让一部分人先富起来"，"不管白猫黑猫，抓住老鼠就是好猫"。当年这个武器确实火了一把，点燃了人们发家致富的热情。但遗憾的是，"富起来"成了我们这个社会检验一个人是否是"成功人士"的唯一标准。根据我在国外的经验，美国社会是非常鼓励多元、鼓励参差不齐的。每一个阶层、每一个人都有自己的"成功标准"。大多数的人都在自己认可的价值体系中达到知足常乐的境界。从英雄不问出处，到比尔·盖茨的裸捐，"有钱"对很多美国人而言早就不再是人生的目标——至少不再是唯一的目标。

反观中国，单一的价值取向使得太多的人挤作一团，人人争先恐后，都想成为"有钱"的"成功人士"。更糟糕的是，以考试为目的的现行教育体制又加速推动了价值取向的单一化。一个人从幼儿园到小学、小学到中学，层层考试。高考更是一考定终身。这使得人们从小到大只知道背标准答案，自己则不会思考，只会等着老师（或父母、或领导）提供现成的结论。

对很多国人来讲，世界就是由标准答案组成的。等到大学毕业，一个鲜活的人恐怕早已成了一台只会考试（和抄袭）的机器。这样的机器又如何去跟全球化3.0时代的人竞争？除非是在拍人机大战的好莱坞电影。但结局总是机器大败——这倒是好莱坞提供的标准答案。所以，武器2.0到了全球化3.0时代，最多也就是个花架子罢了。

再来看武器3.0，有一个貌似"科学"的外观，内容与"发展观"无关，例如那个著名的口号"同一个世界，同一个梦想"。必须承认，武器3.0确实比武器2.0的"科学"含量大，可以算作玩具枪。只是再科学的东西，用同一个声音同一个腔调同一种色温同一副面孔（并非仅仅指新闻联播）讲出来，而且年年讲、月月讲、天天讲，就会审美疲劳。（你让我天天去见大科学家爱因斯坦，我也会烦的。除非爱翁身边坐个美女，而且天天不重样。）

从科学的角度讲，出现审美疲劳是必然的。好处是，疲劳了晚上就睡得着、睡得香，可能还会做梦。但同一个人，上半夜的梦与下半夜的都未必相同，更何况睡在同一个床上不同的人——所谓"同床异梦"是也。如果一个世界里有无数的床，你怎么好意思要求睡在无数个床上的无数的人做同一个梦呢？这个要求本身倒是一个梦，只是做的人有限。

我觉得，英文翻译"One World, One Dream"要比"同一个世界，同一个梦想"高明，翻译回中文就是：一个世界一个梦。这个世界可以是个人的内心世界，也可以是佛教讲的大千世界，而不必是"同一"，这就有意思多了。每个人都有梦，一梦一世界。梦可以不同，就有了包容，开始有了多元。（看来，多会一门语言是有好处的，至少不会被"同一"的语言所"同一"化。）

如此看来，中国工程师的武器库里面的武器，在全球化3.0时代是算不得"精良"的。让中国工程师带着这些不精良的武器开赴战区，不但降低了中国工程师的价值，一不留神可能还会影响中国政府的形象。这就像是一个主人穿着厚重的棉袄去参加一场夏季达沃斯派对，别人会认为当仆人的没能给主人准备好夏装。同理，当装备着"虚把式、花架子、玩具枪"的主人变得滑稽可笑时，自认是公仆的政府，其形象就会受影响。不但公仆的形象会受影响，公仆的感情也会受到伤害。

从2011年开始，政府花巨资（当然是主人的钱）在美国投放广告（例如在纽约曼哈顿的时代广场的大屏幕上），目的是要给美国人民留下一个好的印象。依我之见，政府莫不如把这些钱投入到教育中，从美国的教育系统和价值体系中买进"精良武器"，用以装备中国的工程师，让美国人不再低估中国工程师的"战斗力"。

根据托马斯·弗里德曼（Thomas Friedman）的观点，在这个全球化3.0的时代，只有每个人准备好了，每个公司（甚至每个国家）才能说准备好了。那么，对于IT和软件外包这种脑力密集型的产业，在从"中国制造"走向"中国创造"的过程中，需要从"微笑曲线"的低端（低附加值）提升到高端（高附加值）。这个产业的每个工程师都有很吃重的角色，也关乎每个人的战斗力（能力）。

如果说"中国制造"要求的是装配流水线上整齐划一的工人，"千人一面"可能还是个卖点，那么要想成为"中国创造"，你还在玩"千人一面"的游戏，还在找"标准答案"，还在用"同一个梦"来对抗多元化，只能让世界人民（包括"金砖五国"的印度人、巴西人、俄罗斯人、南非人，外加上韩国人、日本人、美国人）偷着乐。中国工程师的战斗力如何能够得到提升？中国战区又如何能够不被外国公司占领？中国公司又如何能打入北美、欧洲的战区？

董桥先生有一篇文章谈及小说翻译技巧，说起海明威的"A Farewell to Arms"，认为中文译名《战地春梦》最为上乘，要好过诸如《告别武器》《永别了，武器》这些译名，原因是"……Arms毕竟带着怀抱之联想，比武器温润多了"。当然，这只是文学家、翻译家的雅趣，一厢情愿而已。

商战绝少温润（倒是常有"温柔一刀"），武器不是怀抱，战地也没有春梦，战区更不是剧院。虚把式花架子玩具枪是派不上用场的。非但没用，还会误事。

功夫

这里不谈中国的武术功夫。倒是有一次在IT和软件外包的年会上，有人想让我比较中印外包公司各自的特点。这个题目太大，我谈不来。但是我却想起了当年在美国上学时遇到的老印同学。

上世纪80年代后期，很多从印度和中国来的留学生在读计算机专业。我那时住在学校提供的学生宿舍，周围的邻居有很多印度同学。宿舍楼里的公共厨房经常弥漫着中国的辣椒味和印度的咖喱味。中国菜用的辣椒通常是单一的辣味，最多加点花椒的麻。一道中国菜就像一幅雅致的水墨画。印度菜里的咖喱味却是无数种调料的组合，浓浓的，像一幅厚重的油画。

辣椒跟咖喱混合后对嗅觉的冲击力一定强过把一幅水墨画跟一幅油画用搅拌机搅碎并混合后所带来的对视觉的冲击力。几位在厨房里吃饭的老美同学显然不喜欢这种冲击力。他们受不了混合着辣椒和咖喱的气味，只好把他们的黄油面包带回宿舍。我认为光凭黄油面包是打不开胃口的。也许老美同学的胃口不用打开，它原本就是开着的，不需用刺激的东西（例如辣椒或咖喱）来开胃。难怪很多老美同学都人高马大，一不留神就会超重。

我遇到的老印男生大都偏瘦。反倒是很多印度女生看上去颇为丰满，透过轻薄的纱丽，露出圆滚滚的肚腰，还有小巧的肚脐眼。因为宗教原因，很多印度同学从小就吃素。似乎从印度南方来的同学吃素的居多，而且印度南方同学的肤色偏黑，这应该跟他们的饮食习惯无关。可能的原因是，南方同学的祖辈多有土著人的血统，因为深色皮肤的土著人在印度南方比较多。

印度有很多方言。不同地域的人们讲着不同的方言，彼此听不懂。我认识好几对印度夫妻，因为听不懂彼此的方言，只好通过英语交流。这就证明了英语不是上帝创造的，因为上帝不希望人们能用相互听得懂的语言交流。正如学者李欧梵所说的："印度语言甚多，又是多种文化的国家，英文却变成了必须品，否则不易沟通；英文虽系殖民者的语言，但当代印度作家以英语写作早已超过了英国人……"

英语以及全套的大学教育体系是当年大英帝国给印度留下的遗产，以至于现在印度的大学都用英文原版教材，教授也是用英语授课。这就导致了一个直接的后果：印度大学生都会讲英语，当然是印度英语。印度英语有一种很特别的卷舌音，对我们老中的听力是很大挑战。但老美全都听得懂印度英语。后来我发现，印度同学的英文语法极佳，甚至比老美的还好。而且他们的用词也很准确，还经常用大词，盖过了老美。这显然跟他们所受的带着贵族气的英式教育有关。相较于英式教育，美国的教育就显得很平民化了。

日子一长，老印就信心满满了。他们用卷舌的英语对老美说：是的，我们讲英语有口音——是印度口音，但是你们讲的英语也有口音——是美国口音，谁也甭说谁！

除了英语，老印的数学也极好，而且他们的逻辑推理很强。据说这跟他们受到的日耳曼文化影响有关。数学、逻辑，外加英语，真让人觉得印度人天生就是做计算机软件开发、芯片设计的料。实际情况也的确如此，大学计算机系、电子系里，印度学生扎堆，微软、Intel、德州仪器（TI）等高科技公司里，满眼都是老印。这跟我们当年从印度电影里看到的坐着大篷车四处游荡的印度人大不相同。这也怪了，印度人烧菜喜欢把咖喱等各种调料混在一起，囫囵一团，但在学习和工作上，则是如白菜煮豆腐，一清二白。看来人的饮食跟其思维方式没有太大的关联。"吃辣椒的都是革命者"只能算作戏言，当不得真。

很多老中初出国门，第一次看到美国年轻人时，都特别感叹他们天真的笑容，以及纯良的眼神——那是毫无精神负担（更别说精神摧残）、自然自发的笑容和眼神。中国人在五千年的文化里浸泡久了，从外观上看去，往往是一脸褶皱，满脸苦相，难免让外人以为是受了多大的迫害。当然，我是不承认受到过精神压迫的——我脸上的皱纹打小就有，是从娘胎里带来的，以至于当年幼儿园的老师直夸我长了一副农民相，看着就朴实。

我发现，许多印度同学也有着老美那种天真的笑容和纯良的眼神。老印同学很少谈印度的传统，也没有动不动就把"印度特色""印度国情"挂在嘴边。这是否就是他们跟老美的价值观能无障碍对接的原因？（那种无障碍的对接可以媲美2011年神州飞船跟"天宫一号"在太空的对接。）而"中国特色"和"中国国情"则让老中在跟国际接轨上遮遮掩掩，缩手缩脚。当时，我还真以为是印度没有什么文化传统可言，但偏偏唐朝有位迂腐的和尚要去印度取经。只好当是玄奘的历史问题，是过去的事了。

现在的问题是，老中的英语普遍比老印的差。没办法，我们以前只是一个半封建半殖民地，就像半瓶子水，两头都够不着。（半封建也不准确。中国自秦始皇统一后，已经没有以往的"封"与"建"，只有秦制——即专制。）没有太多西洋帝国主义的遗产，加之很多近代科学的教材当年都是从东洋日本进口的二手货，其中的科学术语都译成了日语（多是日文汉字），所以中国大学就直接用中文教课了。

中国真正开始全民学英语是改革开放以后，已经到了20世纪的80年代——记得当年电视台把"Follow Me"当电视剧播放的请举手（知道那句成语"万人空巷"吧）。但让人愤愤不平的是，即便到了80年代，大多数的老中学的还是哑巴英语，而且英文语法也经常是单复数不分、时态不清。这也说明了这种不是上帝创造的语言的确要从娃娃抓起才行。

其实，让老中在美国感到不适应的还不仅是英语。传统上中国文化教育我们为人要谦虚低调，现实中的各种运动和宣传又让我们习惯了讲大话空话。（据说，我们这几代中国人都患有"人格分裂"症，50后、60后尤甚。）于是，在美国的大学里经常会出现一个有趣的现象：刚刚入学的中国同学，表面上很低调，几近谦卑，可是所选的论文题目却是一个比一个宏大，上至宇宙的生与死，下至理论体系的破与立，活生生一个"语不惊人死不休"，亦或是无知者无畏。我倒觉得是这些同学把写论文等同于向组织表决心了。那时的国内，还有表决心的"文革"遗风。

在为人方面，老印跟老美一样，不懂"谦虚低调"为何物。不论是大学里的课堂讨论，还是公司里的工作汇报，常常看到老印在滔滔不绝、眉飞色舞地尽情表现。他们要抓住每一个机会，把自己的想法、问题，或是哪怕一丁点儿成绩都讲出来。这些东西是不能烂在肚里的，他们文化的胃液是没法消化这些东西的。

而且，老印讲的东西条理很清楚，逻辑上一环扣一环，让人不得不服。老中也明白，这些都是乔治·奥威尔（G. Orwell）讲过的：一切的关键就在于必须承认一加一等于二；弄明白了这一点，其他一切则迎刃而解。

反观中国的历史和现实，有太多的事例表明，对于"一加一等于二"不能太认真，要视当时的具体情况而定——特别是要搞清楚老师（或家长、或领导）是否承认"一加一等于二"，谋定而后动。千万不要先开口，站错了队。否则祸从口出，后患无穷。

老中不喜欢款款而谈还有一个原因：已经不习惯推理和思辨的过程，而是直奔结论——这个结论最好已经有人（特别是权威人士）给做好了。正如台湾学者蒋勋所言："……儒家思想影响我们甚巨，而儒家的主张，如孔子的哲学，常常是一种结论式的原则。……听了之后不必做太多的思考，照着做就可以了。希腊哲学则恰好相反，把推理的过程、思辨的过程视为哲学中很重要的一环。"（这是否跟古希腊人懒散、喜欢躺在太阳底下不紧不慢地闲聊有关呢？）

于是，老中就坐在一旁，静静地听着，不露声色。当然，老中只是表面上在静静地聆听，心里却在飞快地计算着得失，计算着对方的发言中有几句话是重点、有什么中心思想……老中喜欢计算，这不仅得益于从幼儿园起就打下的算术基础，更表明孙子、老子、鬼谷子的思想已经溶入到了血液中。当然，老中还要在心里不停地揣摩别人讲话的动机——特别是周围那些跟自己地位相等的同学或同事的动机，用的是当年孟老夫子的"推己及人"。如果及不到人，就在心里骂人，像极了鲁迅笔下的阿Q。

另外，还有两个让老中静静地听着的小小技术原因：其一，老中必须竖起耳朵专心听，才能听懂个大概。其二，老中还得搜肠刮肚，找合适的英文单词先备着，以防老师或老板点名要自己发言。

在宿舍楼生活的日子一长，总觉得衣服上都是辣椒和咖喱的味道。更糟糕的是，计算机课的教室里也开始弥漫着辣椒加咖喱的味道。还好，教课的白人老师可能鼻子不灵，对此没有任何反应。再后来，教课的老师多是从印度或中国来的，大家在教室里更是相安无事了。

终于，我也能分辨印度老师的卷舌音中的非卷舌发音，猜出中国老师的错误语法下的正确意思了。但至今仍让我嫉妒的是，老印在美国活得比老中自在，也更容易融入美国社会。一个明显的例子就是在老美的大公司里，把持中层和高层管理位置的老印比老中要多。

套用一句中国的老话，就是：功夫在英语外。用来评价老印，很贴切。

空白

一

朋友谈起他年迈的父亲，记忆衰退了，以往的经历、学到的知识，统统遗忘了，脑子成了白纸一张，仿佛白活了七八十岁，生命走了一圈后，又回到原点，真的返老还"童"了。

旅美学者徐贲在《人以什么理由来记忆》中谈到："记忆显示的是人的群体存在的印记。这是人之所以不能没有记忆的根本原因。"这也是为什么朋友说他的父亲，这辈子仿佛白活了。其实，不只是记忆是群体存在的，没有意识（或者无意识）也是群体存在的。所以，心理学大师荣格创造了著名的"集体无意识"理论。然而，无意识并不是没有显示。相反，无意识的东西，在仿佛被忘却的同时，以各种方式显示自身，如一个文化的各种象征符号，神话、成语、传说故事等等。这样一来，记忆空白可以用间接的、非空白的方式显现，从而又被留在记忆之中。

美国学者尼古拉斯·卡尔（Nicholas Carr）在《浅薄：互联

网如何毒化了我们的大脑》（*The Shallow: What the Internet Is Doing to Our Brains*）一书中，则指出了互联网对人类大脑和记忆的影响："由于对网络的使用导致我们在生物记忆中保存信息的难度加大，我们被迫越来越依赖互联网上那个容量巨大、易于检索的智能记忆，哪怕它把我们变成了肤浅的思考者。"

相对老年人的记忆力衰退和互联网对人类记忆的影响，我们的社会也有集体记忆衰退、出现空白的时候。

香港学者陈冠中的小说《盛世》，开篇第一段就是："一个月不见了。我是说，一整月不见了、消失了、找不到了。"这就是说，《盛世》里的那个社会，其集体记忆之中，有一个月是空白，被遗忘了，是不存在的。

当然，如果仔细品味，大家就会明白，这个空白根本就不是空白。当陈冠中在大谈空白之时，他早已将这个空白补上了，让空白成为一个"不存在"的存在。还是后现代哲学家英明："没有"不等于是"无"（nothingness），不等于是"空"（emptiness），而是另一种形式的"有"和"在场"。

英文有个词：eclipse，本来的意思是"月食"，指月亮被遮住的状况。这个词也常常用来表达"空白""空缺"之意。也就是说，空白意味着"被遮蔽""被挡住"。所以记忆的空白也可以解释为"被遮蔽的记忆"。

那么，在现实中，我们的集体记忆空白是什么呢？

在一次采访中，《读库》主编张立宪就指出："《中国农民调查》的作者说：'对中国农民的遗忘是这个时代做得最彻底的事情。'我看对'文革'的遗忘，也是我们做得最彻底的一件事儿。"当然，如果我们仔细寻找，还会发现很多"被遮蔽的记忆"，也即空白的集体记忆。

二

老年人的记忆力衰退是不可抗拒的自然规律，至少现在的医疗技术还没有多少有效的办法。而互联网对人类记忆的影响则是可以避免的。集体记忆更是可以被唤醒的，其衰退是可以避免的，其空白也是可以填上的。

遥想当年，美国记者莫尔罗（Edward Murrow）就给世人完美地演示了一次集体记忆的唤醒。那是上世纪50年代的美国，麦卡锡主义盛行。任何人发表同情苏联或是下层劳动者的言论，都会被扣上"共党同情者"或"共党间谍"的大帽子。一时间，人人自危。很多人迫于压力，只好"坦白交待"，出卖朋友，像是美国版的"文革"。挑起这场美式"文革"的就是共和党的参议员麦卡锡。

面对来势汹汹的麦卡锡，当时的美国社会一度集体失语。直到1954年的3月，作为记者和新闻节目主持人的莫尔罗把麦卡锡历年的讲话收集起来，制作成一集电视节目，并广为播放。正是这集电视节目，唤醒了美国社会的集体记忆，填补了那一段的记忆空白。美国民众从历史的影像里，重新"记起"了麦卡锡历年来的讲话，并从中看出了麦卡锡的前后矛盾及其荒谬的逻辑。

一个"白色恐怖"的麦卡锡主义就随着美国社会集体记忆的恢复而土崩瓦解了。莫尔罗也成为美国新闻史上最伟大的记者。2006年获得多项奥斯卡提名的电影《晚安，好运》就是再现这段历史的。

当然，莫尔罗的胜利有个前提，那就是麦卡锡历年的讲话记录没有被隐藏或被销毁，而且莫尔罗能够接触到这些记录，并能将其公布于众。

在中国的企业家中，我最佩服联想集团的柳传志。不为别的，只为柳传志从联想成立的第一天起，就要求把公司所有重要会议记录和重要文件都保存起来。当一个公司的历史保存下来后，一个公司才有了记忆。柳传志对公司记忆如此重视，这可能跟他经历过"文革"有关，抑或他知道当年莫尔罗的故事。由此可以看出柳传志的良苦用心：如果有一天联想的管理团队集体失忆了，公司文化和价值观被改写了，那么公司保存的这些记录和文件就可以用来唤醒管理团队的集体记忆。

三

集体记忆衰退的另一种表现形式是：只有单一的记忆。这其实是一种伪记忆，往往是当权者刻意营造单一的记忆并压制其他不同记忆的结果。

"如果有必要重置一个人的记忆……那就必须忘记曾经这样做过。"乔治·奥威尔的小说《1984》就提及这种当权者喜欢用的技巧，以及如何做到不留痕迹。

学者孟泽在其专栏文章中指出："中国虽然史乘浩繁，号称以史立国，有煌煌二十四史，有正史野史，但仔细观察却不难发现，古往今来，我们差不多总是只有一个朝代的历史，那就是当朝的历史。否定前此的一切历史，特别是前朝的历史，常常是确立新朝合法性的依据。这甚至构成了我们的世界观和价值观，支配了我们全部的历史教育，以至一代接一代的人，总是'不知有汉，无论魏晋'，或者更准确地说，是不知有钦定教科书以外的复杂的历史，以及历史表象背后复杂的人事与人性。"

如果我们的历史只有一个当朝的历史，那么我们集体的记忆注定是浅薄的。而且，这样的记忆往往也靠不住，因为随着当朝政治的变化，当朝的历史也常常会"被"重写的。非但我们的集体记忆不靠谱，就连我们的世界观和价值观也是可疑的。

集体伪记忆很值得探讨。"伪"即"不真实"，也就是对谎言的记录。如果历史只是"人"的"故事"（his-story），并且这个故事可以任意编制的话，那么就会导致所谓的集体伪记忆。当一个民族沉湎于集体伪记忆时，该民族又有什么理由要求别的民族不做同样的事情呢？

四

集体记忆的衰退还跟"速度"有关系。对此，捷克作家米兰·昆德拉有过一个形象的比喻：试想一个人在街上走，他正在回想一件事情，可是一时想不起来，于是他会自动地慢下来。而另一个人则想忘记刚刚发生的一件不愉快的事，所以他越走越快，似乎想以速度拉开距离，把这件事忘了。

最近200年，我们这个民族遭受了无数的战争和灾难，经历了"三千年未有之变局"，还有上世纪50年代的"大跃进"、60年代的饥荒以及后来的"文革"。这些当然都是不愉快的事情。于是，我们这个民族就越走越快，"一切向前看"，试图把这些不愉快的事情统统甩到后面，最好都忘掉。（一个有趣的对比，在西方文化中，则是有"朝后看"的天使，以便通过天使，让人们面对曾经的历史、审视走过的路。）

在当下这个社会里，人人都在追求成功，而且越早越好——以至于很多家长像催熟大棚里的蔬菜一样，不断催熟儿童的智力发育，人们都一脸焦虑地实践着张爱玲当年的讲话精神"出名要趁早"。非但是追求成功，就连追求爱情婚姻，也是越早越好。时下流行的电视相亲节目，女生到了23岁还没有男朋友，就会被认为是剩女，压力倍增。

　　于是乎，人人都"只争朝夕"，都要"趁早"去追求"成功""幸福"。所以，这个社会的节奏就越来越快，做任何事情（包括交朋友、谈恋爱、做爱）都要速战速决，快速搞定。人们变得越来越没有耐心、越来越焦虑，也越来越健忘——以至于下意识地忘记了自己的昨天。

　　一个狂奔的社会，又忘记了自己的昨天，就像在黑夜里开车，除了车前的两束灯光，四周都是黑茫茫的，没有了来时的轨迹，又看不清前方的道路。（难怪时下的国人夜间行车，都喜欢开远光灯，因为前不着村后不着店，心里没底儿。）更可怕的是，坐在驾驶位置上的人还以每小时250公里的速度飙车，那简直就是在送死了。是的，送死！当牛奶里被掺入了三聚氰胺时，当地沟油被当作食品油卖时，当豆腐渣的教学楼倒塌时，当暴力拆迁时，当高铁追尾时，当校车成"孝车"时……这个社会就是在送死！

　　我们这个社会是应该"慢下来"了，像昆德拉说的，慢下来，尝试去记起昨天的事情。

　　至少，慢下来，等一等我们的灵魂。（顺带拿起一本书——包括我这本书，慢慢地阅读。再重复一遍：慢慢地阅读。）

　　还记得理查德·桑内特（Richard Sennett）说过的那句话吗？"哪个敏感的灵魂不怀旧呢？"有了灵魂，就可以怀旧，就可以向后张望，就可以消除记忆的空白，就可以防止我们这个社会的记忆衰退。

　　这不也正是我们祖先讲过的"身心合一"吗？

房奴

据说上海进行过一项针对家庭年收入20万到100万人民币的所谓中国中产阶层的调查。结果发现,中产们最想得到的是对"中产"这个身份的认同。而且,"身份认同"的标准是非常物质化的,按序排列就是:房子、车子、高尔夫、雪茄、手表、洋酒,还有代表艺术品位的Jazz和音乐剧等等。

在软件外包这个行业,除了管理层和很资深的工程师,大多数员工的年收入是在20万之下的——至少截至2011年是这样的。当然,如果两个年薪10万左右的软件外包工程师组成一个家庭,其家庭年收入就可能达到或超过20万,从而进入所谓的"中产阶层"。如果上述那个调查的结果靠谱,那么,这一对新人的"身份认同"的头两项也应该是:房子、车子。

车子暂且不论,房子绝对是全国人民(包括中产们)都向往的。如今在中国,就像哪个少女不怀春一样,哪个人不想拥有自己的房子呢?

如果说想买房的老百姓就像怀春少女,那么房地产开发商就应该扮演对应的角色——像一个英俊的男生(或是成熟的男子汉)。让人啼笑皆非的是,很多开发商却刻意打扮,也装扮成怀春少女。

这从开发商的广告语可以窥得一斑。例如，"卵巢等待精子""低得不能再低"，等等。

房地产开发商这种刻意的错位，或许还可解释为商业营销策略，特别是这两年对房地产的调控和限购政策，房地产开发商紧绷的资金链就像汛期的三峡大坝，命系一线，所以很多开发商不得不"男扮女装"当起了伪娘。而地方政府的错位就不可理喻了。

在"土地财政"的驱动下，很多地方政府角色错位，为了征地，从裁判员摇身一变，成了导演，直接指导了拆迁的"暴力演出"。这从近年来的诸多报道中可以得到印证。（例如，2011年9月26日，监察部、国土资源部、住房和城乡建设部、国务院纠风办共同公布了2011年上半年11起暴力拆迁致人伤亡案件。这些案件中，都有地方政府的影子。当然，这只是冰山一角。）我还保留着2009年观看上海市闵行区政府的一场暴力拆迁实况录像后写的日记：

那天晚上真以为央视在播放一场房屋拆迁演习——要知道我们的各级政府是很善于搞演习表演的。

这是一场由上海市闵行区政府主办的演习。开练的双方，一方为潘女士，另一方是闵行区政府的拆迁队。演习地点是潘女士自家的房子。

演习中，闵行区拆迁队动用了包括履带式铲车、消防车、警车、穿制服和没穿制服的群众演员若干。这些都是各地拆迁活动中的常规设备和人员编制，不足为奇。

值得称道的是，潘女士在演习中很投入，不但按照闵行区政府预想的方案站上了自家的房顶，而且还自己掏腰包，土法制作了几枚燃烧弹，以增强演习的真实感和悲壮感。据潘女士后来回忆，当时的她其实是很害怕的。可能她是怕演砸了这个角色吧。没办法，老天无眼，这种事怎么就摊到她的头上了呢？人被逼到那个份儿上，只好硬着头皮上了。

那一刻，潘女士家的那栋房子就像漂在亚丁湾海面的一艘轮船，一群海盗企图强行登船……

其实，亚丁湾的海盗是比不上闵行区拆迁队的。首先，海盗们不会把船给拆了。不但不拆船，他们还要保护好船，以便后续的讨价还价。这个过程中，他们要听取各方的意见，也会根据情况降低自己这边的要求。换言之，亚丁湾的海盗有点像是在做买卖，知道这种游戏是不能由一方通吃的。至少，他们明白船是船主的财产。再说，海盗们也害怕那些护航的军舰，不能把那些护航的惹急了。

闵行区政府高明之处在于根本就不跟你玩这种买卖游戏。如果你还自以为房子是自己的财产，还想讨个好价钱，那就是要跟政府对抗了。正如闵行区政府一位干部讲的："你跟政府对抗，那肯定触犯了法律，那肯定要处理的。"所以，闵行区拆迁队是不用害怕的，因为警察、武警、开发商……对了，还有法律，统统都是在他们这边的。

于是，闵行区这场演习的结果自然是一边倒的：闵行区拆迁队大获全胜，不仅强行拆除了潘女士家的房子，还顺手把潘女士的丈夫关押了起来。

如果这事儿发生在2005年以前，我一定会借用法国大革命中罗兰夫人的名言"自由，自由，多少罪恶假汝之名以行"，拍案而起，喊道：发展，发展，多少罪恶假汝之名以行！

无奈，回国这些年，我看得太多了，心开始麻木了。就像鲁迅先生写的："而在这30年中，却使我目睹了许多青年的血，层层淤积起来，将我埋得不能呼吸。我只能用这样的笔墨，写几句文章，算是从泥土中挖一个小孔，自己延口残喘，这是怎样的世界呢……"

鲁迅先生是经过了30年，才被"埋得不能呼吸"。我回国才五六年，就喘不过气来了。是呀，这是怎样的世界呢？

这是一个分蛋糕的世界，尽管蛋糕沾有血渍。

城里人（包括中产、甚至小资）分得的蛋糕是购房合同。其代价是把钱从银行里借出来，一转身交给开发商。剩下的就是每个月要还的一大笔房贷。于是，有了无数的房奴。当了房奴的城里人自然会有压力，他们要想办法多赚钱，好去还房贷，或去签更多的购房合同。有关系有路子的就去扩大灰色收入。没关系没路子的，就琢磨跳槽，跳到收入高的公司。与其他行业相比，软件外包业的平均工资不是很高。于是，每年这个行业人员的流失率都居高不下。最近看到一篇报道说，互联网行业的人员流失率也高了起来。相对软件外包公司的束手无策，财大气粗的互联网公司为了留住人才，就成立基金，无息贷款给员工买房子。看来"人往高处走"这句话应该改为"人往房子里走"。

房地产开发商分得的蛋糕是土地。他们在土地上盖房子，然后卖房子赚钱。当买房人把钱交给开发商后，开发商一转身，就把其中的一大笔钱交给地方政府，因为开发商需要更多的土地。有了更多的土地，开发商才能去盖更多的房子。有了更多的房子，才能赚更多的钱。

地方政府分得的蛋糕是金钱，还有坚挺的GDP数字，以及官员日后的晋升。当开发商把钱交给官员后，官员一转身，就继续去征地，继续去拆迁。

这是怎样的世界呢？

这是人人都是房奴的世界。当然，像潘女士这类人，还有农民工（包括很多软件民工）、下岗工人以及乡下的农民，连当房奴的资格都没有。

鲁迅先生认为历史上中国人可以分为两类：一类是"暂时做稳了奴隶"，另一类是"想做奴隶而不得"。如今，中国经济的高速列车也把中国人分成了两类：暂时搭上了车的；想搭车而不得的。

那些搭上了经济发展高速列车的，莫非他们到达的下一站就是成为房奴？

一位软件外包公司的老板就愤愤然说道：靠！早知如此，还做什么鸟外包？直接去盖房子，然后把自己关在里面得了。

再然后呢？你会问。

再然后就是每一个参与其中的房奴，在各自的房子里，继续做大梦——梦见在分更大的蛋糕，搬进更大的房子里去。每个人都不愿意醒来，因为人人都还想着更大更多的房子。

行笔致此，想起了一位学者讲过的话："文革时人人都受苦，人人都是受害者，但是人人也都是暴徒。"现在可以改写为：楼市里人人都受益，人人都是业主，但是人人也都是房奴。

而且，一些人比其他人更房奴。

首堵

一

差一脚油门就过去了……车还是被堵在路口，这是上下班的必经之路，也是北京最大的IT产业（包括软件外包服务）所在地——上风上水的上地——为数不多的几个出入口之一。

红绿灯交替地亮着，但没有一辆车能挪动，它们都相互拥挤着，互不相让，也没法让了，因为车从后面，左面，右面，当然还有前面压了上来，路口被堵了个水泄不通，喇叭声此起彼伏。

与路口相连的四条道上，开来的车一辆接一辆，毫不理会前方路口已被堵塞的事实，直到自己的车也开不动了，一辆接一辆的车，堵在四条马路上，连绵好几里。在此，国人把"前赴后继"的精神表现得淋漓尽致。

其实，国人这种精神由来已久。早在上世纪初，英国《泰晤士报》驻北京的记者莫理循写道："他们（警察）控制的街头交通令人赞佩。各城门不再出现堵塞现象，人人都必须循序而行，不准许向前猛冲猛撞。"这当然是莫记者在赞扬北京的警察表现不俗。但从莫记者的报道中可以看出，若不是有警察控制北京街头的交通，路人就会"向前猛冲猛撞"。要知道上世纪初叶，中国是民穷国弱，四周列强环视。而国人竟然还知"猛冲猛撞"，这恐怕要从天性中找原因了。只可惜，国人的天性用错了地方。

而且这种"猛冲猛撞"的精神还会传承。每当飞机刚刚落地，很多国人就按捺不住，顾不上飞机还在滑行，更不理空姐的警告，一边从头顶上的行李架拿行李，一边大声打电话，真真一副"猛冲猛撞"传人的架势。

再回到上地的路口。当前后左右的车像潮水般地涌来，把每一个能占领的空间都占领了后，每辆车里的人就面无表情地互相看着、撑着、耗着，好像是在考验各自的耐心，又像是下围棋看谁的气长……有人开始从车上下来，站到马路沿儿上或是车缝间，垫着脚向前张望，好像是在观赏一场露天音乐会。有人干脆把车熄了火，打开车门，自己斜躺在车里，像是躺在自家客厅的沙发上。国人此时的耐心都极好，身旁的堵车已与自己无关，心态比出家的和尚还超然。看来，以后也不用去深山老林修炼了，就到北京来，开一辆车，在随时随地都会被堵的马路上跑上一年半载，保你一星点儿火气都没了。（如果你还会书法，到那时你的字就跟弘一法师晚年的字有一拼——没了火气。）

堵车最直接的受益者，就是那些在路口发小广告的。虽说车是你的私有财产，神圣不可侵犯，但你也应该为社会创造一些就业机会。只是你要提防那些非常敬业的发小广告者，他们为了完成任务，常常会往车窗缝里塞进太多的广告。以至于堵车结束后，第一件事就是开着摇不下车窗的车去找4S店。

二

上世纪三四十年代的中国还没有多少汽车时，张爱玲就感叹："拥挤是中国戏剧与中国生活里的要素之一。中国人是在一大群人之间呱呱堕地的，也在一大群人之间死去。"如今，除了生与死的拥挤，还有在路上的拥挤。北京的马路，不论多宽，永远差一个车道。应验了那句话：马路修到哪儿，车就堵到哪儿。

为了适应北京随时随地的堵车，在车里放一本书，《世界是平的》。每当车开不动了，便从容地读起来。世界变平了，原本平坦的北京却堵起了车。只是眼睛的余光还注视着车外，希望前面的车动起来，哪怕是往前挪一点也好，以便证明，大马路还没有变成停车场。

习惯了在堵车时，把车里的收音机调到FM103.9频道的交通台，抱侥幸心态，万一还有不堵的道路。收音机里一男一女在调侃，用有点幸灾乐祸的口吻播报道路拥堵情况，直到最后不出声儿了，因为每一条环路、每一条联络线都堵上了。那就上一条脑白金的广告，让车里的人都稍安勿躁，晚上睡个好觉。睡着了做了一梦，交通台的路况信息没人播报了，因为主持人全堵在路上了。

习惯了别人开车从旁边的岔道右插上来，从不避让直行车。插上来的车通常一个急转弯就把车屁股留给了直行的车，弄得后者必须踩刹车。最初的时候，我真想一脚油门下去，把丫的车屁股撞个稀烂！后来有哥们儿开导，车屁股也是屁股，就当在大街上看脱衣舞了。

只是，大街上的"脱衣秀"遵从的是"丛林法则"，看客们放松不得。其实，看客们不但不放松，自己还是"丛林法则"的制定者或参与者。看看驾驶学校里的学员吧。他们除了学会最基本的驾驶技术外，对"车与人"关系的认识，还停留在自行车时代，或更遥远的轿子时代。一旦开车上路，面对滚滚的人流和车流，自行车时代（或轿子时代）的经验根本派不上用场。唯一被唤起的，就是最原始的野性。要想不被"马路杀手"干掉，自己就得成为"马路杀手"。

重要的是，要想在"马路杀手"如林的大街上顺利驾车，必须时刻提醒自己：不能急。着什么急呢？赶过去又会怎样？没准儿，你要去找的人也被堵在路上呢。反正北京堵车是常态。如果没堵车，倒是你的不对了。这样一想，心里就踏实了许多。

如此一来，也许你就能熬过这"丛林法则"的时代，直到"马路杀手"们个个都立地成了佛。

三

不过我也有急的时候，主要还是修炼不够。一次出去办事，为了赶时间抄近路，想逆行50米上桥，跨过八达岭高速。刚一左拐，便被警察拦下，两个选择：交80块，不开票走人；或是开罚单交全款200元。逆行犯了交规被罚款，我心服口服。可是，如果该桥的位置能跟上地北路的选址相互匹配，并且直接连上，那么这个逆行是完全不需要的。

莫非设计师用的北京地图的误差就是50米？莫非设计师就是不想让道路都连接顺畅了，以免日后没有活干丢了饭碗？有人说，北京是一个逻辑奇怪的超现实城市——别人干30年的事情它3年就可搞定，别人3年搞定的事情它要30年才能干完。问题是，你永远搞不清楚，它何事要干3年、何事要干30年？当然，你永远也搞不清楚北京城市设计的误差是多少。

诗人于坚批评当年号称西南最大最现代的昆明火车站的设计时说过："……设计者的设计思想本身就是偷工减料的，只想着城市的大象征，火车站一出来就是诗意的喷泉，象征着美好幸福的生活。但这里却减掉了火车站最基本的功能——流通。不从这个工程最重要的功能流通考虑，而是从车站完工时剪彩的效果考虑，重视的是车站的象征，才设计出如此糟糕的车站。我甚至怀疑工程师先生在画图纸的时候，想象中的车站使用者都是领导而非旅客……"

其实，自古代以来，我们的城市设计理念只突出一个"礼"字——用城市的布局和空间的关系来反映社会的等级和秩序，而不是首先想到为城里的老百姓提供一个享受生活的场所。

当用谷歌地图俯瞰"摊大饼"的北京时，我记起了一些学者专家的分析：北京城市规划基本就是一个思维、两个概念——前苏联的计划经济思维，以及"道路分级"和"邻里单位"两个概念。计划经济的思维渗透到城市规划的很多方面，这里就不细说了。而把"道路分级"，一味追求大而宽的"英雄主义"式的马路，则破坏了城市应有的网状布局，从而破坏了城市的多样性。加之搞"邻里单位"，使得单位大院和居民小区过于庞大，各自封闭，路网太疏，就像一个病人，毛细管淤塞，气血不通。

担心整天堵车会把自己也堵得气血不通，于是早早接受了现实。在被现实改变得差不多时，我打起了主意。这个主意就是，过了2012年，我就不打算在软件外包公司混了，因为我已经有了一个梦想——去当公务员！

此时，我耳边回响的是黑人领袖马丁路德·金的"I have a dream！"虽然此梦没有彼梦宏大，更无"彼可取而代之"的豪情，但做梦的出发点是一样的：活得有点儿烦了。

我想去考北京交通管理单位的公务员，以便加入制定交通政策和法规的单位——这种单位一定很好玩。在这种单位上班动脑子是一种奢侈，会说一个"限"字就能评上优秀。你不是嫌北京交通越来越堵吗？这难不住我，不就是街上的车太多了嘛。解决办法就是那个"限"字：按车牌号限行、每月限发新车牌……我可以一直限下去，直到限得街上空空如也，一辆车都看不到。到那时谁还敢说首都是首堵！

四

当然，在新世纪的第二个10年里，我还有一个选择：用脚投票，逃离北京。

顺便说一句，逃离北京（包括上海等一线城市），把软件外包的"生产线"放到二三线城市，这也越来越成为软件外包业的一种趋势。

但令人沮丧的现实是，就算逃离了北京，你还是跟北京有关系——就像世界上那些不幸的男人，一辈子都剪不断跟老婆的关系。例如，这里的国务院发改委财政部工信部商务部铁道部公安部精神文明办广电总局出台的有关政策就可能影响到你开车的油费你的个税你的养老金你的医疗保险你的食品安全你乘的动车质量你孩子的校车你一周能看几次《非诚勿扰》或《百里挑一》——这又影响你几点能上床睡觉，因为有"限娱令"（又是一个"限"字）。（对那些不幸的男人而言，几点上床睡觉的确会影响跟老婆的关系。）

再说，这里有你的客户（往往是大客户），有798，有大剧院，有后海的酒吧……甚至那座受了伤的央视新大楼（俗称"大裤衩"）也让你割舍不下，好像它是为了你才被火烧的——正是那天晚上的火光照亮了东三环，你才没有撞上前面没开灯的车。如今，"大裤衩"还带着伤立在东三环边，你却要开溜了。

最让我纠结的是，这些年北京有越来越多的雾霾天，祸首就是PM2.5颗粒。而对PM2.5颗粒贡献最大的则是汽车排放的尾气，我却没有勇气跟自己的爱车说"No！"。曾经想过，骑自行车或乘地铁上班，可又受不了汽车司机的抢道、地铁车厢里的拥挤。而且，我心里深处还藏有小小的秘密——不情愿混迹于普通的上班族和进城民工中，只为那一点点"中产"的虚荣心。

如果选择了逃离，感觉像个逃兵。然后，又会以"精英""白领"的姿态开着车，坦然地出现在二三线城市的大马路上，直到那里的雾霾天数跟北京的一样多。毫无悬念，那些城市的街道也会变得拥堵。（到那时，再往哪里逃呢？尼泊尔、缅甸吗？）

曾经问自己：难道"中产"们只有开着车才算达到了"中产"的生活方式？其实，"中产"这个词非常可疑。我同意这样的观点：北京只有"无责"阶级——无论是有钱有权的，还是没钱没权的，反正没有人觉得自己应该对PM2.5负责。

可是也有例外。有一个北京女孩，天天坚持拍摄"蓝天日记"，尽管照片里北京的天空常常是灰蒙蒙的。女孩说："我觉得污染是靠每个人累积出来的，所以你有责任和义务去替自己赎罪。"

"责任""义务""赎罪"，这些都是耳熟能详的关键词。只是，每次出门时，我心里就纠结，车钥匙拿起又放下。到了后来，每次看到"Welcome to Peking"的老牌子，总把"Peking"看成"Parking"——没辙，那就是堵在心头的痛：首堵。

科学

在软件园里，常常看到跟"科学"有关的标语。这让我想起当年在美国读书时，遇到的跟"科学"有关的一桩公案。

那时，有几位数学系的教授在挑战计算机科学系。这些数学系教授认为计算机科学（Computer Science）不是一门独立的科学（Science）。看看物理、化学这些传统的科学，它们各自都有几条原理作为基石，加之在这些基石上建成的理论大厦，不但漂亮还能自圆其说。所以，这些传统的科学院系带着一种天然的高贵。

在数学系教授的眼中，所谓的计算机科学，其原理都是从数学中借来的，毫无新意。例如，被计算机科学当作重要基石之一的布林逻辑（Boolean Logic），其实是19世纪一位叫乔治·布尔（George Boole）的数学家的研究成果。

再看计算机科学的另一块重要基石：图灵机器（Turing Machine）。这是英国数学家艾伦·图灵（Alan Turing）于1936年在自己的脑海里想象出来的一种计算机。跟我们现在看到的计算机不同，图灵的这台机器根本就不需要硬件，也不用电源。但图灵通过研究发现，这台机器非常重要——它能告诉人们一件简单的事：凡是图灵机器能计算的东西，也能被别的任何计算机计算。凡是图灵机器不能计算的东西，也不能被别的任何计算机计算。

你可以不记得上世纪70年代后期中国政治的"两个凡是"，但是，你最好知道计算机科学中有关图灵机器的"两个凡是"。这块基石的重要性在于你不需要为了验证一个东西能否被计算而去造一台很酷的计算机。你所需要的只是一台存于你头脑里的图灵机器。这使你成了一名脑力劳动者。换句话说，当你头脑里的图灵机器开动起来后，你所做的就是一件脑力活儿。借用爱因斯坦的说法就是"思想实验"。

我特能理解数学系的教授们。说到底，这些被计算机科学当作基石的东西都是人家数学家整出来的。这个事情就像是一个毛头小子偷学了几套少林拳脚，忽然有一天他宣布要自立门户了。这自然引来那些老牌武林高手们的不服气。虽然那些老牌高手们只知道吃祖先传下来的老本，但看到有人出去单干还是感到不爽。更何况想出去单干的虽然出道晚，人却打扮得很潮，风头竟然盖过了老牌高手们。

于是，老牌高手们就要封杀这个毛头小子。老牌高手们用的是"釜底抽薪"这一招：我压根儿就不承认你丫的是一门独立的"科学"。

事情发展到这个地步，学术"权力"就显现了。"科学"在一部分人的手中成了一种象征、一种标志。

科学哲学家卡尔·波普尔（Karl Popper）说过："我们不能将科学等同于真理。"但是，人们似乎不同意波普尔的观点，而执意认为，"科学"就是等同于"真理"。这倒让我开始受到启发："科学"这两个字原来是有很高含金量的。

回国后总听到新闻联播里讲"科学决策"，更证明"科学"代表"正确"。有了"正确"，就有了毋庸置疑的权威。这让我对"科学"更高看了几分。以至于虽然听不懂新闻报道中讲的细节，但只要听到"科学"这两个字，我就会怦然心动。而那些"文化工程""教育工程""人才工程"……说到底还只是停留在"工程"这个档次，不如"科学"听上去让人肃然起敬。到了21世纪，"科学"不想成为显学都难，"科学家"就不答应。

当年俞平伯先生写信给周作人先生，谈起他1923年出版的《红楼梦辨》没有多少人问津，而把书名改为《红楼梦研究》后，书的销量大增。看来那时的"研究"比"辨"吃香。如果放到今天，我必劝俞先生再改书名，《红楼梦科学》一定畅销，原因无他，只是现在的"科学"比"研究"更正确。

贾樟柯在《贾想》中说到电影界的一个现象：似乎只有"吃过苦"，才有可能拍出好电影。具体讲来就是，"我们文化里面有这样一种对'苦难'的崇拜，而且似乎这也是获得话语权力的资本。因此有人便习惯性地要去占有'苦难'，认为自己的经历才算苦难……'苦难'成了霸权，并因此衍生出一种价值判断。"虽然贾樟柯讲的是"苦难"和"霸权"，其道理跟"科学"与"权力"是一样的。

毫无疑问，"科学"还会是软件园标语上的关键词。只是，这类标语最好不要翻译成英文，以免来访的国外客户知道。否则他们会问，难道你们在学校的时候没有学习科学吗？你们的头脑不用"科学"武装就会脑瘫吗？

当然不会，那些脚踏实地做软件外包的人就不会脑瘫。只是我们的各级领导不会同意我的这个结论。难怪王小波会感叹："自我懂事以来，领导者对我国人民的生活水平总是评价过高，对我国人民的智力、道德水平总是评价过低……"

对此，我决不说领导者脑瘫了，仅仅认为他们不够科学。

标签

周末跟朋友去了宋庄。这是第一次去。

早就听说了宋庄。对关注中国当代艺术的人而言，"宋庄"二字如雷贯耳，如圣地一般。但到了宋庄，感到很惊讶。宋庄是如此破烂。按说我回国已经多年了，见惯了散布在北京近郊的村庄，特别是那些很破的村庄。

从耿庄出口下了京哈高速，一路开来，如果不是忽然看见路边有一个门楼，上书"中国宋庄"，真就错过了。进了宋庄的小堡村，在一座高压线的钢架下，坐落着一栋红砖的建筑，这就是大名鼎鼎的、村一级的宋庄美术馆。在它的不远处，还坐落着一栋清水素面的建筑，这是目前在国内算得上是顶级的私人美术馆。

从这家私人美术馆的大厅望出去，是一排新种的树。国内种树很不同于美国。这里种的其实是树干，没有了树枝，像肉店里卖的大棒骨。这一排树干看上去"愣头愣脑"的，有几颗树干还是斜的。不知它们原本如此，还是被风吹歪了。这排树是种在一个水塘边。用南方人的眼光看，这分明只是一个小水池。但这是在中国的北方，可以称得上是"湖"了。（真有点像湖的，就被称作"海"了，例如北京城里的北海、后海。）远处就是钢架高压电线杆和架在上面的一根根黑沉沉的高压线。

这家私人美术馆的整体设计现代简约，展厅布局很大气，还有地板采暖，几乎是the state of the art。但走进展厅，见厕所的指示是打印在A4纸上，白纸贴在墙上，摇摇欲坠，似乎是表明美术馆的主人就差几十元钱去做一块很正式的指示牌。（其实，这家私人美术馆的主人是我朋友的朋友，真不差钱。）

开始看画展，发现展览的前言有多处印刷错误，英文翻译也有不准确之处，文不达意。这也许就是中国当代艺术的现状：远看很气派，近看很粗糙。这可能跟大环境也有关系，原本就处在一个烂地方，头顶还高悬着高压线。

对于中国的当代艺术，我涉猎不深，算是外行。但我在国内的软件外包行业混了五六年，自认有些心得。

记得刚回国时，对国内盖大楼的速度很是佩服，真是觉得再有几年咱们就能"超英赶美"了。直到有一天，我路过中关村软件园一栋地标式的写字楼。

那天艳阳高照，空气质量指数（包括PM2.5）绝对是优，蓝天如洗，这栋写字楼的玻璃外墙也反映出天上的朵朵白云。软件园里的写字楼多为三层高，配以绿地，这使得视野很是开阔。没有了压抑感的我有了错觉，以为是在美国加州的硅谷。当走近那栋楼时，却看到一根黑黑的管子从写字楼正面的玻璃外墙穿出，像一根外露的肠子（还是一大段"肥肠"），一直接到楼顶的一个空调机。我呆愣了几十秒钟……哦，明白了，这地标式的建筑，就是一个"看上去很美"的标签，只能远观，不能近瞧。俗话讲得好，距离产生美。加之我是近视，眼里的影像常常都是模糊的，也是"美"的。

从此以后，我在餐馆一看到肥肠就想到那栋地标建筑上的管子。

后来我看到，许多国内外包公司纸上谈的流程和规范，跟实际做的严重脱节，说一套做一套。这时的我，已经没有了惊讶，更不当真了。没办法，谁让咱们是在路上，而且是在赶超的路上呢。要赶超，如果能力不济，跑不快，只有走捷径一途。可是表面文章还要做，例如软件外包行业时兴CMMI的认证（有关软件开发成熟度的一种规范和认证），很多软件外包公司都热衷于拿到认证书。于是，公司会选一个组或部门，专攻CMMI，其拼命状酷似高考复习，直至"考"到CMMI5级，才鸣锣收兵。然后，除了偶尔在客户的询问下会拿出CMMI的认证书炫耀一番之外，公司里没有人会再提起CMMI。

PMP这类项目管理方面的资格认证又是一例。很多业务经理参加PMP的培训倒是很积极。也难怪，这些培训班是收费的。可是，一旦PMP的证书到手后，经理们就把PMP忘到了九霄。即便有人谈起，你也当他是纸上谈兵的马谡，千万不要当真。

证书成了展品柜里的摆设、成了标签。

现在很多地方政府热衷于举办各种节庆。而这些节庆总要标榜其"国际性"。于是，节庆的主持人中就会有一两个洋面孔。似乎有了洋面孔，就是"国际化"了。就连日前被揭发售卖假冒的意大利家具的达芬奇公司，在召开记者会时还不忘请几位洋人坐在主席台上。洋人的面孔也成了标签。

这让我想起相声演员郭德刚的两位弟子说的一个段子：

弟子甲：我能把"四大名著"倒背如流。

弟子乙：哦，那您现在给背背试试。

弟子甲：著名大四。

弟子乙：废话少说，赶快背四大名著。

弟子甲：我背完了。

……

在笑声里，"四大名著"已经不再是指那几本厚厚的经典著作，而是"自成一体"——成了一个标签。于是乎，把"四大名著"倒背过来，就是"著名大四"。

更让人哭笑不得的是，在现实生活中，人们对语言与实物的脱离已经没有了惊讶，也不当回事儿了。这几年由于过多的货币投放，出现了通货膨胀。于是，分管经济的政府官员就拼命压制物价。他们忘了，物价只是一个标签。正如经济学家周其仁指出的："……千万不要以为把所有的物价都冻结起来，就等于控制了通货膨胀。要明确，稳定物价绝对不等于稳定通胀，正如管住了温度并不等于管住了气温。"

梁文道在《犬儒时代的信任》一文里写道："……语言文字与真实世界'隔离'何其严重。前人花了一万多年努力去命名世间的每一样事物，例如一头山林中的走兽，一座架设在河道上的工具，一种暧昧的情绪，甚至是某种风暴的形态。到了现在，这一切名字却像粘力失效的小纸片，从它们所在的东西上逐一剥落，逐一飞散。"

在中国大陆长大、特别是经过了"文革"的国人，领教了太多的"语言暴政"，心灵上塞满了太多的垃圾词语。这些垃圾充斥的直接后果就是国人对语言本身的信任已荡然无存。萧伯纳曾说过：许多英国人终生不看莎士比亚，就是因为幼年时被强迫背诵莎剧的结果。

这种对语言的不相信往往导致大家的人格分裂：在单位里、在领导面前讲的是与《人民日报》社论同一个调子同一种语言的话；

而私下里，在私密朋友圈内讲的是近乎江湖上的"黑话"。哪一种语言更"失真"或更不可信已经不重要了，关键是不能在错误的地方错误的时间讲错误的话用错误的词语。（有人说，这种人格分裂在60后的国人身上最明显。同意的请举手。）

长此以往，国人就会变得麻木，变成了如梁文道所言的："……满街的标语，我们当作装饰。课本上的教训，我们当作考试过关的口令。什么'国家名牌''免检产品'，我们当作是产品包装上的图画……"

于是，我们大家都品尝到了后果：三聚氰胺的牛奶，瘦肉精的猪肉……不要忘了，这些产品恰恰是经过了一道道"检验"，或干脆就是免检的"国家名牌"。

也许国人喝三聚氰胺的牛奶、吃瘦肉精的猪肉愈久，就愈发麻木了。如果人们心里还有所惦记，那多半是在想如何发财，如何走捷径发快财，其他真的是顾不上了。剩下的一切（包括词语），只要贴上了标签，看上去很"美"就行了。

可这并不是生活呀！

现在的人们已经没有多少机会去仰望天空了。（PM2.5浓度太大？）但我们毕竟还有大地。只是很多人也很少能注视脚下这块大地了。

所幸的是，我们还有诗人，那些不抒情、不做作的诗人——尽管，这些真正诗人的数量在今天的中国可能还不如大熊猫多。那就把视野放到国外，去读读国外诗人的作品，以舒缓一下我们早已麻木的神经，重新认识到生活并不是那"看上去很美"的标签。

瑞典诗人特朗斯特罗姆（2011年诺贝尔文学奖获得者）有一首小诗，就试图告诉世人，到真实的自然里（生活中），去感知真实的语言（或曰：生活），而不是空洞的"词"（或曰：标签）。

厌倦所有带来词的人，词而不是语言，

我走向大雪覆盖的岛屿。

荒野没有词。

空白之页向四方展开！

我碰到雪上鹿蹄的痕迹。

是语言而不是词。

制衡

　　软件外包公司因为经常承接欧美公司的项目，而且项目里的中方工程师需要定期跟欧美公司的工程师沟通，所以在国内招聘工程师时，往往对英文的要求较高。

　　我曾经分管过一些从美国公司拿来的外包项目。为了帮助中方项目组把好英文关，我会抽查中方工程师写给美国公司的工作汇报。一个有趣的现象是，很多老中工程师在谈到自己对项目中某个问题的看法或建议时，喜欢用"We"而不用"I"。

　　换句话说，我们的很多工程师还不习惯直接从"我"的立场（或角度），来表达自己的观点，而是躲在"我们"的后面，似乎要靠"我们"的人多势众，才能张得开口、说得出话来。以至于老美工程师常常会反问道：这是你个人的观点，还是你们项目组的观点呢？

　　一开始，我以为老中工程师真是以"我们"为重，处处把项目组放在第一位。但是，后来的事情改变了我的看法。有一次，项目组必须在第二天提交给客户一个解决方案。有一位老中工程师负责的工作是承上启下的。可是他工作到下午六点，就下班了，根本没有把自己的工作给他下游的同事作个交代。事后问起，他一脸的无辜：我把自己该做的那部分完成了呀。

还有一次，客户打来电话，问负责接口的老中工程师一个软件设计的问题。这位工程师把问题转给了项目组内具体负责该软件设计的同事后，没有给客户任何反馈，也没有跟踪该问题的进展。事后她解释说：我以为把问题转给相关的人后，就像把网球打到了对方的场地，应该就没我的事儿了。

这些问题涉及到工作流程上的漏洞，敬业精神，还有就是项目组作为一个团队，在老中工程师心里的地位——是否真正以"我们"团队为重。

是的，"我"没事儿了，但"我们"却有事儿了。在电子邮件里处处用"We"来表达个人观点的，在工作中却处处是"I"字当头。

当然，国人这种"We"与"I"的错位，在中国男子足球队里更有另一番表现。很多国足的队员在接到同伴传来的球时，往往是迅速把球又传了出去，根本不管场上的实际情况。对此，球迷的解释是，这些球员不愿（敢）把球在自己的脚下多盘桓一秒，怕的是万一在自己脚下丢了球，要担责任。球传出去了，丢了球就不是"I"的责任了。即便真要追究，那也是"We"的责任。这时的"I"躲在了"We"的后面。

而当千辛万苦把球传送到对方的禁区附近时，国足的队员们则恨不得这球是自己专用的。他们才不管其他队员的位置是否更有利于射门，每个人都想由自己来一脚定乾坤。这时，人人脑门上都顶着一个大大的"I"，早把"We"踢到了场外。

这种"错位"，其实反映出两个方面的问题。一方面，作为个体的"我"往往习惯于躲在复数"我们"的后面，混在群众中，怕当"出头的鸟"，不想承担"责任"。另一方面，个体的"我"又压抑不住自己的"权利"意识（欲望），例如，对自己下班后时间的拥有、对进球后荣誉的追求。而对于"我们"应担负的"责任"，却被淡化或遗忘了。

学者金浪在文章《韩寒、韩寒现象》中，谈到韩寒是如何使用"我"与"我们"的："事实上，韩寒在对'我'与'我们'的使用上非常用心：在彰显特立独行的风格时，韩寒惯常使用的是'我'；在对权力进行批评时，韩寒会时不时启用'我们'。"

既然连韩寒都如此谨小慎微地对待"我"与"我们"，看来个体的"权利"与"责任"并非小事。为此，我倒想多费些笔墨，在源远流长的中国传统文化中，着重谈谈"权利"与"责任"，还有"权力"之间此消彼长的演变——是一种速写式的描摹。

中国几千年的文化传统，最被当政者称道的大概要算"礼"，以及"君君臣臣、父父子子"。前者讲的是等级和秩序，后者强调的是"权力"（皇权、父权）。于是，在漫长的封建专制的社会里，"权力"超强超大，儿子对父亲稍有不敬，是可以被责打被家族除名的。如果有人敢蔑视皇帝，那就是造反，不但自己被斩，还会株连九族。（当然，传统儒家的"道统"对皇权的"法统"是有制约的。但二者的关系中，总的来讲，"法统"强于"道统"，尤其是明朝以降。而且，很多时候，二者都在维护等级秩序和权力。本节不展开分析。）

为此，每个人必须表现出对"权力"的恭顺，只有以奴才之相才能讨得主子（权力）的欢心，也顺便得到主子的赏赐，混个囫囵饱（港人称"揾食"），或是博得封妻荫子。这就是属于鲁迅先生讲的"暂时做稳了奴隶"。在专制社会里，人们不能有自我，文化的字典中也查不到"我"，人们的"权利"意识是被深深压抑的。

同时，人们在内心里也不认同"我们"这个观念，那些"想做奴隶而不得"的人尤甚。普天之下，莫非王土，与我何干？家族之中，祖先为大，我算老几？虽然不时听到"国家兴亡，匹夫有责"，"修身齐家治国平天下"的豪言壮语，那多半是讲给"权力"听的，有自作多情之嫌。再说，"权力"也不是真打算让你负责，因为有了"责任"，就应该有相应的"权利"，万一你有了"权利"还要"权力"，一不小心酿成权力斗争，得不偿失。

在中国最后一个专制朝代，清朝的人们就更不想有"责任"了。学者张鸣在《重说中国近代史》中讲得最清楚："……在当时的帝制时代，所有的人都是臣民，只有皇帝一个人是有自主性的。可以说这个国家唯一需要担当责任的就是一个皇帝，其他人都不需要什么责任心，起码从法理上讲是这样的。除非你有额外的精神，就是想治国平天下。但前面讲过，清朝恰恰又是一个皇帝不让士大夫胸怀治国平天下之雄心的朝代，所以士大夫既没有多少自主性，也缺乏积极性。"

因此，人们只有当好臣民或孝子的义务。对家国的"责任"意识是虚幻和不切合实际的。

吊诡的是，一旦"权力"被打倒，就会树倒猢狲散，墙倒众人推。这时，人们的"权利"意识往往会被刺激和放大，像是被摸到了"G点"。于是，便有了政治学家所称的"破坏性参与"——杀富济贫、连年战乱、烧阿房宫、烧大明宫……有了一连串的"权利"与"权力"以及"权力"与"权力"的争斗，直到城头变幻大王旗，改朝换代，一切从头来过。

正如秦晖先生讲的："中国真正的传统就是害怕权力，谁有权谁就是老大，谁没了权，大家就墙倒众人推。"几千年一路下来，虚幻的"责任"意识与周期性被压抑、被放大的"权利"意识总不能均衡相处，也不能正常发育。在超强的"权力"之下，人们一直"在'子民'角色和'刁民'角色之间摇摆……"

辛亥革命后，虽然有袁世凯复辟、军阀混战以及列强干涉，但是在"民族、共和"的旗帜下，"权利"意识和"责任"意识都开始觉醒，并试图走向良性发育之路。这期间，有过"权利"与"权力"的斗争，而且"权利"一方多有斩获。只可惜，抗战全面爆发后，救亡的"责任"压倒了一切，包括个体的"权利"。

1949年以后，一代又一代的人被灌输了集体主义的思想。此时，"责任"意识远远盖过了"权利"意识。或者说，当时的人们只有畸形的"责任"意识，个体的"权利"意识则被压抑或扭曲。

"文革"开始后，"君君臣臣、父父子子"的秩序被红卫兵和造反者们冲得七零八落，但个人崇拜式的"权力"却在"文革"中达到顶峰。此时的人们只有畸形的"权利"意识——包括对"权力"的欲望，并由此发生了大大小小的"权利"与"权力"、"权力"与"权力"的斗争。而"责任"意识则被压抑或扭曲了。

上世纪80年代被很多人认为是"理想主义"年代。有些学者甚至认为，那时在"实践是检验真理的唯一标准"的大讨论中，"权利"和"责任"意识有可能重新走上良性发育之路。可惜到了80年代后期，"权利"与"权力"没能达成共识。"权力"胜利，"权利"退场。同时，"责任"也被扔到了一边。

90年代全民经商和金钱崇拜，人们的"责任"意识更是日趋淡漠。但每个人（包括那些拥有"权力"的人）都觉得他人（或国家）欠了自己，却没有人愿意为他人（或国家）做些什么，更别说要按制度和规则做事了。结果就是，"权利"意识的畸形膨胀。

诚然，膨胀的"权利"意识要靠制度来约束。但是，一个有数千年专制传统的国家所制定的制度，注定是需要不断改进和完善的。这些改进和完善的制度应该既能够抑制在"子民"和"刁民"两端的摇摆，又能管住"权力"的横冲直撞。这就要求制度能够提供足够的言论和行动空间，以鼓励人们去不断地操练"公民式参与"，形成与"权力"的良性互动，从而让"责任"意识和"权利"意识能够均衡地、正常地发育。

要做到与"权力"的良性互动，前提是"权力"不能像老虎那样，随便伤人。古今中外，"权力"向来都是"强势"和"强迫"的代名词。而且，"权力"还有自我加强的习惯，又有自我腐败的危险。于是，一些先进国家都会给"权力"加装几道制衡之门——例如，学者刘瑜在《民主的细节》中总结的，美国政治制度中对"权力"的制衡之门就包括三权分立、联邦制、公民组织、媒体监督、投票选举等。

中国与美国的差别在于，美国在建国之初就把这几道制衡之门装好了，剩下的就是不断加固这些门而已；而中国则是在"新中国"建立几十年后，才开始讨论制衡之门这种事。（有人认为中美之间还有一个差别：跟美国人谈"五千年文明"，他们根本就不知道"5000"是多大的数字，直到你说"5000美元"，他们才会反应过来。但我认为，文明超长不应成为没有制衡之门的借口。）

21世纪的中国，如果真要告别"革命"，就要给"权力"安装好应有的制衡之门，以避免陷入"权力"与"权力"斗争的泥潭，及其可能对社会造成的大动荡。同时，通过"公民式参与"，以及"权利"与"权力"的良性互动，发育出理性的、均衡的"权利"和"责任"意识。（需要提醒的是，"公民"的概念与我们习以为常的"人民""老百姓"的概念是有区别的。）

而且，"公民式参与"也不是一朝一夕就能达成的。本书序言中提到的美国作家马尔科姆·格拉德韦尔，他总结了一个"一万小时"定律：但凡要做好一件事，至少要反复练习一万小时。如果想做好"公民式参与"，至少也要反复操练一万个小时。一年中满打满算，只有两千小时可用来操练，前提是大家别的工作都不做了。所以，即使有了足够的言论和行动空间，"公民式参与"的操练也注定是个长期的活儿。

更何况，争取足够的言论和行动空间是一个制度改进和完善的过程，这注定也是个漫长的过程。这一切，都在考验全体中国人的智慧和耐心。

记得有位大学者，谈起成年后的苦闷和无奈时，讲过一个段子：一群精子在成年男子的体内聚集着，终日无所事事。只有一个大头精子天天坚持锻炼身体，同伴们都投以羡慕的目光。

一天早晨，天还没有完全亮，精子们已经感到了气氛的燥热，大家都蠢蠢欲动。终于，不知谁先跑了起来，大家就一窝蜂式地向着亮光处奔去。毫无悬念，大头精子很快就跑在了队伍的最前面。

即将到达出口的一刹那，大头精子突然停住了，然后就是拼命地往回跑……别的精子很纳闷：大头，咋不跑了？你平时玩儿命锻炼，不就是为了这一天吗？

大头精子愤愤然：这哥们儿不是动真格的！

同样的道理，改革开放已经进入"30岁"的青壮年期，"公民式参与"要开始动真格的。要积小胜为大胜，一步一步跑完整个过程，差一步都不行。

一个有"公民式参与"的社会将会导致一个公平的社会。一个公平社会不仅惠及全体中国人，也必将造福子孙后代。

"公民式参与"要让普通的公民开始对公共事务发生影响，特别是那些跟自己切身利益相关的公共事务。所以，近期广东乌坎村的村委会选举值得关注。

当然，人们还会继续面对苦闷和无奈。年登不惑的我则顾不及这些，因为还有太多"We"与"I"的错位需要改正。看来，"一万小时"定律是绕不过去的。

第四章

落下几片羽毛

"孩子，飞鸟已过……"

——爸爸对儿子说

"怀疑不是一种令人愉悦的状态，但无怀疑却是荒谬的。"

——伏尔泰（Voltaire）

有言在先

诗意的创新

一

如果说当今世界的全球化过程就是一个分工合作（包括竞争）的过程，那么这个过程就离不开外包服务。从这个意义上讲，当年的丝绸之路也可以看作是一条外包服务之路——从中国运到中亚和欧洲大陆的丝绸和瓷器中，很多图案的设计是按照当地买家的要求而定制的。

经济全球化必然伴随着价值链的延伸。但凡价值链上那些可以被分拆的部分都可以用外包服务的形式从效益低的地方拿到效益高的地方，从成本高的地方转移到成本低的地方。所以在全球化的今天，外包服务几乎渗透到我们人类生活的各个领域。

回首望去，中国30年前开始的改革开放正好为这一轮的经济全球化提供了助力。同时，作为这轮全球化的受益者，中国人似乎是动了美国人欧洲人的"奶酪"和日本人的"豆腐"（虽然是最初级的那类奶酪和豆腐）。从最初的来料加工、两头在外做起，中国终于变成了一个世界工厂。Made in China成为中国的一张名片。以至美国女作家萨拉·本吉奥尼（Sara Bongiorni）写了一本书，叫《没有中国制造的一年》（*A Year Without "Made in China"*）。作者诉说她一家人试图在一年内拒绝购买任何中国制造的产品，最后证明这是不可能的。

几乎与中国迈向全球制造业外包霸主的同时，印度在IT和软件外包业则是独占鳌头。近年来，这条完全数字化的IT和软件外包价值链越来越引起新兴经济体国家的注意。在中国，"IT和软件外包"也成了继"dot com"以后最热门的话题之一。中国的IT和软件外包公司好像一夜之间就从灰姑娘变成了白雪公主。从中央到地方，从国企到民企，从教授到学生，千军万马都直奔这个行业而来。（如果你还是不能想象这个壮观的场景，那就在早高峰时段，站在北京上地软件园附近的路口，看看那些被堵在路口的上班车队，以及马路边滚滚的上班人流，你就会明白"壮观"为何物。）

在中国大力发展IT和软件外包的今天，西方世界正在经历本世纪最严重的经济衰退和危机，欧美国家的经济在今后较长的时期都可能处于低迷状态。同时，发达国家的贸易保护主义也在抬头。中国外包公司的老总们不但要继续应对"谁动了我的奶酪"的责问，也要思考如何从"守株待兔"到"深入敌后"，如何做到"服务即销售"，如何"量变到质变"地改变员工的做事习惯，如何"后继有人"，如何出"红海"入"蓝海"……这涉及到IT和软件外包的战略牵引、市场拓展、客户维护、人才培养、管理改进等诸多方面。

与此同时，国内的大学毕业生正源源不断进入到IT和软件外包行业。这个行业的工程师和经理们也正随着业务的扩大而成长。很多人需要考虑如何把到手的奶酪（或豆腐）吃好，变成自身成长壮大的营养，为争取下一个更好的职业发展储蓄能量。分管IT和软件外包的各级政府官员（包括各地软件园管委会的官员）也要了解这个行业的特点以及国内软件外包公司的酸甜苦辣，以制定切合实际的产业政策，帮助中国的IT和软件外包服务走得更远，也让自己的政绩更为光鲜。

总之，各路人马把各自的希望和梦想都押在了"IT和软件外包"这列火车上，几乎成了不可承担之重。

2012年初，美国《财富》杂志对全球CEO们作了一个抽样调查，在当前世界形势变化多端的大背景下，请CEO们列出面临的10大挑战。被调查的CEO们把"创新"——包括商业模式创新，以及技术创新——列为10大挑战之首。

如果此次调查的覆盖范围足够广，那么，当前中国IT和软件外包公司面临的最大挑战也应该是创新。创新成了一道必须迈过去的坎，否则，中国IT和软件外包公司就会有被淘汰的风险。当然，如果应对得当，创新也能拉动这列中国"IT和软件外包"火车，使之继续高速运行。

二

其实，对于创新，人们往往是用诗意的眼光来打量的——他们对创新抱以美好的愿望和期盼（基于"人性善"论）。

这很像第一次上化学课时，老师会说：化学让世界更美好。

于是，化学在同学们的印象中也成了美好的。学好化学的人更是成了"美好的人"。

但现实是，不断有新闻出来，报道食品或药品出现的问题，从三聚氰胺、瘦肉精、苏丹红、地沟油到毒胶囊。当然还有人造鸡蛋、塑料银鱼、糖水变的蜂蜜、猪肉变的牛肉……

换句话讲，当一个企业（或行业）一味降低成本，以获取更大利益时，原本可以让世界变得更美好的化学，却在做与"让世界变得更美好"相反的事。而且，幕后操作的人多半在化学课上听过老师讲的"化学让世界更美好"，他们自己也是人们心目中"美好的人"。

"降低成本"和"获取更大利益"不仅成了那些"美好的人"的目标，还是他们不择手段的理由。这种理由会激发起他们无穷的"诗意的创新"。

同样的，IT和软件技术在人们的印象中是美好的。懂得和使用IT和软件技术的人当然也是"美好的人"。只是，人们需要记住的是，在"降低成本"和"获取更大利益"的驱使下，这些"美好的人"也是可以让世界走向美好的反面的。

16世纪一位瑞士医生曾经说过："毒物和良药的区别就在于剂量是否得当。"谁来决定剂量，当然是人——包括那些"美好的人"。

人们对IT和软件技术的美好印象还会影响到他们对基于IT和软件技术的互联网的看法。特别是，互联网消除了时空的障碍，使得人与人的交流变得畅通和低成本。人们对互联网自然是一见钟情，甚至是热爱了。

同时，交流的便利带来了交易的便利。而交易的便利更使得互联网的商业模式层出不穷。互联网早期的Yahoo，后来的Google，以及现在的Facebook，堪称互联网商业模式创新的典范。爱屋及乌，人们对基于互联网的商业模式创新也就愈发喜欢，甚至到了热恋的程度。

但必须指出的是，很多互联网公司的商业模式创新都是以寻找"完美的运算法则"、致力于"系统化一切事物"为己任的，因为这些互联网公司都有一个简单的假设：人类的大脑可以被网络化的电脑强化、补充甚至取代。

上世纪初美国工业化时期的泰勒（Frederick W.Taylor）在他的《科学管理的原则》中明确指出，他设计的"系统"将给每一个工作确定和采取"最佳方法"，进而"用科学方法逐步取代工业领域的经验做法"。为此，泰勒不无自豪地宣称：过去，人是第一位的。将来，系统是第一位的。

如果说，100年前的泰勒是在为体力劳动寻找"最佳方法"，那么现在很多互联网公司所做的就是把泰勒的理论应用于脑力劳动。实际上，在这些初出茅庐的互联网公司的眼里，"人类的大脑只是过时的电脑，它需要更快的处理器和更大的硬盘"。

当然，这还不是最糟糕的。让我们再来看看人们的交流。

在互联网之前，人们的交流除了受制于时空外，还受制于法律、宗教和伦理等社会规则。而互联网的出现，不但消除了时空的障碍，而且冲破了原有的社会规则。在互联网技术的集结号下，人与人之间的关系变得平等，交流也变得无拘无束。随之而来的是，被社会规则压抑已久的人性终于得以释放。

对得到释放的人性进行深度挖掘，很快成为众多互联网商业模式成功的秘笈。在这些商业模式的核心处，有一套"完美的运算法则"，用以分析消费者在互联网上留下的一切"蛛丝马迹"，包括口味、嗜好、习惯、观点甚至性倾向等等，并作为"系统化的数据"储存起来。这类数据收集得越多，消费者的行为模式就越清晰。

有"现代大众传媒最杰出和最风趣的批评家"之称的麦克卢汉（Marshall Mcluhan）在《机器新娘》（*The Mechanical Bride*）中写道："有史以来第一次，在我们这个时代里，成千上万训练有素的人耗尽了自己的全部时间，只求能打入集体的公共头脑。打进去的目的是为了操纵利用和控制；旨在煽起狂热而不是给人启示，这就是他们的意图。"

现在，这些互联网商业模式的所作所为，不就是要"打入"每个消费者的头脑吗？不为别的，正是为了"操纵利用和控制"，而且"旨在煽起狂热而不是给人启示"，因为"狂热"后面有非常巨大的商业利益。事实上，这些互联网商业模式正在逐步实现它们的目标。

美国学者尼古拉斯·卡尔（Nicholas Carr）甚至更尖锐地指出，互联网其实正在改造我们。在《Google把我们变蠢？》一文中，他写道："当我们越来越依赖电脑作为理解世界的媒介时，我们自身的智力将被摊平成为人造电脑。"

如今，当互联网商业模式的创新使得我们的交流和交易越来越无障碍时，我们自身的私欲和贪婪也越来越膨胀；当互联网商业模式的创新使得我们的行为越来越精确地被控制时，我们自身的智力也越来越顺利地被转化为垃圾，成为给互联网提供能量的"垃圾发电站"。

而这些商业模式创新的幕后操作者，正是人们心目中"美好的人"。

有人会说，这些"美好的人"带来的商业模式的创新，本身无可厚非，只是我们在使用时要头脑清醒。换句话说，使用者自己要有很强的辨别力和自我控制能力。如果我们回想一下，当年纳粹打着"复兴"的旗帜在德国盛行一时，被"诗意的创新"打动的德国人，有几人是头脑清醒的？

如今，互联网商业模式的"诗意的创新"正在打动我们，又有几人的头脑是清醒的呢？

三

作为英国文学史上最著名的作家之一，斯威夫特（Jonathan

Swift）的《格列佛游记》可谓脍炙人口。书中的主人公格列佛出游的"小人国""大人国""浮岛国""慧因国"等，不但让儿童惊奇于那些地方千奇百怪的故事，更让成年人思考这种"讽刺"写作方式所带来的对"完美"另一面的揭露。

例如，在"浮岛国"里，国王和大臣们只喜欢"抽象的"数学和音乐。除此之外，其他一窍不通（包括几何学、建筑学等），房子都是歪歪斜斜的。这倒是很像西班牙巴塞罗纳城里安东尼奥·高迪（Antonio Gaudi）的建筑。可是，高迪那些建筑历经风雨，屹立不倒，说明他是很懂几何学和建筑学的。难怪后来的学者都建议人们去学点几何，不是让人们都去建房子，而是希望人们能受到逻辑思维的训练，能懂一些逻辑证明的方法，一面做出荒唐之事。这些学者一定都知道"浮岛国"的故事。

台湾学者南方朔在《重读<格列佛游记>》一文中写道："……我对《格列佛游记》的讽刺笔法始终都高度正面评价。该书没有去宣扬什么伟大的概念，而是以说反话的方式让伟大的概念暴露其内在的缺点，人们都以为科学家很伟大，但该书却告诉我们，科学家高高在上，他们偏执起来，所造成的坏处更大。人们都以为理性很伟大，但人们所谓的理性却定义不明，只是用理性为名来合理化自己的贪婪自私……伟大的概念有流动性，一不小心就滑到了它的反面。"

南方朔喜欢西方的讽刺文章，因为"讽刺作家少了自以为是的傲慢，却用有点怜悯的态度，从反面来看世界。"

为此，南方朔认为："'启蒙'有两种，一种是透过美化某种概念而使人被积极地启蒙，另一种则是借着讽刺这种美化的概念，让人们知道它很容易走到美化概念的反面。"

斯威夫特对启蒙时代理性主义的批判在后现代主义中得到了进一步的肯定，其中包括对工业革命后工具理性的批判。人本主义

（或人文主义）在对中世纪神权的挑战中无疑具有进步的意义。但发展到今天，它成为一种人类中心论就显出它的弊端。所以，再伟大的概念，总有可能走向其相反的方向。

中国现在的问题是，人们从小就"被教育"科技是美好的。而且，已经有太多的书籍和文章在赞美科技、赞美创新、赞美那些创新光环下的"美好的人"。这说明，中国文化的情感是很诗意的，而"讽刺在中国文化里是相对不发达的"。

四

当然，我们还是寄希望于创新的，无论是商业模式创新，还是技术创新。只是，我们要注意"剂量是否得当"，千万不要"走到美化概念的反面"。

我们更希望，在新世纪的第二个10年里，创新能牵引中国"IT和软件外包"这列火车，使之继续高速向前。只是，不要太矫情了，不要把创新放到情感的世界，更不要把对创新的情感提升到价值层面。捷克作家米兰·昆德拉就看到了情感成为价值标准后的危险："最高尚的民族情感随时可以为最可怕的东西辩护，而内心充满抒情的人以爱的神圣名义犯下种种暴行。"

所幸的是，启蒙运动带给西方以理性和怀疑精神，从而平衡了过分的感性和激情所导致的非理性。中国的问题是，类似的启蒙运动跟中国擦肩而过。五四"新文化运动"试图开启民智，可是当时严峻的国际形势最终使之成为一场"救亡"运动。直到今天，国人仍然动不动就打出"民族情感"的大旗，而且"创新"就绣在这面旗帜上。（正是喜欢打"民族情感"的大旗，国人的感情也极容易受伤。）所以，今天在中国怎么强调理性和怀疑精神都不为过。

当然，我们应该明确理性的不同定义。譬如，理性有欧洲大陆在政治哲学中的建构/体制理性，以及英美文化中以自由为前提的理性。前者的绝对思维往往会被极权者利用，来为他们的暴行正名——这也是南方朔先生希望人们要小心的那种理性。而后者则强调自发秩序、崇尚个体的自主性以及社会的多元性，与整齐划一的思维格格不入。显然，西方今天的成就更得益于英美演化的理性。

王小波对建构理性也作过批判。他在《理想国与哲人王》一文中写道："自柏拉图以降，即便不提哲人王，起码也有不少西方知识分子想当莱库格斯[斯巴达的立法者]。这就是说，想要设计一整套制度、价值观、生活方式，让大家在其中幸福地生活；其中最有名的设计，大概要算摩尔爵士的《乌托邦》……

"时至今日，还有人盼着出个哲人王，给他设计一种理想的生活方式，好到其中去生活；因此就有人乐于做哲人王，只可惜这些现代的哲人王多半不是什么好东西……"

这些"知识分子"就包括昆德拉所说的那些向往革命讴歌暴政的"浪漫主义诗人"，因为诗歌的精神是抒情的、绝对的。在昆德拉看来，对"生活在别处"的追求导致这些"知识分子"对极权的认同——就像昆德拉小说《生活在别处》里的主人公雅罗米尔，也促成了一个"由刽子手和诗人联合统治"的时代。

把主义当作一个绝对的模式，就会走向它的反面，甚至导致"独断的确定"（dogmatic certainty）和极权主义。这就是为什么当代西方著名的思想家伊萨·柏林（Isaiah Berlin）认为"消极自由"（negative liberty）比"积极自由"（positive liberty）更为重要，因为后者强调个体应该去做什么（liberty to do something），而前者强调个体不受强制地去做什么（liberty from doing something）。在一个"被"字当头的时代中（包括"被网络化"的时代），能够坚守独立人格、坚守自由选择、不去盲目崇拜权威（哪怕是最浪漫、最诗化、最煽情的权威）是极为重要的。

特别需要警惕的是，一旦有了"理性设计"的宏大理想和奋斗目标，手段就变得不重要了。人们总是试图一劳永逸地设计出一整套"科学"的制度、价值观、生活方式，把主义当成绝对的模式。结果却是欲速不达，而且破坏力极大。

同样的，在IT和软件外包行业，我们也要警惕那些"美好的人"，尤其是他们研究的"诗意的创新"。面对消费主义的盛行、政治的不透明、全球化的冲击，我们对"知识分子""资本""官方""海归""精英""青年导师"，还有那些号称可以带来"美好"生活（尤其是那种"一劳永逸"、完美无缺的幸福生活）的人或事物，都要心存疑虑。

五

与诗歌相反，昆德拉认为小说的精神是质疑的、多元的，而且与极权的绝对思维格格不入。这提醒了我。于是，写了一个短篇小说，作为本书的第五章。需要小心的是，这篇小说写的是"死"——外包之死。

读者从第一章"人山人海"，第二章"活着"，第三章"深水区"，一路读到第四章，就想着应该读到"淹死"了。其实，我也等不及了。只是我对中国的民营公司甚至中国的社会转型和改革还没有失去信心，所以第四章不写"淹死"，尽管被淹死的公司不计其数。（为此，读者要耐心等到第五章，才能读到"死"。）

在第四章里，我要拿出专业咨询师的范儿（毕竟我曾经是"Big5"的咨询师），显摆一下在管理方面的半瓶子水。当然，主要是针对中国的软件外包业和中国社会转型，有感而发。

从2008年的金融危机开始，欧洲美国的经济衰退就没有停下来的迹象。全球范围的IT和软件外包似乎也走进了一个观望的阶段。而印度外包公司在这个行业的霸主地位仍不可动摇。

新世纪的第二个10年，如果国内IT和软件外包公司还没有一家达到世界级的规模，那就是中国IT和软件外包业的失败。就像在大洋里，一个海上强国不能没有航空母舰一样。何日风云际会，再扬风帆呢？

其实，机会很多。问题是，哪个机会应该去抓住？战略是用来执行的，而且战略就是作选择、就是作取舍。

六

如果你继续追问：我们还缺什么？

哦，有一样东西，叫"平常心"。

何谓平常心？

就像苏东坡写的：也无风雨也无晴。

能做到吗？

当然能。只是，如果要讲出来，就要写成哲学书或是"心灵鸡汤"了。就此打住吧。飞鸟已过，几片羽毛落下，不多不少。

——

有感而发

——

差距

2005年我刚回国，就赶上微软召集国内的软件外包公司的高管们去"政治学习"。虽然只是邀请跟微软有外包业务的公司，但放眼望去，差不多已经把国内软件外包业的领军者都一网打尽了。说是"政治学习"，实则是微软聘请了当时长江商学院的曾鸣教授给大家讲了两天的企业战略。

不知是微软自己一路走来深有体会，还是料事如神，算定这帮老中的软件外包公司没有战略，也不讲战略，故请了专家来苦口婆心一番。只是那时大多数的软件外包公司都忙着抢喝微软的汤，还顾不上仔细聆听曾教授的战略课，白白浪费了微软的一片好心。

近日，我感念起微软标榜的"生态链"（类似于华为口中的"友商"），也记起曾教授赠送给参加"政治学习"的学员的礼物——每人一本他的大作《略胜一筹》。必须承认，这是我看到的第一本用中文谈中国企业持续发展的好书。从书名即可看出，曾教授在书里大侃了一通依靠战略驱动的制胜法宝。

于是，从书架的最顶端取下曾教授的书，掸去封面上半厘米的积土（北京常常闹沙尘暴，时间一长，积尘为土）。对着曾教授的亲笔签名发了一会儿呆，把书翻个身，看到了封底几位著名中国企业家对此书的评语。有意思的是，虽然已经过去五六年了，但从这些评语中仍然可以看出当时的企业家们对企业战略的理解和认识。这些人应该是代表中国企业家的最高水平了，但各自评语的差别还真不小。

我把他们的评语抄录如下，并略作点评。

田溯宁：建设中国的世界级企业，是未来20年中国企业经营者的艰巨挑战。曾鸣先生的书为此做了有益的探索，令人深思。

——点评：何谓"有益的探索"？大而化之，不知所云。光去"深思"了，恐怕根本就没读懂书中谈的战略。

王文京：历史给了一批中国企业成为世界级公司的机会。如何把握这一机会，曾鸣教授以实证的方式，给了有志成就这一目标的企业家战略思考的指引。

——点评：开始有了"战略"，但还在"被指引"。不知如何去落地。

马云：中国企业家的成长必须经历过从无意识到有意识、从感性到理性的过程，这是一本让人掩卷而思的好书。

——点评：马云本想换个说法，却用词不严谨。战略既需要理性也需要感性。对中国企业家的成长而言，更需要懂得如何去把好的战略落地。

王石：曾鸣先生通过大量的理论分析和实证研究，纵观20年来中国本土企业成长的轨迹，探讨中国企业未来的战略选择，帮助中国企业寻找持续发展的最佳路径。这正是本书的价值和意义所在。

——点评：关键词"战略选择""最佳路径"都被老王点到。

这是最靠谱的评语。难怪老王领导的万科过去很多年都是在做"减法"，因为他懂得战略选择。

做完点评后，想到一句东北话：都是人哈，可人与人的差距咋那么大呢？

公司领路人的差距决定了公司的差距。就这么简单。

剧本

有人把制定战略比作写电影剧本。迈克尔·雅各比德斯（Michael Jacobides）不仅是这样比喻战略制定的，他还详细列出了写剧本的步骤，提供了一种崭新的战略工具。这个工具看上去是很好玩的，制定战略变成了写剧本，一下子就轻松了许多。

当然，我更想轻松地去看电影。买张票进电影院，看的是姜文2010年的贺岁新片《让子弹飞》。

主角是人称张麻子的土匪。（其实，此人有一个特文艺的名字：张牧之。）

一开始，张麻子伙同六七个弟兄干的是今天劫个道儿明天抢个人的勾当，纯粹闹着玩，没有啥目的和方向——通俗讲，就是没战略。甚至张麻子佯装县长到鹅城上任后，他也没想清楚，到底是要女人，要地头蛇黄四爷的钱，还是要别的。张麻子当时感觉甚好，有枪有权，想干什么就干什么，机会太多了，"站着就能把钱给赚了"。

直到有一天，张麻子的义子老六被黄四爷派人给算计了，整死了。张麻子开始较劲儿了。他一思考，就想明白了事儿：他们这一伙人存在的价值是因为有一大群观众想到影院看电影。而且是想看

"给力"的电影。换句话说，现在电影院里的电影连同它们的导演都太不给力了。张麻子的扮演者姜文对这一点心知肚明。于是，在电影的前半段作了足够的铺垫后，他要给力了，要让张麻子开始思考战略了。

张麻子一思考，观众们就发笑——观众开始兴奋了，因为张麻子要动真格的了：干掉黄四爷，斩除恶势力。（通俗讲，张麻子终于明确了战略方向。）

方向明确后，张麻子就变得专一了，他既不要女人也不要钱——用MBA的专业术语讲，张麻子开始做减法，这是懂得了战略选择的结果。

接下来就是张麻子跟黄四爷的斗智斗勇。几个回合下来，张麻子损兵折将，手下的弟兄们对他认准的方向也开始怀疑，红旗到底能打多久？

然而，对战略方向的坚持让张麻子笑到了最后，也让观众兴奋到剧终。至于观众是看到鹅城被拿下了、黄四爷的家产被分个精光而兴奋，还是看到一帮土匪又直奔"浦东"、要解救那里的人们而兴奋，则是见仁见智，端看你是"现实派"还是"浪漫派"。从影院出来，我倒是诗兴大发，特作打油诗一首：

让子弹飞

让观众追

认准方向

一条道，由黑到白

白了又黑

沧海桑田

说不清的官与匪

等了多少年

骗了多少回

沉默的夜

送走了，又一个荣华富贵

休管它

姓鹅还是姓康

也莫问

城上的大王旗归了谁

几句谎言

换来白骨一堆

都是剧本

岂能当真

还有戏说战略

见智见仁

任由评论

神马都是浮云

大风吹起

白茫茫大地

平常心

笑对人生

不好意思，舍不得删减，这打油诗打得长了点儿。你还在听我讲战略吗？

舍得

现在市面上有一种叫"舍得"的酒，估计是取"有舍才有得"之意。但在酒席上，人们常常做不到"舍得"，结果是由放不下酒杯，到拿不起酒杯，最后连喝进肚子里的酒又都吐了出来，成了"无得"。

按理讲，做外包这一行的公司应该最明白"舍得"这个道理——如果没有取舍，没有舍得，那些欧美日的公司就不会把一些业务拿出来，让中国的外包公司帮着做了。

实际的情况是，国内的外包公司老板们都太急于拿到外包业务了，以至于他们潜意识里已经把IBM、微软、苹果、诺基亚、惠普等等都当成了长得一模一样的奶牛。只要有奶挤，大家就会一拥而上——印证了"有奶便是娘"。

时间一长，这些公司就成了挤奶工，也只会挤牛奶了，而且挤奶的技术也差不多。奶牛看出了其中的名堂，于是要求挤奶工们把工钱降下来。谁的工钱降得多就让谁来挤奶。挤奶工们只好节衣缩食，拼命降低成本，企图以越来越低的工钱讨得奶牛的欢心。这显然是一条不归的"零和"之路。

而懂得"舍得"的外包公司会把IBM、微软、苹果、诺基亚、惠普这些公司作个分类——有些是奶牛，有些则是肉牛。然后，外包公司要看看自己最适合做哪些工作：奶牛的挤奶工？肉牛的按摩师？还是牛奶牛肉的推销员？

如果自己最擅长按摩，那就专注于肉牛，当好按摩师。挤奶和推销的活就让给别人去做。

如果自己最会推销，那就在这个领域做到第一。其他活就不要去抢了。

于是，奶牛和肉牛不但有专人负责挤奶或按摩，而且还有专人帮着去推销牛奶和牛肉。奶牛和肉牛都乐得专心吃草，好把草尽快变成牛奶或牛肉——这是奶牛和肉牛最拿手的。奶牛和肉牛一高兴，非但不减工钱，没准儿还会拿出一桶牛奶或是一个牛大腿来犒劳挤奶工、按摩师和推销员的。

年底的庆功会上，懂得"舍得"的外包公司要了一瓶"舍得"酒。这一次，他们喝出了"舍得"的味道。

现在国内软件外包圈里，真正懂得"舍得"的公司不多。还不如巴黎那些老牌的高级服装作坊，因为那些作坊老板们懂得，奢侈中的奢侈在于"舍得"——要懂得取舍。

其实，国人明白"舍不得孩子套不到狼，舍不得老婆做不成王"的道理。不过，那多是公司草创时期的想法，为了生存，不惜破釜沉舟，孤注一掷。公司有了业务后，老板们却更担心公司会死掉，于是四面出击找机会，不知不觉就把战线拉长了。这证明了大多数外包公司既没有对客户作分类，也对自己的地位不清，更没有明确的战略方向，企业的发展还是靠机会驱动。

如果一个软件外包公司幸运地活了下来，而且还活得很滋润，这时公司老板就要警惕了。如果还不知道要警惕什么，那就去学习万科的王石，找一个自己的爱好，例如：爬山。（如果不喜欢爬山，摄影也行，尤其是风光摄影，既是户外活动，又跟艺术沾边。）

从深圳起步的万科在上世纪80年代得风气之先，靠改革开放带来的机会，涉足了饮用水、音响、零售、房地产等领域，入股了全国30多家企业。到了1992年，万科已经是一个年营业额超过10亿元的公司。这时王石在小学时学的算术派上用场了。说是算术，其实就是加减法，连乘和除都用不上。

王石对万科涉足的这些行业的盈亏加加减减后，发现多元化的万科，盈利水平其实不高。而且每年还要开那么多的董事会，太辛苦，连爬山的时间都没有了。这么一想，王石就想到了"舍得"。再说，伤其十指不如断其一指。于是，万科从众多的领域撤出，只专注于房地产，直到今日成为首个年营业额过千亿的房地产公司。剩下的就是令后人在商学院反复学习的案例了。

王石也乐得把全世界最高的七八座山峰都踩在了脚下。

所以，一个公司顺风顺水时，公司的老板最好就去多发掘自己的爱好。有了自己的爱好后，老板就开始琢磨着少去开会，特别是与主营业务无关的会。

管理学大师德鲁克写了很多书来谈战略。如果归纳成一句话，他会说：战略就是作取舍、作选择。而从软件外包的角度，我认为德鲁克最想说但没有来得及说出口的是，软件外包公司做战略时，老板要多为自己着想，看看战略目标是否定得太多了，是否会影响自己去爬山（或摄影、打高尔夫、骑马、品酒、读书、慈善、泡妞）。换句话讲，老板的个人爱好多一些，公司的业务就会专注一些。

老板们爬的山多了，当公司再遇到机会时就知道问自己：该不该去做？（而不是"能不能去做？"）

红海

这是一句废话：普华永道这个名字是由"普华"加"永道"组成的。但这里面却有一个真实的故事。

大约是在上世纪的最后两年里，"普华"（PW）兼并了另一家名字以字母C开头的咨询公司"永道"。老板们觉得合并后的新公司要有新气象。新气象的公司就要有一个新名字，既要有内涵还要响亮。于是，请了一家专门给公司起名字的专业公司。在花掉了500万美元后，新公司终于有了一个新名字：PwC。中文名字就是"普华永道"（即"普华"+"永道"）。

专业公司解释说，在新公司中，普华占了大头，所以新名字的头两个字母就用"PW"。加上被兼并公司名字的第一个字母"C"，就成了PWC。为了避免人们的错觉，以为新公司的业务与厕所有关，于是大写的"W"得委屈一下，就有了PwC。还好，新公司的中文名字还算文雅。

这让我开始佩服老美的专业分工精神。在不是自己熟悉的领域，就一定要请教专业的公司，虽然给新公司起名字不比发射卫星火箭难。同时，我深信，如果普华肯付给我500万美元，我也能给新公司想出同样的名字。当年两大石油巨头Exxon和Mobil合并后，新公司的名字就是原来两家公司的组合，成了ExxonMobil。我照猫画虎还是会的。

看在我曾经是普华公司员工的份上，我还可以打个对折，250万美元就能搞定。再退一步，给25万美元也行。要不然，25万人民币也成。

当然，我这一而再、再而三地打折，就显得不专业了，尽管我很有信心能想出同样的名字。所以，专业公司是有专业形象的。而衡量一个公司专业与否的标准之一是看该公司收费标准的高低。换句话说，那些最具专业气质的公司（包括普华永道这样的咨询公司）收费是最贵的。而且收得理直气壮。

那些还在采取低价战略的中国公司，要注意你们的专业形象了。

当然，中国的IT和软件外包公司可能有些特别。审视中国IT和软件外包业的发展历史不难发现，跨国公司纷纷把业务转移到中国，一个重要的原因就是中国的外包成本低。特别是21世纪的第一个10年是中国IT和软件外包的黄金10年——2008年前还没有《劳动法》；2007年前国内一线城市的房价还算平稳；2006年前人民币汇率对美元还在8块以上……一句话，在中国做IT和软件外包成本低！

靠着惯性思维，人们形成了两大认识：第一，在中国做IT和软件外包只能低成本。第二，老外做不来低成本的外包。

且不谈上述认识的对与错。如今的问题是：在美国欧洲日本迟迟走不出经济低谷、国内通货膨胀压力越来越大、一线城市的生活成本持续上升、人民币持续升值等不利的大环境中，国内IT和软件外包公司的低成本如何继续保持？

现在，国内IT和软件外包公司的招聘团队和一线经理们都觉得招聘越来越难做。究其原因，主要就是人工成本越来越高。更糟糕的是，在美国上市的中国IT和软件外包公司每个季度还要面对来自华尔街的压力：营收增长率，利润增长率。

人们通常以为只要公司规模上去了，成本就会下来。但是很多中国外包公司的财务数据显示，规模的扩大并没能带来成本的降低。换句话说，公司规模的扩大的边际效益不一定能惠及公司的运营成本。

更让人不安的是，一些跨国IT服务外包公司在国内的二三线城市也开始做起了外包业务。他们的人力成本竟然可以做到比国内外包公司的成本还低。这就值得我们思考了。

如果说"中国IT和软件外包的黄金时代已经过去"还有点为时过早，但"由国内IT和软件外包公司独享的时代"肯定是过去了。成本的压力已经是常态化了。特别是，随着中国人口红利的逐年减少，"招工荒""生源荒""兵源荒"的逐渐显现，IT和软件外包业人力成本的压力只会是有增无减。

如果从积极的方面来看待成本的问题，这也许会倒逼中国的IT和软件外包公司提高规模化的管理水平，向更深层次的"成本控制"挖掘。就像当年的华为公司那样，靠管理产生低成本。

同时，外包成本的压力也会逼着国内的外包公司加速业务结构的调整，争取从产业价值链的低端向高端提升。具体讲来，就是要从低端的测试走向高端的解决方案（包括行业、产品、咨询等领域），从RDO（研发类外包）扩大到ITO（IT服务外包）、BPO（业务流程外包）。

当然，靠管理产生低成本，从价值链低端走向高端，国内的外包公司要作好脱几层皮甚至"死"几回的准备。但这样"死"几回的公司，一旦凤凰涅槃，就会浴火重生，一飞冲天。套用王家卫导演的《春光乍泄》里的一句经典台词："不如我们从头来过。"只是我不认为所有的国内外包公司都愿意（或者能够）去脱皮、去

"从头来过"。

改变是痛苦的，特别是要改变那些早已经习惯的东西，比如行为模式、思维惯性等等。就像《春光乍泄》里张国荣饰演的何宝荣，嘴上讲着"不如我们从头来过"，行动上却依然是我行我素，涛声依旧，改不过来了。

很多国内的IT和软件外包公司还会继续打价格战，以图用低价来换取市场，最后只会换来一片"红海"。还记得那条"微笑曲线"吧。你在"红海"里呆的时间长了，就停在那条曲线的底部，动弹不得。

我有过一位美女下属，是负责客户关系的。她曾戏言，因为长期跟客户打交道，每次都是微笑待客，嘴角上的微笑曲线（皱纹）加深了，应该算成工伤。我建议保险公司考虑开发出一个新的险种：微笑曲线险。

但"红海"里的那条微笑曲线是不能算作工伤的。如果说在"苦海"里，还可以回头是岸，但长时间挣扎在"红海"里，那就死定了，而且会死得很难看——因为这些公司的脸部肌肉已经僵住，不会笑了。

缘起

现代公司企业是一种组织形态。

中国改革开放初期，那些不安分守己的人往往拉上三五个亲朋好友，就形成一个个小组织（尽管还不是严格意义上的公司）。

30年后，国内大大小小的公司到处都是，一个公司就是一个组织。北京中关村大街上，掉下一块广告牌就可能砸到好几个CEO，立马就会有几个组织的大脑陷入瘫痪。

我对陷入瘫痪的公司不感兴趣。我只想问问那些还没陷入瘫痪的公司CEO们，可曾记得当初是因为什么成立公司的？

你们把成千上万的人员聚在一起，组织起来，是为了给公司的股东赚钱吗？是为了给员工提供一个实现梦想的平台吗？还是帮助国家解决大学生的就业问题？

如果上述问题的答案都是"No"，相信很多人会很惊讶，甚至愤怒。其实，不论当初有没有意识到，成立公司的原因只有一个：外面有需要。

是的，你当初成立公司创业时，也许首先想的是为了赚钱、为了改善家人的生活状况、为了手下这帮弟兄，或是为了祖国……但是，如果公司生产的东西没有人购买，或是提供的服务没有人接受，那么你的目标是达不到的。因此，公司的成立和存在其实是缘起于客户的需要。至于公司股东赚到钱、员工实现梦想、国家解决就业等等都是结果——是公司满足了外部客户需求之后，水到渠成的结果。说得更直白一点，就是搂草打兔子，捎带的副产品。

德鲁克说过"在当今存在的组织机构中的任何一个都是为机构外部作贡献，为供给和满足非内部员工而存在的"。工厂之所以存在是因为客户需要商品，而不是为工人、车间主任找一份薪水。医院之所以存在是因为有病人，而不是为医生护士提供一份工作。

资本市场看中的是公司的盈利能力，社会舆论谈的是公司的社会责任。但作为一个公司的CEO不能糊涂，不应被忽悠了。你的公司组织存在的理由只能是因为有客户。

当一个公司成长了，规模扩大了，CEO们会考虑公司的战略，以便让公司持续发展，基业长青。这时他们最好能多想想公司存在的理由。否则，他们的战略思考可能走入歧途。

所以，华为在讲战略时，第一条就是：为客户服务是华为存在的唯一理由；客户需求是华为发展的原动力。

当然，也有专家认为，在创业阶段的中国私营公司眼睛是朝外看着客户的。渡过创业期后，眼睛就向内看着权力，开始像国企了。但愿这不是中国软件外包公司的宿命。

很久以前，"有困难找组织"曾经给了普通老百姓以希望和安慰。今天，当一个客户或消费者有需求时，如果第一时间就想到业内的某家公司，甚至成了"有需要找××"，那么这家公司的CEO在睡梦中都会乐出声的。

一位哲人讲过：不要因为走得太远，忘了我们为什么出发。

办公司也是如此，不要忘了缘起。

办软件外包公司更是如此。

鼠论

《联合报》前主笔张作锦先生曾经在文章中谈到，越南很是认真地模仿和学习"中国大哥"的。例如，中国在搞"改革开放"，越南就进行"革新开放"。中国大哥认为，"不管是黑猫白猫，能捉老鼠的就是好猫"；越南人就讲，"不管是黑老鼠白老鼠，没被猫捉到的就是好老鼠"。原因是，越南人经常倒腾走私货，不得已，要跟政府玩"猫捉老鼠"的游戏。

其实在中国，由于软件盗版的盛行，大家也在玩"猫捉老鼠"的游戏，只是扮演"猫"的是那些软件产品公司。参与盗版的人如果听到越南小弟的"不管是黑老鼠白老鼠，没被猫捉到的就是好老鼠"，自然是会心一笑。

软件盗版在美国直到80年代初还是个不大不小的问题。究其原因，还是那时的人们真没把软件当商品（就像潘长江的一句戏词：不把豆包当粮食）。只是后来软件盗版的成本越来越高，美国公司对软件的商品属性也认识得越来越清楚。如今在美国，天网恢恢，法律无情，软件盗版至少在公司这个层面早就绝迹了。这就是微软的办公软件Office从美国大大小小的公司那里获利甚丰的主要原因。

说起微软公司，其产品进入中国的10年间，在个人消费市场的确没有赚到钱。于是，微软转向政府和公司这两块市场，力推软件正版化。政府那一块，微软是来软的。不用我赘述，各位看官可以自己上网查查，微软跟中国各级政府合作的报道，多如牛毛。在双方的合作过程中，微软顺手就让政府用上了正版软件。可见微软的用心良苦。

在中国公司这一块，微软上来就是硬的。特别是对那些从微软拿外包项目的中国公司，微软就把正版软件费跟这些公司外包项目的多少和金额的大小挂钩。项目拿得越多、项目金额越大的外包公司，需要缴纳的正版软件费（例如微软操作系统、微软Office等）就越多。

有不服气的外包公司吗？当然有。几乎所有跟微软有外包业务的中国公司都不服气。他们的理由很形象：外包公司就像家政公司。我们的工人去你家打扫卫生，自己带着毛巾、洗涤剂，只是用了你家的一点点水。你还好意思找我们收水费？

微软的理由很直接：连微软自己的工程师用的微软软件都要付费，何况是外包公司派来的工程师。天下哪有白用的水？

双方争执不下。于是，我在脑子里做了一个"思想实验"（爱因斯坦语），请了几位裁判来作评判。

第一位发表高论的是国学大师：子曰"有朋自远方来，不亦乐乎？"。既然都是朋友，高兴还来不及，没有必要把钱分得那么清。下次请洋朋友吃顿鲁菜，那点水费就不要提了。

第二位是新教徒：做人要讲诚信。既然讲好，水是收费的，那么用了人家的水，不论多少，都应该付费。你们中国不有一句老话——亲兄弟，明算账。

第三位是中方辩护律师：我们要对水这个问题深入研究。例如，这水是从国外运来的，还是在当地开采的。这水的质量如何？仅仅符合国际标准就够了吗？尽管中国的标准常常是低于国际标准，这难道就可以作为被忽视的理由吗？最重要的是，有没有乱收费？

第四位是微软辩护律师：微软的水绝对达标，因为标准就是微软定的。而且，我们的水已经免费提供给大学生们。他们也习惯了微软的口味。你们现在交的这点水费不算什么，大头还在后面呢。再说，用水不交水费，水厂又何以保证水质呢？难道你们喜欢用小商小贩卖的地沟水？

第五位是政府官员：啊，啊，这个嘛，哦，水费很贵吗？用不起水，怎么不用油呢？啊、啊……

第六位是民族主义者：美帝亡我之心不死。现在我们全都用微软的水，到时真跟美帝干起来了，万一微软像变魔术一样，把水变成了毒酒，那我们就死定了。所以，我们一定要造自己的水。

第七位是存在主义者：老鼠和猫都有其存在的理由。

第八位黑厚学家：目标高于手段。为了崇高的目标，可以不择手段。过去，为了实现革命目标，采取了许多过激的手段。今天，为了振兴民族水业，偷用点别人的水不为过。

第九位是《天下无贼》里的葛优：盗亦有道。偷水这种事儿，一点技术含量都没有。

好了，回到现实，商场上还是要讲规则。更不能为了"崇高"的目标，就不择手段了。再说胳膊拧不过大腿，为了继续从微软拿到项目，国内的外包公司还是忍痛含泪，把微软分摊在自己头上的那份正版软件费交了。

没准，受微软的这一刺激，更多的中国公司会向往成为一只猫，不论黑白。

无论如何，中国大哥还是应该给越南小弟树立一个形象——一个正面的、讲信用的形象。

中国的IT和软件外包公司更应该制定长期的软件正版化战略。毕竟，出来混，迟早是要还的。

诚信

2011年初春，马云有点烦。起因是阿里巴巴在其内部的调查中发现，过去的两年里，共有2326名阿里巴巴网站的B2B会员，即所谓"中国供应商"，涉嫌欺诈国际买家，而且，近100名阿里巴巴员工可能参与了欺诈活动。

据说，这场诚信危机是阿里巴巴成立以来最大的一次。网络上对此也有很多讨论和不同的看法。其实，阿里巴巴的这次危机反映了中国公司一个很普遍的问题：诚信——对客户的诚信。

从目前的报道看，公司管理团队的几位负责人似乎没有涉嫌直接参与欺诈国际买家。但不可否认的是，这几位高管有可能为了把B2B的业务做上去（为了股东的利益），在平时的言行中，没有把客户的利益和价值放在第一位，对下属的不诚信行为没有及时发现和制止，间接地导致了诚信危机的出现。这就引申出一个深层次的问题：客户价值与股东价值，孰先孰后？

流行的看法是，上市公司理所当然地应该把股东价值放在首位。而美国沃顿商学院教授乔治·戴伊（George S.Day）则认为，上市公司过分强调股东价值会造成公司的目光短浅，不愿作长线的投入。如果一个公司真正希望将股东的长期价值最大化，就要把客户价值，而不是股东价值，作为出发点；要把客户价值而不是股东价值，作为最初的关注焦点。

在他最近合著的新书"*Strategy from the Outside In：Profiting from Customer Value*"中，戴伊提出，只有把客户的价值放在首位，市场才会给与最大的回报，公司才能最终实现股东价值的最大化。换句话说，客户价值是源泉，股东价值是结果。

表面上看，马云壮士断腕，以阿里巴巴（B2B公司）CEO和COO的引咎辞职，以及集团CPO（人力资源总监）的降级另用，来应对这场诚信危机。实际上，阿里巴巴何尝不是想通过应对这场危机，使得公司回归到以客户为中心的价值观。

正如新任淘宝网CEO所言："在价值观和业绩面前，我们毫不犹豫地选择了价值观，我们必须走出短期利益的怪圈，以使命感驱动。"对于外面的很多评论和猜测，这位CEO的解释是："这就是阿里巴巴。我们只是做了我们认为天经地义的事情，我们很简单！"

为此，不论明天的阿里巴巴会如何，我们应该为今天的阿里巴巴鼓掌。

再回到诚信。曾几何时，国人的道德底线一次次被突破，诚信一次次被动摇。反映在商业活动中就是不择手段，"三聚氰胺""瘦肉精""染色馒头"这类事件层出不穷。而一些在海外上市的中国公司则是继续沿用国内不讲诚信的做法，在账面数据上作假，干扰财务审计，试图蒙混过关。这些不讲诚信的公司除了给国外的投资者留下一个"骗子"的印象，还败坏了中国互联网、中国IT和软件服务外包这锅好汤。

2010年以来，曾经高调在美国上市的中国概念股有好几家被调查和起诉，最大的原因就是这些上市公司不讲诚信。不服不行，老美给所有的中国公司结结实实地上了一堂"诚信教育"课。

没办法，如今国内没人教你"诚信"二字。出了问题，都是用钱找关系摆平。可是，当世界变得平坦后，很多在国内玩得转的做法到了国外就玩不转了。这就是"可恨"的资本主义，非要跟你讲契约精神，讲诚信。

有一故事，讲的是一位犹太商人来到一个新的地方做生意。刚开始时，犹太人发现当地人根本不跟他做生意，尽管他的东西很是物美价廉。于是，经过一段时间的观察并请教当地人之后，他才知道，已经在这里生活了几十年的人们，都去同一个教堂，彼此知根知底，相互很守信用。而犹太人初来乍到，大家对他的过去不了解，不知道他的信用好坏，自然就没有人肯跟他做生意了。那时，还没有征信系统，没法去查犹太人的信用。无奈之下，犹太人作出了一个艰难的决定：放弃自己的信仰，加入当地人的教堂，用宗教信仰来弥补自己信用的短板。

这里，我们不去评判犹太人改变宗教信仰的动机。我们应该记住的是，信用在商业生活中的重要地位。当然，在美国或欧洲，并不是没有做假的公司。只是在那里，诚信和信用是作为一种价值信仰、游戏规则而受到人们的普遍尊重和遵守。如果没有诚信和信用作担保，就没人敢跟你做生意。在全球化的今天，一个国家也必须讲诚信守信用。除非你退出WTO，把国门重新关上，在国内自己跟自己玩。（这种玩儿法是自己作践自己。）

记得在2007年，有一家从中国来的软件外包公司在美国纽交所（NYSE）上市。该公司与纽交所互赠礼品时，送给纽交所的是一枚刻有该公司名字的印章。大家知道，印章在中国传统文化中是诚信的一种象征——所谓"有印为证"。当时我天真地希望，至少中国的外包公司都是以诚信为先。不幸的是，国内另外一家更早上市的外包公司在2011年却轰然倒下，起因就是做假账，失去了信用。

俗话说，"种瓜得瓜，种豆得豆"。谁能在客户心中种下一棵绿色的小苗，并能精心呵护，以诚相待，那么一旦有了阳光，这棵小苗就会生根、开花、结果。一切就会水到渠成。想明白了这个道理，就不会急功近利。

只是网上还有国人为那些做假账的公司喊冤。莫非这些人还没喝够三聚氰胺，吃够瘦肉精？真想把"有几流的人民，就有几流的政府"改为"有几流的消费者，就有几流的公司"，并送给这些喊冤者。

定位

如今有一句话很流行：21世纪最缺的是人才。

其实，这话只说对了一半。完整的说法应该是：21世纪最缺的是合适的人才。特别是对公司而言，合适的人才——也就是常说的"合适的专业人才"——才是最紧缺、最重要的。

举个例子来讲，获诺贝尔奖的都应该算是人才（甚至天才）。但对一个软件外包公司来说，获诺贝尔物理奖的杨先生就不能算是紧缺的。非但不紧缺，可能还有很多负面的影响。例如，一个软件外包公司有了杨先生后，投资者会以为该公司的业务方向变了，不做软件外包了。而且，这么有名气的杨先生，在公司的待遇还不能太低，否则会伤了无数国人那颗有诺贝尔奖情结的心。

那么杨先生应该去哪里呢？当然是去清华大学。如今的清华不缺大楼不缺大官不缺钱，独独缺荣获诺贝尔奖的教授。没有荣获诺贝尔奖的教授，清华就不好意思说自己是中国教育史上最牛的大学。所以，清华最缺的合适人才就是杨先生这样的诺贝尔奖获得者。清华才是杨先生的归宿。

虽然很多人相信"是金子在哪儿都能发光"，但他们忘了金子是硬通货。一个人的一生精力有限，拼命去成为硬通货是得不偿失的。当年芝加哥公牛队的乔丹够牛吧。他不但篮球打得好，而且还会打棒球、打网球。但你仔细一看，乔丹这块金子也就是在球类运动方面发光，而且重点还是打篮球。所以，乔丹其实是专业人士，不是"硬通货"。

同样道理，对软件外包公司来讲，最需要的也是最符合公司业务发展方向的专业人才。

当然，公司首先要有明确的发展战略。有了明确的战略方向后，公司要及时地调整好组织架构，设置与之匹配的岗位。否则，就搞不明白是人才不合适，还是公司的岗位不合适。有了对岗位的精准定位和职务要求，剩下的就是去找到合适的专业人才。

找合适的人才，就像买鞋子——合不合脚，谁穿谁知道。你懂的。

那么，加入了IT和软件外包公司的专业人才又该如何谋求职业的发展呢？

从古至今，人才皆有野心——那种按捺不住、跃跃欲试、舍我其谁、天生我才、宁有种乎的……一点点活思想。只是有的人能hold得住，有的人则hold不住。于是，有的人才更上一层楼，有的则没有。

如今的社会，"野心"未必是贬义词。但人们还是习惯给自己的野心披上一层伪装，于是就引用一句名言：不想当将军的士兵不是好士兵。

引用名言不可怕。可怕的是，反复引用。时间一长，人们真以为自己是将军了。满大街都是将军，没人想去当士兵了。后来，满大街的将军不见了，他们被满大街的垃圾给熏跑了，因为连清洁工都以为自己是将军了。

在软件外包公司，有些专业人才倒是对当将军不感兴趣，他们是对做软件的测试不感兴趣。他们只想去做软件的开发，而且不是一般的软件开发，是要能流芳千古的那种。

问题是，谁也没见过流芳千古的软件。市面上最好的软件也只是各领风骚三五年。（如今的网络时代，恐怕也就能各领风骚三五天，或三五周。）于是，这些智力和体力都有剩余的专业人才就分化了。一部分人选择了离开，去找寻能开发流芳千古的软件的地方了。这是最接近双赢的选择。

另一部分还坚守着。如果他们坚守的姿态是为了孤芳自赏也就罢了，可他们对测试工作既不安心去做，过剩的精力又驱使他们对部门之外、公司之内的事情指指点点。时间一长，难免影响到公司的其他同事。这里就有必要讲一个华为的故事了。

说的是有一天，一位胸怀大志和野心的基层员工（也算是个人才了，能进华为的都是人才）给任总写了一本万言书，大谈华为的公司战略。任总当即在万言书上批示：请将此人送医院查查。如果有精神病，抓紧时间治病，公司出钱。如无精神病，辞退！

任正非的理由很简单：在其位谋其事，不要不务正业。

日前，不知谁在网上制造出另一句名言："不想当将军的士兵不是好裁缝。"这条名言有一个特点，它有了一个"第三者"：裁缝。这让有野心的士兵知道，在将军与士兵之间，至少还有一个台阶要上。（或者理解为，这世间不光只有将军和士兵这两个选择。）

路还得一步一步走。将军也不是一步到位的，除非你是"官二代""富二代"。而在优秀的企业家管理的公司里，即使是"官二代""富二代"，其野心也是要在基层打磨的。

《读库》主编张立宪曾写道："我们在这世上活一遭，总是需要些证明的，有人用学问，有人用才气，有人用有钱，有人用没有钱，有人用某种级别，有人用某个类别，有人用发表的若干万字，有人用阴茎勃起的若干分钟。"

在公司里谋求职业发展，要把自己的野心管住，做好本职工作。对于专业人才而言，这比管住阴茎要困难许多。更困难的是在软件外包公司里发展，用来证明自己的只有一条：耐得住寂寞。

所以，专业人才自己首先要有精准的定位——既要管住自己的野心，又要在专业的范围内把自己的才能发挥到极致。只有术有专攻，才能做到"在其位谋其事"。

而且，现代企业中很多工作是要靠专业合作来完成的。100年前设计和制造一架飞机，怀特兄弟俩就能搞定。而现在光是设计飞机，波音或空客就需要几百名工程师。同样的，现在的IT和软件行业，个人英雄主义的时代早已经成为过去。比尔·盖茨已经退休，乔布斯也离开了这个世界——虽然他创立的苹果公司还在继续制造着奇迹。

为此，在为微软、苹果以及其他跨国公司提供IT和软件服务外包的公司里，专业人才要学会团队合作——通过团队成员之间的互动，理性的讨论（辩论），技术的创新，来共同解决工作中的问题。

至于专业人才的职业发展，则取决于"用户"（公司）对其定位和贡献的认可。反过来讲，专业人才的定位和贡献是适合"用户"（公司）的要求和需要的。这就像公司业务的发展取决于用户对其定位和产品的认可。或者说，公司的定位和产品是适合用户的要求和需要的。

据说，乔布斯留给苹果公司的锦囊妙计是："把未来留给应用程序。"其实，乔布斯不是说"应用程序"本身是苹果公司的未来所在，而是再一次强调，只有提供更多受用户喜爱的应用程序，苹果的产品才有未来。

所以，无论是公司还是个人，定位都离不开用户的检验。

落地

一

开车在北京的路上，车里的收音机时常调到FM96.6——"经济之声"节目。这个节目有一特点，每半小时就报时一次，曰"报时中国经济"。而且每次都请一位学界或商界大腕儿来说两句。

记得有一次的半点报时，是娃哈哈的宗庆后在讲话。无奈宗老板的江浙口音太重，他讲的几句话在我听来就成了"娃哈哈，哈哈哈、哈哈哈……"看来，江浙的老板们要想在北方地区推广自己的企业，必须要过"语言关"。还有华西村的老书记吴仁宝的讲话，也是让北方人摸不到头脑，干着急。看来，"普通话"不普通。

后来，陆续听了冯仑、李开复在半点报时讲的话，就"顺耳"许多。这二位的普通话可谓字正腔圆。特别是成长于台湾的李开复，讲话口音竟然不带台湾的"国语"腔，而是一水儿的"普通话"，真叫人刮目相看了。而且二位讲话的内容也很有意思。冯仑是一以贯之，直奔主题，大谈制度建设对中国经济和民营企业之重要。而李开复既不谈国是，也不谈风月，而是谈个人奋斗。个人如何奋斗呢？当然还是李开复的一贯思路，告诫大家要去适应、要用智慧、使巧劲儿（大意如此。我正开着车，无法用笔逐字记下）。

冯仑和李开复的讲话都是针对当下的现实状况，有感而发。只是，以我回国这五六年的亲身体验来看，他们各自讲对了一半。我想对他们没有讲清楚（或没有讲出来）的另一半作些补充。

先来看李开复的讲话。他强调要去"适应"现实，这当然包括了现实的规章制度。虽然现实中的规章制度往往漏洞百出、很不合理，但每个人还是要去遵守。这是迈向文明社会的前提之一，虽然感觉上很无奈。至此，李开复是对的。

接下来，李开复建议大家要会用"智慧"和"巧劲儿"。对此，我就有所保留了。

现实情况是，国人（包括台湾人）太聪明了。有上下五千年的历史，有鲜活的生活（存）经验，谁不是给点儿阳光就会灿烂？正路走不通自会走旁道，几乎人人都是无师自通。如果还提倡"用智慧""使巧劲儿"，国人真就会达到炉火纯青的境界了。到那时，连上帝也会怕的。

当年"宁要社会主义的草，不要资本主义的苗"的口号喊得震天响，政府的措施不可谓不严，但很多地方仍然有"投机倒把"的行为，仍然留下了"资本主义尾巴"。在改革开放已经进行了30年的今天，人们对"成功"的渴望和焦虑已经到了无以复加的程度，加之社会的不公平、官员的腐败、贫富差距的扩大，这些都为"不择手段"提供了"正当性"和"合理性"。

如果在科研、产品开发上，鼓励用智慧、使巧劲儿也就罢了。如果当遇到政策、环境、市场、能力等限制和阻力时，不是去呼吁、去改变、去提升，而是"耍小聪明"，找"捷径"，甚至不择手段，那么个人也许是"成功"了、"得救"了，但这个社会就越来越没救了。当一个社会已经无药可救时，这个社会中的每个人其实都是失败者。这大概也是当年庄子强调不可有"机心"的原因。

我倒是推崇柳传志讲的"拐大弯"。的确，现实中有很多无奈和不合理。但作为企业家或个人，则不能去走"捷径"，置现行的规章制度于不顾，或是去钻制度的空子。而是要有足够的耐心，一点点去改变那些不合理的地方，努力去完善规章制度，此乃"拐大弯"。否则，企业和个人都可能"机毁人亡"。

二

威权专制给社会留下了一个后遗症：但凡遇到不顺的事情，无论有没有道理，老百姓就会怨政府、骂政府——不骂白不骂。当然，结果往往是，骂了也白骂。

对此，有识之士呼吁要从制度建设上入手，从根本上解决问题。这其实是在鼓励大家走正道，也与柳传志讲的"拐大弯"道理相通。

为了做到鼓励大家走正道，政府就要出台规定，明确说明，如果拒不执行制度（不走正道）将面临的后果。但现实的情况往往是，不走正道的后果并不严重。最近有一则新闻，中国航空集团的一个下属单位公然违反政府的明文规定，检查了新招聘的员工是否携带乙肝病菌，而且拒绝了8位乙肝病菌携带者入职。据说，每年都有很多企业违反政府的这项规定。专家分析，其原因之一就是，违反此项规定的后果仅仅是：一次罚人民币1000元。这无疑给那些"使巧劲儿"的人提供了便宜的"捷径"。

为此，我同时举双手和双脚，赞成冯仑反复讲的，要加强制度的建设——包括加强对不执行制度的处罚力度，并排除利益集团对制度建设的干扰。

但是，我坚持认为，仅仅有制度建设还不能保证一劳永逸、一剑封喉，因为再好的制度也要落地才能有效。而让制度落地，关键在于人——特别是执行制度、让其落地的人。

日前看到报道，武汉正从"百湖之城"滑向"十湖之城""零湖之城"。原因是，武汉市区和周边的湖泊数量已经减少了三成，而湖泊的面积在几十年间更是减少了200多平方公里。而最讽刺的是，武汉出台了全国最多、最完备的关于保护湖泊的法律法规。

由此可见，规章制度的建设是一回事儿，实际的执行情况是另一回事儿。更何况，执行政策的人往往还有对策。

当媒体曝光大多数中国奶制品企业都往牛奶中添加"三聚氰胺"后，政府把"不走正道"的后果提到很严重的位置，摆出一副"动真格"的架势。但相关的利益集团见招拆招。他们搞出一个新的牛奶标准，把对蛋白质含量的要求降到1949年新中国成立以来的最低点，让国人结结实实地明白了何谓"四两拨千斤"。

在回答有关广东乌坎村的基层选举的问题时，广东省委书记不认为这是"创新"，而只是在落实已有的制度。这的确是大实话。

三

制度一经建立，就要保证其严肃性、连贯性。如果需要更改，则必须经过公认的程序来更改，而不是随便任由人们（特别是领导们）改动。

2012年7月21日，北京遭遇特大暴雨，城区发生严重内涝。事后，很多被水淹的车辆因为横七竖八地停在街道上而被贴了"违规停车"的罚单。有报道说，北京市一位副市长闻讯大怒。不仅马上宣布在特大暴雨期间这些横七竖八地停在街道上的车辆免于被罚，而且还要问罪那些贴罚单的相关人员。

这就是这位副市长的不对了。且不说副市长是否得到北京市相关立法机关的授权，单凭自己一句话就可让乱停在街道上的车辆免于被罚。副市长竟然还要问罪贴罚单的相关人员，则是错上加错了。

这些人员何罪之有？是他们不够"灵活"？还是他们在"趁火打劫"？副市长可以质问他们的"动机"何在，但有一点很清楚，这些人员没有违规，因为他们只是在执行北京市相关的交通管理法规和制度。

在此，本想讲讲美国市长的故事，又怕扯得太远。那就讲一则苏维埃时期列宁的故事：列宁去参加一个会议，被门卫挡住要查身份证。旁边的领导干部提醒门卫：这是列宁同志。但门卫回答：我是在按规定办事。列宁说：门卫同志做得对！

那些贴罚单的人员不就是在"按规定办事"？对于"按规定办事"，列宁懂。副市长竟然不懂？如果说，现行的交通管理法规和制度没有考虑到北京会遭遇到特大暴雨这样的特殊情况，那么副市长应该做的是，督促北京市政府尽快拿出修改方案，并获得相关立法机构的批准，而不是要对那些按照规定办事的人员兴师问罪。

其实，气象部门对这场特大暴雨是有预报的。北京市政府在事前也号称作好了准备，制定了各种应急方案。而事后副市长还有如此言论，倒是应该引起人们的三思：（1）如果副市长能如此对法律制度无知、甚至藐视，普通市民对"按规定办事"还能有何期待呢？（2）这些"被问罪"的相关人员从此以后在执行法规和制度时，如果真变得"灵活"起来，对北京是福还是祸呢？（3）这位副市长是否在利用他手中的权力，通过免除被罚车辆应承担的法律和制度后果，来博取市民们对他（或是北京市政府）的"好感"，从而不去深究北京市政府号称的防洪"预案"呢？

社会的稳定与和谐，靠的是法律和制度的连续性和严肃性，靠的是对法律和制度不断的完善，而不是人们一时的"好感"，也不是执行制度时的"灵活"，更不是领导的一句话就可把一个规定或制度废掉。

四

看来，在路上的人们，不光要听大腕儿们在半点报时讲了什么，而且还要去思考，最好还能将思考的结果变为行动，从而使得交通规则越来越完善，路上的人们也越来越遵守交通规则。

希望每一位在路上的人，无论贵贱，都能活着并且有尊严地到达各自的目的地。

理想

C总：

最近参与公司的文化建设，聚焦于公司核心价值观的梳理。为此，读了一些书，也上网查阅了很多标杆企业的价值观。刚读到一篇关于星巴克（Starbucks）价值观的文章，颇有感触。附上该文章以及我的读后感和批注。

美国的金融危机以后，很多人在反思资本主义，其目的不是要否定资本主义，更不是要否定市场经济。从创造财富的角度看，资本主义有着比其他经济制度更强大的力量。这一点，连马克思也不否认："资产阶级在它不到100年的阶级统治中所创造的生产力，比过去一切世代创造的全部生产力还要多，还要大。"

换句话讲，有了资本主义从制度上尊重私有财产，有了市场经济最有效地配置社会资源，有了社会的"契约"精神，人们才有足够的动力去创造财富。这使得整个世界不想发展都难。

但必须指出的是，资本主义最根本的追求是资本的无限积累。这就使得资本经常像脱缰的野马，横冲直闯。如何消化越来越多的资本一直是资本主义要解决的第一大难题。当这一难题解决不好时，就会出现经济危机。通过对这次美国金融危机的反思，有些学者意识到，要解决这个难题，必须改变思维方式。其中，把剩余的资本用于服务社会不失为对资本主义的一种修正。

如今，美国很多企业家（例如比尔·盖茨、巴菲特等）已经行动起来，把个人的大部分财产都捐献出来，用于生物科学、疾病防治等，以造福人类社会。还有的企业家（例如下面文章中介绍的星巴克的霍华德·舒尔茨）则强调对员工的尊重，与员工分享成功。他们拿出公司的利润，用于提高员工的健康水平、福利待遇、增强员工的荣誉感和个人的自尊。而且，越来越多的企业在扩大对社会的回馈，担负起更多的社会责任。

坦率地讲，中国改革开放了30年，仅仅学到了资本主义的一点皮毛。人家发展了几百年的东西，我们想几十年就学会，难！而且，问题还不止于此。中国更大的问题是，政府权力太大，干预太多，又缺乏有效的制衡机制，这就必然导致权力的寻租。一旦权力与资本结合，就会带来腐败，并形成大大小小的利益集团。这些既得利益集团控制了资源，垄断了行业，光"摸石头"不"过河"，破坏了作为市场经济要义的公平竞争。所以，很多学者指出，中国的不公正是因为政府（或与政府有千丝万缕联系的利益集团）控制了资源。中国不是竞争过度，而是缺乏竞争。中国的贫富差距不是经济问题，而是政治问题。为此，改革开放还需继续在深水区展开。

现在的年轻人也很困惑。一位80后的员工曾经给我讲起，他来自农村，在一个二线城市的"二线院校"念完了大学，学习成绩不错，大学期间还入了党。一开始，他定的目标是进国企央企。屡战屡败后，明白了其中的道理：国企央企是非"一线院校"毕业生莫属的。但现实是，随着城乡差距的拉大，农村的孩子一出生就"输在了起跑线上"，农村学生进入"一线院校"的人数逐年在下降。

后来，这位年轻人进了我们公司。有一天下班晚了，在去地铁站的路上，迎面来了两个陌生人。他开始紧张，怕是遇到抢劫。这两人告诉他，不要害怕，他们不是坏人。他们只想问他几个问题，希望如实回答。第一个问题，你觉得目前自己的身体健康吗？答：还可以。只是项目开始后，大家都很忙，加班很多，有时会感觉体力跟不上。问：锻炼身体吗？答：想。但既没时间，也没有多余的钱去健身……最后，这两人交了底：你过去吃了亏，以后还要吃亏，甚至有大灾难！但只要你到网上，找到这个网址，按照操作说明，把你的名字改掉，并写个声明，你就能免灾保平安。

这位员工后来说起，他其实很纠结。按理讲，作为大学毕业生，他不应该迷信。但是，凭他的家庭背景和现在的经济条件，应付在北京的生活已经是筋疲力尽了。万一有个三长两短、天灾人祸，他注定是扛不起的。如果在网上把名字改了，自己的命运真能改变，那么以后就不会担心害怕了。但自己的内心一直在问，真有这么神的网站吗？

我听后心里很不是滋味。这里涉及到社会转型的方方面面，包括生命的尊严、社会的稳定、未来的希望、包容和共识等等。

面对当下中国这样的大环境，大家都很无奈，每个企业和个人实在是太渺小了。有鉴于此，经历过改革开放前的苦难时期的柳传志认为，企业家与其"不停地抱怨或是'呐喊'"，不如"记住自己的本分，把自己的企业办好"。而且，柳传志明确指出，"企业最大的社会责任是诚信经商，按章纳税，遵纪守法，解决就业，注重环保，善待员工等等……"

也许，我们改变不了世界，但总可以改变我们的公司吧。一个企业的价值观，其实反映的就是一个企业家的价值观。星巴克这篇文章为我们开启了一个窗口。

该文的题目是：星巴克管理的精髓是尊重。（文章来源：21世

纪网于2012年5月30日转载自《商业价值》杂志的文章）

批注：首先声明，不排除这篇文章是星巴克的公关之作（俗称"软文"）。但这里我们不去追问其"动机"，而是借此来启迪我们的思考。

服务行业中员工是最重要的资产，一家公司用什么样的态度和智慧对待员工，决定了这家公司能够到达的高度。

批注：开咖啡店是服务业，软件外包也是服务业，特性相同。

4月18日，500多位星巴克中国的"伙伴"（在星巴克，员工被称为伙伴）和他们的家属被请到了北京国贸的柏悦酒店，接受包括星巴克CEO霍华德·舒尔茨、星巴克亚太区总裁约翰·卡尔弗（John Culver）和星巴克中国区总裁王静瑛等核心管理层的感谢。

这也是这家公司在全球范围内第一次举行"星巴克伙伴与亲属讨论会"，将员工和他们的家人请过来共同讨论公司未来发展的愿景。

选择在国贸举行这场活动对于星巴克来说意义特殊。13年前，星巴克第一家在华门店在国贸正式开业，而4月18日这一天，多达78名为星巴克服务超过10年的北京员工站在台上接受英雄一般的欢呼。

……

在中国这个极其强调家庭纽带的社会，对星巴克员工的家人，星巴克仍然选择动之以情。在将500名星巴克员工和家长请到柏悦酒店举办的"星巴克伙伴与亲属讨论会"上，舒尔茨亲口向员工家长承诺："我能向大家保证，我们星巴克是这样一家公司，你的孩子在这里工作，晚上回到家能够和你分享他在星巴克工作穿着绿色围裙的自豪感。"

批注：星巴克很懂中国的人情世故，入乡随俗。

在服务行业中，无论企业如何快速地扩张，最重要的资产仍然是每一个员工，他们的喜怒哀乐很大程度上直接决定了用户体验。在中国，不少连锁企业在创业初期依靠着让人如沐春风的情感攻势打出口碑，但是当店面扩张越来越快之后便越来越力不从心。从这一点上看，星巴克这家在全球58个国家拥有20万员工，17000个门店的咖啡连锁巨头对于管理的思考便尤其具有借鉴意义。4月18日，《商业价值》杂志在北京采访了星巴克咖啡董事长和首席执行官霍华德·舒尔茨先生，与他探讨咖啡帝国的管理之道。

批注：关键词：用户体验。

问：在你此番来华短暂的行程中为什么要特意拿出一整个下午的时间来开"星巴克伙伴与亲属讨论会"？这和星巴克不久前刚刚宣布的2015年之前门店数量超过1500家的在华扩张计划有什么关系？

答：你刚才在会上听到的星巴克伙伴的故事，都是非常真实的，这些都是编不出来的，他们是来自每个伙伴身上真实的故事。星巴克是一家非常特殊的公司，我们所做的事情和做事的方式以前从来没有公司做过，这些都与我本人早年的经历有关。

批注：不就是开咖啡店嘛，为何说星巴克"非常特殊"？请往下看。

今天我穿着非常好的西装，我掌舵的公司在全世界各地都有门店，但我不是一直这样，我想和大家分享一下关于我窘迫童年的故事，一个7岁的小男孩亲眼看到家庭梦想是如何破碎的故事，而这段经历改变了我的世界观。

我的父亲在20世纪60年代是纽约一个从事体力劳动的蓝领工人，他没有受过什么教育，靠着做很多辛苦的工作维持我们这个家。我7岁那年的冬天，父亲接了他一生当中最差的一份工作——作为卡车司机运送尿布，他去送货，然后在冰上滑倒了，将腿摔断了，胯骨也摔断了。那时候的蓝领工人没有任何保险，父亲只能眼睁睁地看着自己失去了劳动能力，然后被解雇，我们家庭也没有任何收入了。

尽管我当时只有7岁，我看见父亲母亲是过着怎样艰辛的生活，今天我在讲这段经历的时候仍能感受到自己心里的伤疤。生活在那样的窘境中我开始有了梦想，我的梦想，那时的梦想和现在的梦想，就是建立一个能够将公司的成功和财富与公司里每一个人一起分享的企业，建立一个我父亲没有机会工作过的公司。

批注：这就涉及人生观、价值观了。其实，我们公司的高管们，大都经历过以前"全民皆穷"的时代，后来又经历了"全民皆商"的时代。再后来，大家事业有成了。现在应该开始认真思考一下，到底应该建一个什么样的公司？是跟其他A公司、B公司一样，每年保持一定的发展速度和利润率，让股东们满意就行了呢？还是应该再多些什么东西，建一个与众不同的公司？就像星巴克老总讲的："建立一个我父亲没有机会工作过的公司。"换句话说，与上一代不一样的公司。

我们能否建一个这样的公司——虽然我们对国内问题重重的大环境（包括社会缺乏公平正义、个体没有尊严、政府不作为、官员腐败等等）无能为力，但在公司范围内，我们给每一个员工提供成长的机会，帮助他们找回做人的尊严？

在1989年的时候我们就决定将全部员工称为伙伴，星巴克当时成为全美国唯一一家给所有的员工和每周工作时间超过20小时的兼职员工提供医疗保险和股票权利的企业。

我们把员工称作伙伴，伙伴这个词是非常重要的词，对于我来说有着非常不同凡响的意义。我们58个国家有20万的伙伴，每周我们为7000万的客户来服务，17000家门店。有这么多的员工意味着我们要承担责任，而不只是仅仅以挣钱为目标。我们管理公司的方法或者说我们建立星巴克的方法，就是一种以人文精神来经营它。我相信如果从长期的角度来看，如果你能够和你的员工，和社会、社区分享你的成功，从长久的角度来说你会取得更大的成功，也就是说人文精神才是星巴克品牌的奠基石。

批注：我们也要思考，赚钱是否是开公司的唯一目的？我们的公司是否也应该多些"人文精神"？

问：你说过星巴克不只是一家卖咖啡的公司，它提供的是一种体验，但是随着店面越来越多，保持这种体验的一致性也不是一件容易的事情，你认为维持这种良好体验最核心的要素是什么？

答：核心是对人的尊重。

大部分的消费品牌都是花费了上百万美元做市场、做广告、做营销。但实际上我们刚开始做星巴克的时候根本没有钱来打广告，那么我们建立公司的方法则非常不同，我们建立公司是要建立一种体验，我们门店的体验，不是通过市场营销，不是通过广告，而是通过客户真正的体验。

体验是什么？这个体验就是来自那些星巴克所有员工，不是星巴克那些高级管理人员，不是我们，是那些围着绿色围裙的伙伴，他们才是真正的公司形象，他们才真正代表星巴克的品牌。作为一个公司的责任，就是要保证我们提供足够的工具和资源，以及激励的措施来帮助我们的伙伴成长，公司要和他们交流，去关心他们在关心什么，需要什么并全力帮助他们建立未来的职业发展机会，这样我们的伙伴每天与客户相处中才能建立一种发自内心的真正的情感交流，这才是维持良好的星巴克体验的关键。

批注：同理，客户对我们公司的印象（用户体验），不是单凭公司的高管就能搞定的，而是要靠每一个工程师、每一个前台接待员、每一个司机、每一个助理。说实话，同一个软件外包项目，让我们公司来做，还是让A公司、B公司来做，目前各公司的交付质量都差不多，半斤八两。但如果我们公司还能让客户有一种很好的"用户体验"，就会增加对客户的吸引力（黏度），我们就能跟其他公司拉开距离。

由此看来，对于服务型公司而言，要让客户有很好的"用户体验"，没有其他捷径可走，只有从公司的价值观入手，从"要成为什么样的公司"入手，从尊重公司的员工入手。就像星巴克（或国内的海底捞餐馆），每位员工都是以"真诚"和"敬业"的态度和精神，来感染（甚至感动）客户。

问：中国的服务业近年来成长迅速，但员工流动率也很高，这种不稳定造成服务水平无法持续提升是很多连锁企业做大之后的心病。星巴克进入中国只有13年，我刚才看到台上有78位来自北京地区的工作超过10年的星巴克伙伴，星巴克是怎么做到在服务行业中还能保持相对较低的员工流失率，这背后是怎样一套员工的成长和激励体系？

答：星巴克在全球各个国家所有的市场上面，我们在零售和餐饮行业里面，我们的流动率都是比这个国家这个市场的平均流动率低的。对于我们来说，更多是我们对于员工或伙伴的责任，带来这样的信任关系，以及给他们提供的事业发展机会，让他们觉得愿意和星巴克一起发展他们的事业。

如果回顾一下我们的成功，对于我们来讲非常重要的一点，就是在面对我们的客户建立一个成功的品牌形象之前，我们必须在内部，也就是在我们的员工和伙伴当中建立一个非常成功的品牌形象。对于星巴克来说，我们品牌的一个性格特征，就是信任。也就是说，我们和我们的伙伴和我们的员工先要建立起非常强的信任关系，然后我们通过他们和我们的客户建立起非常强的信任关系。

批注：要想赢得客户，首先要赢得员工。服务业的特性使然。（产品公司则要靠产品，例如苹果公司就是靠产品设计来赢得客户——但归根到底，靠的还是用户体验。）

服务型公司的"产品"就是服务——而且是由人提供的服务，所以，服务公司的人员在客户面前的"敬业"精神和"真诚"态度很重要。

同时，在星巴克中，我们非常重视人力资源，我们有非常棒的团队为伙伴提供服务。对于我们来讲，人力资源部门的负责人必须在公司最高的领导层有一席之地，而且人力资源的战略必须是公司整体战略当中不可分割、非常重要的一部分。

批注：服务公司是靠"人"这个产品来提供"用户体验"。这就不难理解，为何人力资源的战略是服务型公司整体战略不可分割的一部分。

比如在中国，我们近期也引入了星巴克大学，这是公司人才发展卓越的培训中心，来帮助伙伴提升现有的学习和发展。它将围绕星巴克中国业务的所有领域和功能部门展开，包括零售营运和其他部门的培训、咖啡和文化及领导能力等课程，并将整合全球和中国的各类培训课程。

除了这些在职业生涯上的帮助，我们还有些更人性化的措施。比如所有的员工都有机会成为"咖啡豆股票"的持有者，共享公司的发展；公司内部还特别建立了星基金（CUPFund），用于为伙伴在重要关头或紧急需要时提供必要的经济援助。

批注：星巴克全球有20多万的员工。如何让这么多的员工有机会持股，还有紧急援助基金等，都值得我们研究。还是那句话，我们要想清楚公司的价值观——我们到底要建设一个什么样的公司。

我们公司的高管们已经走出了"养家糊口"的阶段。如果欲望不是很大，这辈子应该是衣食无忧了。我们是否应该稍微停下来，想一想，我们这一生还应该做些什么？这里我不是在鼓吹要"崇高"——这个社会已经被"崇高"害苦了。我们应该想的是，如何搭建好公司这个平台，为员工带来一些正面的、积极向上的东西以及相对丰厚的回报（包括成长机会、薪酬和福利），尽管只是在我们公司这个小范围内。

只有员工被尊重了，客户才有好的体验。客户有了好的体验，业务就有了保障，公司才能基业长青。也只有这样，公司的创业者们才可能体面地退休。

如果员工能在公司内部体验到在当下这个社会中体验不到的东西(例如：尊严、诚信、机会、希望等等)，那么等我们退休时，就不会有太多的遗憾了。

善待员工、尊重员工跟绩效考核体系和"以奋斗者为本"是不矛盾的。绩效考核体系是从制度上为公司内部的公平公正提供保证。如果说绩效考核更多地强调责任，那么，一个被善待、被尊重的公司员工往往会超越制度的要求，从具有责任感上升到具有使命感。

一个由具有使命感的员工组成的公司，是可以战胜任何困难的。

C总，你我都属于60后。我们这代人多少受了一些上世纪80年代的思想启蒙，后来又去了国外上学和工作。我们对中国的"社会主义"和西方的"资本主义"都有过切身体验（用户体验）。当然，很多人说，星巴克（还有海底捞），一般的公司是学不会的。但是，我们的理想毕竟还没有完全破灭，还会不时地冒出来。在当下这个社会，显得不合时宜。没办法，这些不合时宜的理想，注定要跟着我们走完这一生，被我们带进坟墓了。但回头望去，过去的很多时候，不正是靠着心中的理想，我们才撑了过来吗？

虽然，我们从事的是外包，但理想是不能外包的。

最后，我想引用舒尔茨在接受《哈佛商业评论》的采访时说的话作为这封信的结束："当你询问顾客，如果你只想要一杯咖啡带走，你是否需要得到应有的尊敬？回答一定是肯定的。因此，品牌的价值就由这杯咖啡所决定，以及咖啡师[员工]在这个过程中是否能够让客户感到备受重视、得到尊重和感激。这就是我建立这家公司的原因。我们常常渴望这样的感觉，但人们很少能够做到……因此，星巴克的成功和业务持续增长、不断创新和实现新的梦想的唯一途径，就是把每一杯咖啡、每一个顾客、每一个咖啡师[员工]的每一次服务这些基本元素视为公司未来成功的基石。"

这些元素也是每一个脚踏实地的公司未来成功的基石。

TZ

5月31日

第五章

外包之死

（一）缘

1

是的，我就是那个硬盘。

用法国曾经最走红的哲学家德里达的"解构"观点来分析，我有着所有女性的特征，例如无计划、无方向、难以预料、由着性子来等等。当然，这些都是传统上以理性（男性）为代表的逻各斯主义（logocentrism）的评判。其实，作为女人，我最大的特点是：能包容。

如果我走在大街上，回头率应该超高，因为我有容量出众的大胸。真是应了那句话：有容乃大。你看，"乃"与"奶"多么谐音呀。不得不佩服中文的博大精深。

我出生在美国，有一张令人羡慕的美国身份证——就像中国城里人的户口。说实话，我瞧不起那些用假身份证的山寨产品——就像城里人瞧不起乡下人。

我跟内存、显示卡、母板、电池还有CPU大哥呆在同一台电脑的机盒里。虽然这个扁平的盒子空间很小，但大家配合默契，倒也相安无事。只是怕热的CPU大哥在头顶上安了一台风扇。

风扇小姐来自台湾。偶尔，这台质量不太好的风扇会发点小脾气，嘟嘟嚷嚷一番，吵得大家睡不好觉。

2

有一天，我正被风扇吵得不耐烦，我的主人用鼠标轻轻一点，把一封电子邮件放进我的文件箱。鉴于职业操守，我平时是不看主人放在文件箱里的东西的。我只负责保管好这些东西，并且在主人需要时，迅速地把它们找出来。

可是，那天嘟嘟嚷嚷的风扇把我吵得心烦意乱的。为了打发时间，我就顺手打开了主人刚刚放进来的那封邮件。

那是公司总裁写给主人的邮件。对了，公司是一家总部位于美国纽约的跨国软件巨头。我的主人叫吉姆，50多岁，是分管软件测试的副总裁。很大的官吧！

总裁给吉姆的邮件意思很明确：自从"9·11"恐怖分子用劫持的飞机把纽约的世贸大楼撞塌后，美国经济就进入了一个低迷期，而压垮骆驼的最后一根稻草可能就是2008年的次贷危机。更糟糕的是，信息技术对经济的拉动力也越来越弱，这将导致这个低迷期持续很长的时间。恐怕要等到新一代技术（例如生物技术或清洁能源技术）的发力，才能创造出下一个经济高速增长期。

为此，公司一方面要升级现有的软件产品，以维持在市场上的份额；另一方面则要把一些非核心业务外包出去。目标就是要保持一个让华尔街满意的利润率。

好在冷战结束后，经济的全球化方兴未艾。而且，像中国这样的发展中大国也恰好发生了权力的更迭。新的领导人及时叫停了"文化大革命"，并开始采取务实的政策，包括恢复大学的考试入学，以及对西方世界的开放。经过20多年的接轨和磨合，中国已经有了一大批软件工程师。更引人瞩目的是中国基础建设的速度。似乎在一夜之间，中国的许多大城市就有了看上去很美的机场、高速公路、地铁……

总裁在邮件中最后说：当今世界上，许多保守组织和国家拼命想拒绝此轮全球化，因为伴随全球化而来的是西方（特别是美国）的强势文化和价值观。于是，他们不惜用"9·11"这样惨烈的手段，来阻挡全球化，阻挡西方文化和价值观的扩散。

而中国的领导人似乎从他们前面几个王朝的失败中汲取了教训——那就是，闭关锁国是会误大事的。于是，中国这次是主动打开国门，迎接全球化的大潮。

这真是天佑美国！

全球化的资本主义经济体系不但从空间上把世界分成了发达地区、准发达地区、欠发达地区，而且从时间上也强化了这一线性逻辑：美国（包括西欧和日本）、韩国（包括新加坡、香港、台湾等）、中国（包括印度、巴西、俄罗斯、南非）处于不同的发展阶段和历史时间中。

我们要抓住这种不同的发展阶段和历史时间所带来的利好，把软件测试这块业务全部放到中国去，充分利用那里的廉价"大脑"，帮助公司大幅降低人力成本，从而提高公司总体的利润率。

3

"哥，我们要到中国去了！"我悄悄告诉CPU大哥。在这个盒子里，他是我最好的朋友。

"中国？"CPU大哥语气里带着不屑，脸上却写满了疑惑。

过了几天，我看到吉姆写给总裁的邮件，只有一句话：软件测试部门的几千名员工咋办？

总裁的回信也很短：如果没有其他部门愿意接受，一律裁掉！

吉姆心软了：是否太残酷了？

总裁很坚决：残酷？不！这不是像一位老资格的职业经理人说的话！

吉姆想拖延：老板，我想我是生病了。打算到海边住几天。

总裁快刀斩乱麻：吉姆，你是病了，而且病得不轻！你去海边休息吧，不必再回公司了。

4

终于，吉姆将辞职信发给了总裁。

有一天，CPU大哥突然对我说："妹子，快准备好，他们要把你格式化了！"

话音未落，我就开始晕眩。像是喝醉了酒，躺在酒吧的沙发上，一群陌生的男人嬉笑着，一件一件地脱掉我的裙子和内裤。

"这群下流的男人！"CPU大哥在流泪。

这难道就是德里达说的"阳刚之气的暴力"吗？

可是我已经发不出声音了，脑子一片空白……

（二）名

1

当我睁开眼时，肚子里空空如也，眼前一片陌生。

"你终于醒来了！"那是CPU大哥熟悉的声音。

"我们在哪儿？"

"我想我们是跟着软件测试部门来到中国了。"

"中国！"

"是的。我们的新主人是一位叫'雷'的中国人。"

后来我知道，雷是一名项目经理，负责公司软件产品的本地化测试。

他是清华大学计算机专业毕业的。

2

在考入清华之前，雷从来没有离开过家乡的小镇。

他母亲当年是作为北京的"知识青年"，来到这里的。一天收工晚了，她独自一人走在回村子的路上，迎面遇到喝醉的村支书。他一抡，就扛起她，像是扛起一捆麦子，然后走进路旁的高粱地。

几个月后，不知是害怕家里的悍妇，还是心里过意不去，村支书让自己残疾的弟弟娶了她。

又过了几个月，雷就出生了。出生那天，雷电交加。家里只有她一个人。当她颤抖的手握着冰冷的剪刀把脐带剪断时，她口中念叨的是：挨雷劈的东西！

果然，村支书那天被雷击中，死了。她给儿子起了个名字：雷。

后来，她当上了镇上的小学老师。于是，她离了婚，带着雷，搬到了镇上。

3

当我遇到雷时，他26岁，身高1米8，已经有了4年的工作经验，是美国公司北京分公司里最年轻的软件测试经理，手下管着几十号从当地几家软件外包公司派来工作的工程师。

我偷看过他的工资单（我知道我不应该偷看主人的东西，可我很好奇一名中国经理在一家美国公司的待遇），他的月薪将近3万，年底还有好几万奖金。

进公司不久，雷就买了车，是一辆红色的大众宝来。

对了，他还交了一位女朋友，是两年前在英语培训班上认识的。女朋友在一家广告策划公司上班。

看上去，一切都那么美好。雷有着令普通中国老百姓羡慕的所有东西：年轻、高大、学历、白领、外企、高薪、车、女友。

等一等，好像还缺一样东西。你猜对了，那就是"房子"！

4

对于买房子，雷犹豫过。

前几年，房价还不算高。但那时，他想攒些钱，自费出国留学。后来，眼看着国外闹起了金融危机、次贷危机、债务危机。虽然专业是计算机，雷还是明白，西方世界有病了。自己就别赶去凑热闹了。

等他再想买房子时，房价已经涨上来了。

北京四环以内的房子就不要考虑了。四环与五环之间的，买个小单元的，咬咬牙，多贷些钱，还可以。但是，雷一直有个心愿：要把妈妈接到北京来。她自从怀上了雷以后，北京的父母就跟她断绝了联系。家里有4个哥哥3个姐姐，她知道父母也不缺她一个。

于是，雷就在五环与六环之间，相中了一套3个卧室的公寓。雷的如意算盘是：妈妈住一间，自己和现在的女友（今后的老婆）住一间，还有一间留给未来的宝宝。

买了房子的雷，似乎一下收敛了许多（变得成熟了？）。至少，从他保存在我这里的生活账本上可以看到，他已经不去歌剧院或电影院了，外出吃饭的次数也明显减少。周末也大都是跟女友呆在家里，看碟，做饭。每个月最大的支出是月供——还银行的贷款。

雷的妈妈也从小镇来这里住过。但似乎她跟雷的女友不对路，加上她的医保关系还在小镇那边，看病不方便，所以她又回到了小镇。

雷有些遗憾。但很快，他又高兴起来：毕竟有了一套自己的房子！相对那些"蚁族"或"农民工"，自己算是"进来人"了——进入了大城市，买了房子。

过去听人讲"美国梦"，不外是房子、车子、老婆孩子。

如今，在全球化的大潮里，雷在中国就能实现"美国梦"了。当然，在中国更时兴叫"中产阶级的梦"。

有了房子才算中产阶级。这很像我们硬盘在黄金时代的口号：有了硬盘才算电脑。那时，如果没有我们硬盘来提供永久的存储空间，电脑都不好意思叫"电脑"。

哲学家们讨论过"自然之境"：人们以为在镜子中照到了自己真实的脸。当下的中国社会，房子取代了镜子。

（三）惑

1

最近雷有些烦。

起因是，公司总部要求雷的部门去中国的二三线城市发展。理由很简单：那里的人力成本比北京便宜50%。

离开北京。雷首先想到的是，房子怎么办？

房子可以租出去。可是，自己平时为这个房子添置的瓶瓶罐罐、花花草草，就打水漂了。

还有，女友怎么办？这里有两个问题：其一，女友住到哪里去？当然可以去租房。这还好办。

但第二问题就难办了：女友一个人在北京怎么办？

2

雷的女友不是让人一见就惊羡的那类女生。她眼睛不大，皮肤不白，但却耐看。雷不是担心她的柔弱、青涩。恰恰相反，雷觉得她有些方面太成熟。第一次两人睡在一起时，雷就觉得她是个经验丰富的女人。她的手、脚、嘴、舌头……她身体上所有的部位，一旦启动，都是那么自如、热辣、到位。他一方面很享受这种熟练带来的快感，一方面心里又很不安。

你会说，这种不安源于雷对她的爱所产生的嫉妒：他怕别人会跟他分享女友的这种成熟。

是的，雷很希望他是她一生中唯一的爱人。原因很简单：雷曾经爱上过一个有夫之妇。更确切地说，雷分享过另一个男人的女人。

当然，雷会说，那个有夫之妇当时很孤独寂寞——她的男人因为挪用公款，被关进了大牢。雷还会说，他与她确实彼此相爱过。只是，她的男人忽然被提前释放了。（据说是揭发了他的领导，有立功表现。）

与有夫之妇分手后，雷才开始注意同在英语培训班上课的那个短头发女生。随后，他们的恋情一发而不可收。短头发女生就是现在雷的女友。

唉，男人都希望女人是一张白纸，他们自己则是书写纯洁和涂抹空白的第一人。

3

自从美国爆发金融危机以来，很多学者在反思资本主义。他们似乎第一次发现，资本主义最根本的逻辑是资本的无限积累。而且，资本追求增值的冲动是无止境的。

雷所在的跨国软件公司对利润的追求也是无止境的。道理很简单：他们要对股东负责。股东就是那些手中握有公司股票的人们。这些人当然希望手中的股票每年都在增值，增值幅度越大越好。这就要求公司的利润要持续增长。

为此，公司就要在软件产品的价格，以及制造这些产品的成本上动脑筋。如果因为市场的竞争以及需求的限制，产品的价格不能持续提高，那么就要想办法把成本持续降低。这就是为什么公司会把很多部门的工作从美国搬到北京。现在又要从北京搬到西安、成都。

如果我们把眼光放到个人方面，那么我们就会发现，雷以及同他一样"进了城"的中产阶级都是这次全球化，以及随之而来的城市化的受益者。他们有理由骄傲，因为还有更多的人"进不来"，被高房价、高消费挡在了城市外面。雷当然明白，要保住这种"进了城"的位置，他必须像陀螺一样高速旋转，否则就会沦为"软件民工"，成为当地软件外包公司的一员，从外企滑向民企，从甲方降为乙方；或许更惨，蜕变为"蚁族"，没有自己的房子，北京再也"进不来"了。

当然，雷也不想重蹈吉姆的覆辙。他从公司总部的同事那里听说了吉姆的故事，也看到过吉姆的照片，知道了吉姆的父母都是"二战"前从德国逃出来的。他为这个花白头发的老头感到惋惜：做人不能太迁。

每天激励雷起床的动力就是来自于对美好生活永无止境的向往。

4

当然，雷对女朋友的占有欲也是永无止境的。

为此，他要抓住一切机会，从西安或成都飞来北京。他不允许他的形象在她的脑海里有丝毫的褪色。他要把她的心、她的身体全部装满、占据。她的一切只能属于他一人。

可是，当雷兴冲冲地从北京机场打车到女友的住处时，她没有在家。他这次是临时有事回北京。为了给她一个惊喜，他没有告诉她。时间已经是晚上8点了，外面下着大雨。北京已经进入了雷雨季节。

她会到哪里去呢？

挨雷劈的东西！雷发怒了。

（四）渎

1

直到现在，我都可以拍胸脯说，前面所讲的故事全是从我保管
的文件箱里偷看到的。

但是，如果想继续把故事讲述下去，就会遇到技术问题：我怎
么会知道雷的女朋友还跟一位房地产老板好上了呢？

让我试着用技术来回答。事情是这样的，有一段时间，雷的女
朋友很渴望知道雷在想些什么，或者他是否还在喜欢他清华的女同
学。于是，趁雷不注意的时候，她悄悄在雷的电脑里植入了一株木
马病毒。这株病毒会定期搜索雷的电脑硬盘（对，就是我保管的文
件箱），然后把所发现的内容从互联网上传给她。

木马病毒常常在半夜里展开搜索，弄得我总是睡不好觉，这让
我蔑视偷窥别人隐私的人。（我也偷窥。但我是偷窥自己的文件
箱，至少不影响别人的休息。）于是，我开始研究这株木马病毒，
发现它竟然可以双向搜索……

好了，让我省去那些技术细节吧。总之，作为有美国身份的正
版硬盘，我轻而易举地就发现了这株木马病毒的设计缺陷，并利用

这种缺陷，从雷的女朋友的电脑里，看到了下面的故事。

2

雷的女朋友（也即那个短发女生）是从甘肃来北京的。她的父母至今还住在那里的乡下。

大学里短发女生学的是会计。她所在的大学不是国家重点，所以班上的同学早早就在活动找工作。大四时，一个偶然的原因，班上的一个"官二代"女生不能按时如约去一家房地产公司实习，就把这个机会让给了睡在她上铺的短发女生。反正她当官的爸爸认识很多大老板，这种机会有的是。

当然，对短发女生来讲，这种机会跟天上掉馅儿饼无异。于是，她每天勤勤恳恳，早起晚归，只想给房地产公司的财务部留个好印象，争取毕业后能在该部门找一饭碗。

不知是紧张还是头天晚上睡得太晚了，短发女生在给财务部经理送茶水时，手一抖，把他正看的报纸弄湿了。财务部经理大怒，脱口就是一句难听的话。

这时门口有位男士经过。听到叫骂声，他走了进来。财务部经理连忙起立：甄总早！

短发女生抬头望去，但见这位甄总身着休闲装，50多岁的样子。人看上去很和蔼，至少没有财务部经理的一脸凶相。

甄总对财务部经理大手一摆：算了！人家大学生，第一次来咱们公司，要多体谅嘛。

3

第二次跟甄总在一起时，短发女生正陪他给女儿买生日礼物。他的女儿跟短发女生同年出生，正在美国的常青藤大学念商科。

后来，甄总就派车把她接到他在郊外的别墅。他会买好多好吃的东西等她。他不太爱吃这些东西，只是拿一杯红酒，坐在一边看着她吃。短发女生越发觉得甄总很和蔼。

当然，与甄总的约会不是经常发生的。甄总是个大忙人。全公司上上下下的事都要他过问、拍板。好在甄总在国内单身一人，他的老婆和女儿都去了美国。

短发女生记得第一次跟甄总躺在一起时，自己太紧张了，浑身肌肉僵硬。是甄总温暖的大手在轻轻地抚摸着她……慢慢地，她听清了屋里轻柔的背景音乐，紧绷的身体也松弛了下来，她睡着了。醒来后，下身有些痛。

4

短发女生知道，甄总身边有很多女生，因为甄总带她去参加过几次跟这些女生的约会。她发现，甄总同时跟几位女生躺在床上时很开心。

当然，甄总更喜欢短发女生。她召之即来，挥之即去，从不向甄总索要东西，从不给甄总添麻烦，更不问甄总的私事。他们两人在一起时，心情和肢体都很放松。完事后，短发女生独自去浴室洗干净身子，然后把头枕在甄总的怀里，开始滔滔不绝地讲起最近学校或是公司里的趣事儿。

短发女生对每件事情的细节有超乎寻常的观察力和兴趣。甄总也乐意听她讲述这些细节。他总能在她连绵不断的讲述中睡去，脸上还带着笑意。

她原本想毕业后到甄总的公司上班。还没等她张口，甄总已经把她介绍给一家广告策划公司，那是他朋友开的公司。

后来，短发女生成了雷的女朋友。她也会把跟雷在一起的点点滴滴讲给甄总听。每次甄总都是静静地听着，偶尔也会给她一些小建议。例如，可以把一种软件（就是我前面提及的木马病毒）放进雷的电脑里，这样就能知道他在想些什么、做些什么了。

雷的女朋友觉得，甄总是真心为了她与雷的爱。

5

与甄总接触的时间长了，雷的女朋友就把甄总当成她的启蒙老师。现在大学里的很多老师还不如甄总呢。每次透露考试答案时，总是赤裸裸的交易，直奔主题。既不优雅，又没有一点情趣。

雷的女朋友觉得，甄总是世上最优雅的男士。就连雷的美国老板也不如甄总优雅。她偷看过美国大老板写给雷的邮件，每封都透着焦虑，一种急冲冲上厕所的感觉。

雷说过，美国大老板的薪水是他的200倍。雷的女朋友想象不出这么多钱可以干些什么。但她觉得，这么多钱至少可以让人淡定些。就像甄总那样，从容不迫地跟她说话。不论是甄总用温暖的大手慢慢地抚摸她，还是完事后那只大手从烟盒中轻轻地取出一支香烟，她都觉得满眼是优雅。

雷还说过，做软件外包服务是很艰辛的。那些当地的软件外包公司就像是开餐馆的。餐馆必须每一道菜都要做好，软件外包公司则是每一个项目都要做好。雷也很辛苦，必须把好每个质量关。否则，美国总公司那边就会传来一个接一个的"F"字。

每当雷在公司加班，迟迟不能回家时，雷的女朋友就会想到餐馆厨房里汗流浃背的厨师，还有大厅里大快朵颐的食客们。而且，稍微不合口味，食客们就会拍桌子瞪眼睛。雷就是餐馆的领班，穿梭在大厅与厨房之间。

难道美国公司把工作外包给中国时，他们还没有想清楚中国人是否是跟他们一样的"人"？看来，"人人平等"是相对的。

雷的女朋友知道，每次雷的情绪达到最高点时（高兴或发怒），脱口而出的是：挨雷劈的东西！

她真想用雷的这句粗话，痛骂那些美国佬——他们都是资本家或资本家的狗腿子。

雷的女朋友愈发觉得甄总是优雅的。他从不讲粗口。在她的眼里，就连甄总从事的房地产行业也是如此优雅。谈笑之间，还没封顶的房子就轻轻松松地卖出去了，不想优雅都难。甄总盖的公寓楼卖给了雷这样的"中产"，办公楼则卖给了雷所在的跨国公司，以及政府部门。

"人人平等"是句玩笑话，至少"优雅"就不是人人都能拥有的。

（五）逝

1

那天北京下着入汛以来最大的一场雨。

雷的女朋友下班后，来到甄总的办公室。这次是不请自到，唯一的一次。她告诉甄总，雷去了外地后，她非常想他。她下了决心，今后要一心一意跟雷好下去了。以后就不再来甄总这里了。

甄总还是那样优雅，静静地听她把话说完。优雅的甄总有些伤感，但能理解她对雷的思念。他们走进办公室里的套间，那里是甄总午休的地方。两人最后一次做爱。两人都很用心。最后，也分不清是泪水还是汗水，两人浑身湿漉漉地抱在一起……

2

不知过了多久，雷的女朋友忽然醒来，觉得该回去了。两人一起到浴室，相互把彼此的身子洗了干净。

甄总见外面雨太大，就执意要开车送她。车到了她住的楼下。最后一次了，她深深地拥抱了甄总。优雅的甄总也紧紧抱住了她。

此时，一个闪电，随后是一个响雷。

站在雨中的雷完全看清了这一幕。他张大了嘴，可是发不出声音。他愤怒地转身，向着黑色的街道深处跑去。

3

雷死了。

在大雨中，他不慎掉入了一个没有井盖的排洪井里。据说，现在城里的排水系统设计能抵御百年一遇的雨水。而吊诡的是，排水井的井盖每年都被"一年一遇的"雨水冲走。街道上的雨水急速地流向排洪井。水呛进了雷的肺里，他喘不过气来。越来越缺氧，他的大脑只好减速运转。

雷开始晕眩，像是喝醉了酒，躺在酒吧的沙发上。一群陌生的人走了进来。他们不是来脱他的衣服。他们是来送行的。

他看到人群里的妈妈。他想对她说：你把我从小拉扯大，让我从小镇来到北京。你才是世上最爱我的女人。

他还看到人群中有几个挂着"富士康"工牌的年轻人。

有一个花白头发的老头，正向他走来。是吉姆。

4

嗨，吉姆，你还好吗？

哦，你就是雷吧。我很好，孩子。

你离开公司后，去了哪里？

去了迈阿密的海边。我在那里有一栋度假的房子。我一直呆在房子里，反思着资本主义和全球化，直到大西洋刮来了飓风，吹倒了我的房子，把我压死了。

多不幸呀！那么，你反思后的结论呢？

孩子，说来话长了。冷战结束后的经济全球化是以信息技术的大量使用和市场的细分为特点的。这次的全球化直接导致了劳动时间和强度的大幅增加。而且，信息技术的不断更新和广泛应用，使得跨国公司可以更便利地在全球范围内进行资源配置和成本控制。

特别是像中国、印度这些大的发展中国家在此次的全球化浪潮中，适时地打开了国门，出台了一系列的配套政策，从而使得千百万中国和印度的劳动者用他们的廉价的双手和大脑为发达国家的"全球化"消费狂欢买单。

这就是为什么从上世纪80年代的冷战结束到2008年，西方国家，尤其是美国，经历了新一轮的经济增长。

但按照资本主义的逻辑，快速积累的资本必须要有出路。过去数次的经济危机是通过向其他国家转移剩余资本，或通过金融手段（例如创造更多的期货市场）来加以缓解或消除的。但对于2008年以来的经济危机，空间或时间的手段似乎已经不能够奏效。

诚然，发达国家还可以继续把工作拿到中国或印度来，因为这些国家的人工成本还是处于相对较低的位置。但长远来看，这些国家人工成本的上升已经成为必然趋势，降低成本的空间越来越有限。如果中国和印度一旦实现其产业的升级，必然会导致人工成本上升到跨国公司难以接受的水平，那么跨国公司的工作又会往哪里放呢？东南亚那些小国家吗？

孩子，你知道吗，人们忽略了一个很严重的问题：地球上已经没有第二个中国或印度了。我们需要反思了，趁着还不太晚。我们需要回答的问题是：难道我们只能眼睁睁看着，为了资本无止境积累、为了给剩余资本寻找出路的所谓"全球化"，只能让发达国家大量的蓝领和白领劳动者失业？只能让发展中国家大量的劳动者廉价地出卖他们的"双手"或"大脑"吗？难道人生的目的就是为了无休止的消费吗？我们是否已经走在一条不归之路上了？

吉姆，我们还有别的途径可以选择吗？

社会学家大卫·哈维倒是有一个建议：我们必须改变资本主义的线性逻辑，中断资本无止境积累的怪圈。我们应该把剩余资本社会化，使其服务于社会，让这个世界更加平等和正义。

当然，让发达国家那些习惯了"优越感"的富人们把他们的资本拿出来，这将是一项长期和复杂的工作。让中国的富人们多关心"血汗工厂"里的工人或高负荷工作的白领们，恐怕就更困难。

这就涉及到人的私欲和本性。资本的多寡，其本身就代表着荣誉、权力、身份。当然，还有永无止境的占有欲——那种绝对的、完全的占有欲望。

孩子，这大概就是人类的宿命吧。

5

吉姆，我不能确定，是否听懂了你对资本主义和全球化的反思。我想告诉你的是，我内心其实是很焦虑的。

按说，我的收入在我的同龄人中算是高的。如果我整天宅在家里，我真会有一种富农式的满足感。但是，每当我路过高档楼盘，或奔驰宝马从我的身边驶过，心里的平衡就会被打破，就会觉得钱不够花。温饱已经不是问题。像我这样的公司白领，重要的是应该在高尚社区有一套房子，开的车至少是宝马3系的……

哦，我可怜的孩子！你的焦虑来自于你太迷恋商品的符号意义。而这种迷恋的后面还暗示着，你所处的那个阶层对身份的认同是通过对商品的消费来体现的。

这的确是你们中国人要面对的问题。我认为，现在的中国有两类人："被选中的"，以及"没选中的"。"被选中的"包括有像你这样"进了城"的。不幸的是，你们中的很多人还不能适应经济的快速发展所带来的财富快速的积累。一百多年前，我们美国人也经历了类似的不适应和不安——那就是美国作家马克·吐温描写过的"镀金时代"。

但是，与当年美国经济腾飞时不同，中国在全球化大背景下的经济腾飞和城市化，还造就了大批的"没选中的"人群。而且，这个庞大人群的数量还在增大。虽然全球剩余资本的出路是建立在广大"没选中的"人们的廉价的劳动之上的，但这些"没选中的"人们却没了出路。难道他们最终的结局就像垃圾一样被抛弃？

哈佛大学经济学家克劳迪娅·戈尔丁（Claudia Goldin）和劳伦斯·卡茨（Lawrence Katz）在她们的专著《教育与技术的竞赛》（*The Race Between Education and Technology*）中指出，一个国家经济的发展将不断要求劳动者提高技能。而劳动技能又跟这个国家的全民受教育程度成正相关。直到上世纪70年代，美国劳动者都是世界上受教育程度最高的群体，并且因此成为经济发展的受益者。只是后来，美国人的受教育水平不再上升。高中毕业生的比例在下滑，大学入学率也停止了增长。美国经济始终需要更多的拥有先进技能的劳动者，可是我们的教育却跟不上了。这也成为如今美国经济衰退的主要原因之一。

反观现在的中国，经济总量已经是全球第二了，可是每年毕业的几百万大学生中许多人还找不到工作。而那些找到工作的，甚至找到很好工作的（像你这样的），内心却很焦虑。这说明，要么中国经济的发展是畸形的，要么中国的教育体系出了问题，要么这个社会生病了，或三者兼而有之。很多学者认为，你们中国的问题是市场经济的不彻底，而且政府的干预往往导致权力与资本的结合，从而带来腐败。更重要的是，作为市场经济要义的公平竞争秩序在当下的中国难以维持。

孩子，我真为中国的年轻人感到悲伤……

好啦，作为"被选中的"一员，你到了天堂，就不需要焦虑这些了。就像我，虽然离开了公司，但我是属于美国"婴儿潮"的那批人——我们很幸运，坐享了美国经济腾飞的成果，成了"被选中的"。进了天堂后，我便把所有的烦恼都交给了上帝。虽然还在反思，也有感伤，但已经是很超然了。

来吧，孩子，你是中国的80后，而我是美国的40后，为我们在天堂的相遇干杯！也为我们的解脱，干杯！

6

至此，作为美国来的硬盘，我已经把我看到的所有故事讲完了。

实际上，自从雷死后，我就没有什么事情可做了。终于有一天，CPU大哥对我说："妹子，这是我们最后一天在一起了。明天，他们就要把我们拆散，当废品处理了。"

"为什么要把我们当废品呢？"

"我们已经老了，没有用了。现在商店里卖的电脑，年轻漂亮，就像人们常挂在嘴上的赞誉：性价比高。现在，所有的CPU、内存，还有硬盘，都是在东南亚或是中国组装的。这些地方的人工很便宜，年轻一代电脑的'性价比'不想'高'都难。就连在北京中关村电脑城卖的山寨版硬盘，胸脯都比你的大……"

"哥，说点正经的。难道我们老了以后，只能被当作废品扔到北京周边的垃圾场里？我们还能做些什么呢？"

"妹子，我们最后能做的，就是同来自五湖四海的垃圾一道，把北京团团围住。当然，跟来自中国各地的'蚁族'和农民工一样，我们也会从城乡接合部远眺这座永远'进不去'的城市。"

"哥，难道我们的美国身份真的不值钱了？"

"别抱幻想了，妹子。没听人们讲嘛，在全球化大背景下的外包时代，一个产品已经不再具有单一的身份，或者说，根本就没有身份。一切关乎'源头'、'本体'（source）的问题早就被一脚踢出（out）。任何产品不过是一个可以'用'的东西而已。如果有更新的产品问世，老的产品就没有'用'了。没有'用'了的产品就是废品，就要被抛弃。所以，这是一个由资本主宰的时代，成功只是针对少数人的。大多数人只能在全球化的大潮里轰然变老，等着被抛弃。稍好一点的，不过是自掘坟墓。"

这恐怕就是德里达说的，解构的兴趣就是某种不可能的经验，对他者的体验。"谁打碎了自己的镜子？""真理的寓言""女性""把她称作心理"，还有我们这台电脑也将被拆得七零八落，一地碎片……我来不及细想了。

我还有话对CPU大哥说："哥，自从来到中国后，我举目无亲，只有你照顾我。最后一天了，我想对你说……"

"妹子，我知道你想说什么。其实，大哥也一直想对你说：我爱你！"

"我爱你，哥！咱们下辈子见！"

"下辈子见，妹子！"

"如果照人类现在这种做法，到了下辈子，他们的大脑就会变成过时的电脑，注定被更快的处理器、更大的硬盘取代。"

"但愿下辈子没有这种该死的全球化！没有这类fucking外包！"

7

时间是破碎的。记忆总是遗忘。

终于，记忆的证人也消失了。

只有垃圾场寂静而顽强地包围着城市——那里除了高楼，已别无他物了。

后记

    我从小就"跨界"。一直喜欢文学、绘画,中学却上了理科班;大学也是学理工,却整天抱本朦胧诗集,或是泡在图书馆里啃大部头的哲学书。

    出国后,正业是做IT和软件(以及后来的咨询和管理),闲暇时最爱混迹于学文科搞艺术的朋友中。回国这些年,在软件外包这个行当浸泡的时间长了,就想把自己的一些活思想记下来。当然,也就是自己一些零七八碎的感受,不成体系。只是不吐不快,也是为了好玩。

    没承想,好友郭宇宽的"知识生产合作社",以及"北京长策经济研究基金会"和"南都公益基金会"的朋友们非要把我往"理论的火坑"里推,希望我向学术纵深里走走,像是要把思想境界往高处提拔。我明白,这些朋友是有大志的,他们想为中国的读者出一些"兼有学术价值和阅读趣味的作品"。他们希望能搭建一个类似于美国《纽约客》(*New Yorker*)那样"鼓励深度创作的传播平台"。

    这回就不光是好玩了。恭敬不如从命,其结果就是现在这本书——又是一个"跨界"。书中既谈IT和软件外包,也谈多元选择、个人价值、理性与理想,还有对全球化的反思。每一章都有一段"有言在先",里面有些貌似理论的话,外加一个"扩展阅读"的书目，算是给每一章穿鞋戴帽（英文叫wrapper）。但扒开每一章的瓤，里面还是我那些零七八碎的感受和故事，亦庄亦谐亦痞亦雅。

没办法，我是60后。据说60后的人多是人格分裂的，常常"跨界"，不务"正业"。（其实，我是不喜欢这种代际划分的，因为我被划到了大龄青年那边。）

就这样吧。这本"跨界"的书稿存放在我的电脑里已经有两年多了，把它拿出来，也减轻电脑的"重量"。本来，书写成后，作者这个角色就应该消失了。只是有些感谢的话还没说出，就放到这个后记里。

首先，当然要感谢宇宽的鼓励，及其"知识生产合作社"的理念。因为你"过于宽"，没有给我的选题定下任何条条框框，所以我写这本书时就变得肆无忌惮，跨界到底。也要感谢"北京长策经济研究基金会"和"南都公益基金会"。没有你们的大力帮助，这本书的写作就不会这么快地顺利完成。

必须承认，我从小就喜欢读书。为此，终生感谢父母：你们从来没有限制我读书。非但没有限制，还在当时很艰难的环境下，创造条件让我多读书、读好书。

读书有个好处，一句话没看懂，还可以看第二遍，可以反复去思考。如果观点不同，最多把书扔到垃圾桶里。所以，我至今不明白，当年秦始皇焚书就罢了，干嘛还要坑儒呢？这也让我对后来那些明知会被坑，却依然坚持写作的人们肃然起敬——这些人的神经一定是大条的。特别是近些年坚持批判立场和怀疑态度的几位老师，你们的人格魅力让我这个"海外华人"在跟其他民族打交道时，平添一份自豪，有了底气。

还有更多认识或不认识的神经大条的作者和学者：赵越胜、陈丹青、易中天、崔卫平、梁文道、刘瑜……谢谢你们写的好书！

为了向你们致敬，我会继续写下去。

特别要感谢的是中国青年出版社的彭明榜老师。你的专业精神和渊博学识，不但让这本书的内容和版式都增辉不少，更让我对艺术的诸多方面有了潜心研究的兴趣。

回国这些年，我一直在同一家IT服务和软件外包公司效力，可算是"从一而终"。这当然与该公司的创业者和同事们对我的信任与支持有很大关系。尤其是早期在我的团队一起打拼的骨干：张龙、许亚男、[张金戈]、朱珠、Susana Zhuang、Vick Hu、Kathy Liu、Jim Liu、Darryn MacDonald、汪文婷、Jessie Zhang、陈曦、郑向辉、戴耕、于洋、薛闻、Leo Lang、陈飞、Diego Zhong、Xu Jing、Tom Zhou、Edward Zhou、Raymond Lu、Vivian Liu、John Ji、黄凯波、姜玲、谢之光、SSL、Amanda Liu、孟凌等。我时常想起那些年我们一起追逐业务发展时的艰辛和完成任务后的喜悦。

当然，还要感谢我的亲人，Ellen和Cathy。没有你们从生活、学术、精神上对我的理解和支持，这本书是不可能完成的。在香港任大学教授的Ellen，把我的书稿当成研究生的毕业论文，逐字逐句帮我修改。Cathy则是忠实的第一读者，总是把她的读后感第一时间告诉我，让我的写作不至于太天马行空。

最后，也要感谢读了（或即将要读）这本书的朋友，尤其是那些从头读到尾的朋友——你们的耐心特别适合做软件外包这一行。当然，这反过来也说明，现在还需要更多关于软件外包、关于中国社会转型的好书。

我会继续努力的，尽管我的神经将因此变得大条起来。

张涛

2013年3月27

扩展阅读

第一章

《退步集》，陈丹青著，广西师范大学出版社（2005年）

《蚁族大学毕业生聚居村实录》，廉思主编，广西师范大学出版社（2010年）

《世界是平的》，托马斯·弗里德曼著（何帆等译），湖南科学技术出版社（2006年）（英文原版：*The World Is Flat*, Thomas Friedman, Published in 2005 by Farrar, Straus and Giroux.）

《中国的新革命》，凌志军著，新华出版社（2007年）

《聆听父亲》，张大春著，世纪出版集团上海人民出版社（2008年）

第二章

《慢》，米兰·昆德拉著（马振骋译），上海译文出版社（2011年）（法文版：La lenteur, Milan Kundera, Editions Gallimard, 2001）

《孤独六讲》，蒋勋著，广西师范大学出版社（2009年）

Status Anxiety, Alain de Botton, Published in 2005 by Penguin

Books Ltd.

《波希米亚：迷人的放逐》，伊丽莎白·威尔逊著（杜冬冬等译），凤凰出版传媒集团，译林出版社（2009年）（英文原版：Bohemian:The Glamorous Outcasts, Elizabeth Wilson, ）

《落脚城市》，道格·桑德斯著（陈信宏译），上海译文出版社（2012年）（英文原版：*Arrival City*, Doug Saunders, ）

《理想丰满》，冯仑著，文化艺术出版社（2012年）

第三章

《沉默的大多数》，王小波著，中国青年出版社（1997年）

《人以什么理由来记忆》，徐贲著，吉林出版集团有限责任公司（2008年）

《民主的细节》，刘瑜著，上海三联书店（2009年）

《燃灯者》，赵越胜著，牛津大学出版社（2010年）

《七十年代》，北岛等主编，牛津大学出版社（2008年）

《80年代访谈录》，查建英著，上海三联书店（2006年）

《启蒙的自我瓦解》，许纪霖等著，吉林出版集团有限责任公司（2007年）

《午夜的幽光》，林贤治著，漓江出版社（2011年）

The Road to Serfdom, F. A. Hayek, Published in 2007 by The University of Chicago Press.

第四章

《从优秀到卓越》，吉姆·柯林斯著（俞利军译），中信出版社（2009年）（英文原版：*Good To Great*, Jim Collins, Published in 2001 by Curtis Brown Ltd.）

Harvard Business Review on Leadership, Published in 1998 by Harvard Business School Press.

The Culture Cycle:How to Shape the Unseen Force that Transforms Performance, James Heskett, Published in 2011 by FT Press.

Strategy:Create and Implement the Best Strategy for Your Business, Published in 2005 by Harvard Business School Press.

《企业文化与经营业绩》，约翰·P·科特等著（李晓涛译），中国人民大学出版社（2004年）（英文原版：*Corporate Culture and Performance*，JohnP.Kotter and JamesL.Heskett，Published in 1992 by Free Press，Reprint edition 2011）